선릉 산책

선릉 산책

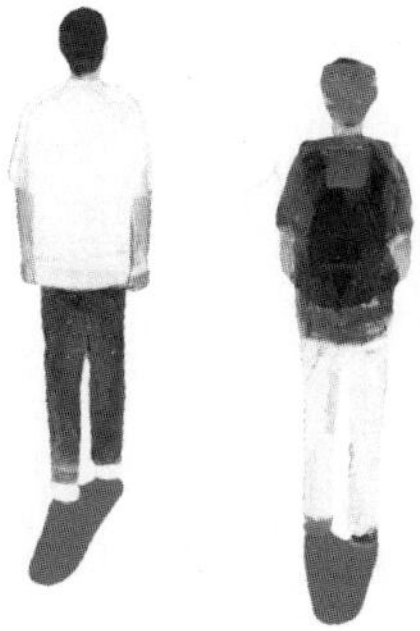

정용준 소설

문학동네

차례

두부

바다가 보이는 철도 건널목에 남자와 개가 서 있다. 조용한 오후를 휘젓는 경보 속에서 둘은 기차가 오는 방향으로 나란히 고개를 돌려 기차가 지나가길 기다렸다. 철도 끝 작은 쇠구슬로 나타난 기차는 조금씩 커져 커다란 화물을 싣고 둘 앞을 빠르게 지나갔다. 땅이 울리고 바람이 불었다. 남자는 왼손으로 중절모를 붙잡았고 개는 남자의 다리에 몸을 기댔다. 차단기가 올라갔고 둘은 건널목을 건너 늦가을 해수욕장으로 걸음을 옮겼다. 작고 하얀 개가 앞섰고 남자는 왼발을 끌며 기우뚱 흔들리며 줄을 잡고 뒤따랐다. 나는 말했다.

두부야.

돌아보는 이가 없어 남자에게 다가가 말을 걸었다. 남자는 걸음을 멈췄고 개도 걸음을 멈춰 고개를 돌려 뒤돌아봤다. 무릎을 꿇고 앉아 찬찬히 개를 살폈다. 체형과 털 색깔, 눈가에 번진 갈색의 눈물 자국과 눈동자, 처진 입꼬리와 발 모양까지 잃어버린 두부와 똑같았다.

사정을 들은 남자는 순순히 고개를 끄덕였다. 내가 두부를 잃어버렸다는 시점과 남자가 개를 만난 시점이 일치했다. 무엇보다 가방에서 꺼내 보인 전단지 속 강아지 사진과 흡사했다. 남자가 말했다.

그렇군요. 선생님 말씀이 맞는 것 같습니다.

남자는 아쉬운 얼굴로 오랫동안 두부의 눈을 바라봤다.

승희를 데려가시기 전에 집에 한번 들러도 될까요? 가족들이 있어서요.

두부를 다르게 부르는 승희, 라는 단어가 마음을 묘하게 긁었다. 당황스럽고 슬펐다. 두부는, 사랑하는 내 개는, 내게 다가오지 않고 날 안다는 표정도 짓지 않았다.

오른편엔 철도, 왼편엔 바다가 펼쳐진 좁은 흙길. 두부가 앞서고 남자가 뒤따랐다. 초조한 눈과 마음으로 둘의 뒷모습을 바라보다가 왼쪽으로 고개를 돌렸다. 하얗게 파도가 이는 바다에서 크고 차가운 바람이 불었다. 남자에게 목줄을 넘겨받고 싶었다. 지금 당장 두부를 껴안고 싶었다. 그러나 남자는 느리게 걷기만 했고 두부는 내 쪽으로 시선조차 주지 않았다. 디스크가 있는 두부는 저렇게 오래 걸으면 안 돼요. 그걸 당장이라도 말해주고 싶어 입이 말랐다. 두부의 깨끗한 앞발이 자갈을 밟고 진흙을 밟고 기름 먹은 폐침목을 넘었다. 승객을 태운 열차가 지나갔다. 화물이 없는 텅 빈 유령 기차도 지나갔다. 한 무리의 사람들이 폐장한 해수욕장에 말뚝처럼 서서 수평선을 바라보고 있었다.

두부가 사는 집은 벽돌로 지어진 단층 주택이었다. 햇빛이 잘 드는 넓은 마당에 깨끗하게 씻긴 그물과 통발이 쌓여 있었고 커다란 감나무 그늘 아래 주황색 장화가 어린 나무들처럼 단정하게 서 있었다. 남자를 꼭 닮은 늙은 남자가 거실 소파에 앉아 있었다. 두부는 현관에 들어가자마자 늙은 남자에게 달려가 안겼다. 그는 두부를 껴안고 머리와 목, 귀와 배를 손가락으로 쓰다듬었다. 두부는 눈을 감고 내가 가장 좋아하는 표정을 지으면서 낑낑거리며 행복해했다. 남자는 늙은 남자에게 내가 이곳에 온 이유와 두부와의 관계를 말해줬다. 남자는 한 문장 한 문장 천천히 말했고 늙은 남자는 귀를 기울였다. 그는 이야기를 다 듣고 한동안 아무 말도 없이 두부를 쓰다듬기만 했다. 감나무의 넓은 잎이 작은 바람에 후드득 땅으로 떨어졌다. 늙은 남자는 힘겹게 몸을 일으켜 몇 걸음 걸어와 악수를 청했다. 아이처럼 작은 손이었다. 그물을 끈 흔적이 굵은 손마디와 거친 손바닥에 스며 있었지만 기이하게도 너무 따뜻하고 부드러웠다. 그가 말했다.

승희에게 가족이 있었군요. 깨끗하고 순해서 그럴 거라고 생각했지만…… 나는 우리 손주가 돌아온 줄 알았어요.

늙은 남자는 내 어깨 너머 어딘가에 시선을 두고 눈을 가늘게 떴다. 깊고 선명한 주름살에 물기가 어렸다.

비가 많이 오는 날. 대문 앞에 작고 하얀 개가 앉아 있었어요. 바다를 보고 있는 그 모습이 꼭 우리 승희 같아 나도 모르게 승희야, 하고 불렀는데 그 예쁜 개가 마치 대답하듯 멍, 하고 짖더군요. 그리고 자연스럽게 집에 들어왔고…… 승희가 되었답니다.

늙은 남자는 두부의 발에 묻은 흙을 털어내고 앞발을 모아 입을 맞춘 뒤 오랫동안 냄새를 맡았다.

승희야 잘 가.

남자는 거실에 서서 손을 흔들었고 늙은 남자는 허리를 펴고 꼿꼿이 앉아 두부와 눈을 마주치며 계속 고개를 끄덕거렸다. 두부는 꼼짝하지 않았다. 목줄을 잡아당기고 있는 나는 팽팽한 줄의 느낌이 끔찍이도 싫었고 그만큼 슬펐다. 손바닥에서 눈물이 줄줄 흘러내렸다. 당기고 싶지 않았다. 당겨도 당겨지지 않을 것 같았다. 나는 고개를 푹 숙여 두 남자에게 감사의 인사를 하고 두부를 껴안았다. 단단하고 고요한 표정을 지닌 아주 오래된 백자처럼 두부는 가만히 있었다. 집으로 돌아오는 동안 진눈깨비가 내렸다. 철도 한가운데 두부를 내려놓고 화를 내고 싶었다. 모르는 척하는 얼굴과 텅 빈 눈동자를 향해 소리지르고 싶었다. 내 개는 내 마음을 아는지 모르는지 그 어떤 반응도 보이지 않았다. 따뜻한 체온과 손바닥에 전해지는 박동이 생생해서 하마터면 울 뻔했다.

두부 아니야.

뭐?

아니라고. 잘 봐. 우리 개가 아니잖아.

무슨 소리야. 오랜만이라 헷갈려서 그럴 거야.

윤서는 실망한 얼굴로 고개를 떨궜고 계속 두부가 아니야, 라고 중얼거렸다. 이모는 설거지를 하다 말고 젖은 손을 털고 거실로 걸어나왔다. 두부를 보고 손을 내밀었다. 두부는 잠시 고민하다가 이모에게 다가갔다. 이모는 앞치마로 손을 꼼꼼하게 닦고 두부를 품에 안았다. 나는 물었다.

맞지?

글쎄…… 잘 모르겠네.

이모는 두부의 목과 귀를 손가락으로 만졌다. 두부가 눈을 감았다.

그런데 이제 두부가 생겼네.

윤서는 울먹였다.

아니야. 두부 아니야. 오빠, 저 개 다시 데려다줘. 빨리 두부 찾아와.

이모가 빗으로 두부의 엉킨 털을 빗고 머리를 다시 묶어주는 동안 나는 윤서를 달랬다. 이렇게 말하고 저렇게 말해도 윤서는 고집스럽게 눈물을 줄줄 흘리며 고개만 저었다. 두부가 윤서에게 다가가 뺨을 핥았고 윤서는 하지 마, 하지 마, 하면서도 두부를 밀어내지 않았다. 그사이 창밖엔 폭설이 내리기 시작했다.

해변과 마을은 하얗게 변했다. 이모와 두부는 한몸처럼 꼭 붙어 앉아 입술이 없는 인형처럼 창밖을 바라봤다. 눈 위에 또 눈이 내렸고 모든 것은 눈 속에 파묻혀 사라지고 지워지고 있었다. 소리도 시간도 해와 달도 눈에 덮였다. 두부의 입에서 입김이 만들어졌고 창문엔 서리가 끼었다. 이모는 언제 저렇게 늙어버린 걸까? 정수리가 하얗게 변했고 눈가엔 검버섯이 피었다. 윤서는 울다 지쳐 잠들었고 그 모습 그대로 오랫동안 누워만 있었는데 대나무처럼 키가 쑥쑥 자라났다.

눈이 그쳤다. 해변을 덮은 눈과 얼음이 햇빛에 반짝이는 어느 오후, 이모는 선잠 깬 아이처럼 멍한 눈을 껌벅이며 말했다.

그럼 선택하라고 하자. 두부야, 너 두부 할래?

그 말을 듣고 윤서가 몸을 뒤척이며 잠꼬대를 했다.

무슨 소리. 두부가 알면 서운할 거야.

두부는 알아듣지 못하는 무구한 표정으로 길게 하품을 하고 이모의 목덜미와 입술을 핥았다. 이모가 소리를 내며 웃었다.

뭐라고? 뭐라고?

윤서 곁에서 두부도 잠들었다. 둘은 몸을 동그랗게 말고 서로 머리를 맞댄 채 같은 속도로 숨을 내쉬었다. 밤늦도록 콩을 끓인 이모는 캐러멜빛이 도는 뜨겁고 끈적한 콩을 나무 숟가락에 덜어 내게 다가왔다.

맛 좀 봐줘.

딱 좋았다. 적당하게 달고, 적당하게 짜고, 부드럽고, 단단했다.

맛있어.

이모는 말했다.

엄마한테는 안 가?

자정의 검은 바다. 물위에 떠서 흐르는 별. 오징어잡이 배들이 등을 켜고 반짝였다. 이모는 대답 없는 나를 등지고 부엌으로 돌아갔다. 나는 중얼거렸다.

두부를 찾아야지. 그래야 엄마한테 가지.

이모는 내 말을 들을 수 없었을 텐데 말에 멜로디를 실어 화답했다.

엄마를 찾아야지. 그래야 두부를 찾을 수 있지.

엄마가 죽고 두부가 사라졌다. 두부가 사라져서 엄마가 죽었는지도 모른다. 무엇이 먼저인지, 무엇이 이유고, 또 결과인지 모르겠다. 나는 아무것도 모른 채 갑자기 둘을 잃었다. 엄마가 있는 곳엔 갈 수 없어 두부를 찾았다. 있을지도 모를 곳, 있어야 할 곳, 어디든 무작정 찾아다녔다. 나무는 자라고 풀은 마르고 가끔 벼락 같은, 오묘한 형상의 구름 같은, 기이한 날과 달이 지나갔다. 숲속을 헤매는 유령을 두부라 믿고 따라갔다. 마른풀이 탈 때 피어오르는 연기가 두부인 줄 알고 불속을 뛰어다니기도 했다. 두부를 부를 때마다 마음속으로 엄마도 불렀다. 하지만 부를 수 없었다. 엄마의 몸은 이제 없고 당연히 말도 웃음도 없다. 내 머리를 만져주는 손가락도, 돌침대에 빨갛게 달구어진 따뜻한 살도, 엄마 냄새도, 없다. 엄마는 모두 잊었다. 우리 모두를 다른 사람이라 생각했다. 두부만 기억난다 했다. 두부만 가족이라 했다. 엄마 싫다. 엄마 미워. 제발 정신 좀 차려! 소리를 지르면 엄마는 두려움에 떠는 아이처럼 내 눈치를 보다가 엉엉 울었다. 두부도 가끔 엄마를 따라 울었고 때론 나를 향해 이빨을 보이며 으르렁거렸다. 엄마는 이모를 다양한 이름으로 불렀다. 영주야. 미선아. 아연아. 선유야. 이모는 그때마다 응, 그래, 웃었는데 한나, 라고 부를 때는 화를 내거나 눈물을 흘렸다. 윤서는 볼 때마다 처음 보는 예쁜 아기처럼 대했다. 이리 와. 안아보자. 참 예쁘기도 하지.

그러던 어느 뜨거운 여름 오후. 산책 다녀올게, 라는 말을 끝으로 엄마와 두부는 사라졌다. 엄마는 젖은 채 발견됐고 두부는 두부가 아닌 다른 개가 되어 다른 계절에 집으로 돌아왔다.

납골당에 도착했다. 시동을 끄고 운전석 창문으로 주변을 바라봤다. 잎 없는 나무가 가득한 산들은 모래산처럼 황량했다. 이모는 잠든 윤서를 품에 안고 말했다.

우리는 차에 있을게. 두부와 함께 다녀와. 안부 전해주고.

같이 가.

됐어. 난 많이 갔어. 언니도 나도 피차 지겨워.

피곤하다, 라고 중얼거리며 오른팔로 얼굴을 가린 이모에게 아무 말도 할 수 없었다.

두부는 자기가 잘 아는 곳인 듯 앞서 걸었다. 돌멩이를 피하고 부러진 나뭇가지와 웅덩이를 가볍게 뛰어넘었다. 너무도 오랜만에 두부는 두부 같았고 내 개 같았고 내 동생 같았다. 그것이 너무도 기뻐 올라가는 내내 웃음이 났다. 죽은 자들이 머무는 건물은 깊은 숲 한가운데 서 있었다. 지나치게 아름답고 고요한 세계였는데 아름다움과 고요는 누구를 위한 것인지 궁금했다. 두부는 입구 앞에서 멈춰 섰다. 보이지 않는 금을 밟고 얼어붙은 것처럼 꼼짝도 하지 않았다. 나는 말했다.

두부야, 들어가자.

두부는 주저앉았다. 말을 듣지 않았다. 당겨도 당겨지지 않았다. 줄을 입구 앞에 놓인 무릎 높이의 소철에 걸었다. 끌고 들어갈 수 없다는 것을 알았고 껴안고 들어가기는 싫었다.

기다려. 금방 올게.

두부는 깊은 잠에 빠진 노인처럼 살짝 입을 벌린 채 눈을 감았다.

국화실 오층 여섯번째 유리방. 故서한나. 엄마는 미색의 도자기에 담겨 있었다. 십 년 전 사진 속 엄마는 뭐가 그리 좋은지 눈동자도 보이지 않을 정도로 웃고 있었다. 두부와 찍은 사진도 있었다. 두부는 눈물 자국이 있어 기분이 좋아도 우는 것 같았고 엄마의 시선은 렌즈보다 약간 높은 곳을 향해 있었다. 그게 다였다. 과거가 된 이름과 사진 외에는 아무것도 없었다. 곱게 차려 입은 할머니가 무릎을 꿇고 앉아 장미실 삼층 네번째 유리방에 이마를 대고 말을 하고 있었다. 혼자 무대에 선 늙은 배우처럼 혼자 묻고, 혼자 답하고, 혼자 웃고, 혼자 울다가, 작게 노래를 불렀다. 가사는 들리지 않았지만 익숙한 멜로디였다. 나는 엄마에게 물을 수 없었다. 답할 수 없었다. 웃을 수 없었다. 눈물도 나오지 않았다. 엄마가 좋아했던 노래를 불러주고 싶었지만 가사가 기억나지 않았다.

이모가 안부 전해달래. 윤서도 많이 컸어. 두부도 돌아왔고. 그런데…… 엄마.

엄마, 라고 부르고 무슨 말을 더 해야 할지 몰라 한참을 우두커니 사진만 바라보다가 건물을 빠져나왔다. 두려웠다. 사진 속 엄마가 웃음을 멈추고 눈을 뜰 것 같았다. 빛을 잃은 까만 돌 같은 눈동자가 나를 알아볼 것 같았다. 두부가 없다. 소철은 그사이 한 뼘쯤 커졌고 색도 진초록으로 짙어졌다. 건물을 한 바퀴 돌며 두부의 이름을 불렀다. 할머니가 불렀던 멜로디를 허밍으로 흥얼거렸다. 아무도, 누구도, 무엇도, 없었다.

뒷좌석에 셋 다 잠들어 있었다. 이모가 윤서를 안았고 두부는 윤서의 무릎 위에 누웠다. 셋 다 같은 호흡이었다. 이모의 숨을 두부가 삼켰고, 윤서의 숨을 이모가 삼켰다. 나는 차문을 열지 않고 잠시 그렇게 서 있었다. 모래산 같던 산에 어느새 산수유가 피었고 바람이 불 때마다 눈처럼 하얀 꽃가루가 날렸다. 그 순간 아름다움을 느끼는 철없는 내 마음이 싫었다.

*

두부를 안고 어부의 집을 찾았다. 체념한 듯 단념한 듯 가만히 안겨만 있던 두부는 그 집에 들어가자마자 몹시 움직였다. 낑낑거리며 몇 번이고 나를 올려다봤다. 마당에 내려놓자마자 집으로 달려들어갔다. 나는 두부가 들어간 현관을 멍하니 바라봤다. 우물 속에 떨어진 작은 돌멩이처럼 두부는 사라졌고 어두운 거실은 더 어두워졌다. 내내 하늘을 덮고 있던 구름이 동쪽을 향해 움직였고 이글거리는 여름 태양광선이 바다와 모래와 땅을 태울 듯 쏟아져 내렸다. 소나기를 피하듯 집안으로 들어갔다. 어째서인지 가을처럼 서늘한 실내. 두부는 거실 한가운데 우뚝 서서 안방을 보고 있었다. 얇은 이불을 어깨에 두르고 앉아 코끝에 안경을 걸치고 바느질하는 노인. 늙은 남자를 꼭 닮았던 남자는 그사이 많이 늙어 늙은 남자보다 더 늙은 남자가 되어 있었다. 그는 두부를 발견하고 새하얗게 웃었다. 두부는 벽에 걸린 사진을 바라봤다. 이제는 여기에 없고 사진으로 영원히 남겨진 늙은 남자. 남자는 바늘을 실패에 꽂고 두 손을 활짝 벌렸다. 두부가 천천히 걸어가 그의 품에 안겼다. 승희야. 승희야. 남자는 신음하듯, 웃듯, 주문을 외듯, 중얼거렸고 두부는 쓸쓸한 눈으로 나와 남자를 번갈아 쳐다봤다. 안녕, 하고 말하는 듯한 까만 눈동자. 나는 고개를 푹 숙여 말했다.

잘 부탁드립니다.

남자도 고개를 숙였다.

승희를 돌려주셔서 감사합니다.

이제 기차는 지나가지 않는다. 철도는 녹이 슬었고 줄기가 긴

꽃과 풀이 침목 사이로 무성하게 피어났다. 한여름이지만 해수욕장은 개장하지 않았다. 사람들이 찾지 않는 텅 빈 해변엔 비슷하게 생긴 뒷모습들만 나타났다가 사라졌다. 그들은 바다에 빠져 사라진 이름을 부르고 가끔 가사가 없는 멜로디를 흥얼거렸다. 두부를 찾아야 하는데 두부가 어디에 있는지 모르겠다. 두부를 데리고 집에 돌아가야 하는데 어떻게 찾아야 할지 모르겠다. 걸을 때마다 풍경이 왼쪽으로 기우뚱기우뚱 흔들렸다.

사라지는 것들

1

김포공항 이층 대합실 의자에 앉아 걷는 이들을 본다. 겨자색 골프 모자를 쓰고 은색 캐리어를 끄는 노인, 여권을 손에 들고 나란히 걷는 커플, 숄더백을 멘 청년, 늦은 식사를 하러 푸드 코트로 향하는 승무원, 깨끗한 바닥을 계속 닦아내는 청소부와 주기적으로 순찰하는 안전요원들. 나는 회색 정장에 긍정적인 인상을 준다는 파란색 넥타이를 매고 허리를 꼿꼿이 편 채 바르게 앉아 있었다. '당신은 누구십니까? 이곳에서 무엇을 하고 있나요?' 누구라도 내게 이렇게 묻는다면 어떻게 답해야 할까. 진동인지 무음인지 휴대폰 상태를 수없이 확인했다. 미팅 잡기도 어렵고 연락도 안 되는 사람을 기다리는 일은 지치고 괴로웠다. 그는 바쁘고, 계속 바쁘다고만 하고, 어쩌다 연락이 닿으면 공손한 어조로 같은 말만 되풀이했다.

걱정 마세요. 확실합니다. 기다리세요.

난 그 말을 믿지만, 믿어야 하지만, 그가 나 외에 몇 명의 경쟁자에게 저 말을 했는지는 알 수 없었다. 회사를 그만두고 성능 면으로나 가격 대비로나 흠잡을 데 없는 CCTV 시스템을 만들었다. 비록 유명한 브랜드 이미지는 없지만 경제성과 효율성을 고려하면 분명 매력적인 상품이었다. 몇몇 업체에서 연락이 왔고 새롭게 조성되는 공항에 입찰할 수 있는 기회를 얻었다. 무모하게 도전한 것은 아니었다. 그쪽 관계자가 먼저 제안했다. 그런데 그는 성사 직전 묘한 태도를 보였다. 단가를 더 낮추자는 말을 시작으로 말도 안 되는 요구를 하더니 지금은 말을 빙빙 돌리고 있다. 인내심을 시험하는 걸까. 그냥 이러는 게 재밌나. 나처럼 저 말을 믿고, 믿어야 하는 사람들이 정장을 입고 딱딱한 의자에 몇 시간이고 앉아 있는 상상을 했다. 나처럼 두툼한 바인더를 겨드랑이에 끼고 우두커니 앞만 바라보고 있을 것이다. 몇 달간 공항으로 출근하고 있지만 누구도 내게 출근하라 한 적 없다. 책상이 없고 동료가 없고 급여도 없는 일. 난 이걸 얼마나 더 할 수 있을까. 퇴직금을 조금씩 헐어 한 달 두 달 살고 있지만 그것도 언젠가는 바닥이 날 것이고 그때가 되면 차라리 편의점이나 치킨집을 할 걸 그랬네, 후회할지도 모른다. 그저 멍하니 앉아만 있다보면 발밑으로 온갖 쓰레기가 밀려들었다. 전망. 예상. 예감. 상상. 하나같이 나쁘고 안 좋은 것들뿐인 미래. 그 순간 전화가 왔다. 기다리는 사람은 아니었다. 액정에 뜬 발신자를 보고 순간 실망했으나 곧바로 두려워졌다. 모른 척 덮어두었던 근심과 걱정이 마음에 퍼지는 것이 느껴졌다. 진동하는 휴대폰을 손에 쥐고만 있다가 심호흡을 하고 어, 하고 전화를 받았다.

성수야, 뭐하니.

일하지.

몇시에 끝나? 늦게까지 하지?

뭐라고 답해야 할까. 그것보다, 그걸 왜 물어보는 걸까.

엄마의 목소리에 묻은 감정의 정체가 파악되지 않았다. 하지만 평소와는 다르다는 것만은 알 수 있었다. 그냥 전화해서 안부차 묻는 건 아니라는 것도.

곧 끝나. 왜?

엄마는 음, 하며 시간을 끌었다.

강화도에 가보고 싶은데, 데려다줄 수 있나…… 싶어서.

강화도? 왜?

가보고 싶네. 바다도 보고 싶고.

그러니까 왜?라고 물으려다 말았다. '아니야, 됐어' 하고 뚝 끊어버릴 것만 같았다. 나는 음성을 누그러뜨리고 말했다.

어딘데? 집?

선유도공원.

거긴 또 왜?라고 묻고 싶었지만 금방 가겠다고 했다.

엄마를 만나러 가는 길. 계속 실수를 했다. 길을 잘못 들어 예상보다 이십 분이나 늦어졌고 자주 급브레이크를 밟았으며 일차선에서 지나치게 느리게 갔다. 뒤따라오던 화물트럭 운전자가 상향등을 쏘아대다 거칠게 추월하며 창문을 열고 욕을 해댔다. 그자가 무슨 말을 했는지 들리지도 않았고 기분이 나쁘지도 않았다. 그 정도로 정신이 나가 있었다. 지난주에 엄마가 했던 말이 계속 떠올랐다. 머리가 복잡하고 마음은 심란했다. 엄마를 만나면 뭐라고 말해야 할까. 설득을 해야 할까. 화를 내야 할까. 그냥 모른 척해야 할까.

엄마는 양화대교 위 선유도공원 버스 정류장에 서 있었다. 물방울무늬 스카프를 목과 입 주위에 두르고 카키색 털모자로는 가늘고 듬성듬성한 머리카락을 가렸다. 발목까지 내려오는 두꺼운 코트에 까만 부츠를 신고 있었다. 왼손에는 큼직한 가방을 들고 있었다. 아들 땡큐, 라고 밝게 인사하고 엄마는 옆 좌석에 탔다. 빨갛게 변한 코끝과 양볼이 날씨를 짐작게 했다. 나는 히터를 1에서 3으로 올리며 물었다.

선유도공원은 왜?

전부터 가고 싶다고 했잖아. 아침에 청소기 돌리는데 자꾸 어디를 가고 싶은 거야. 생각나더라, 여기가. 같은 서울인데. 택시 타면 금방인데. 못 갈 이유가 없어서 온 거야. 왜, 안 되니?

아니, 안 되는 건 아니지만 추우니까.

네가 데리고 간다며. 그랬으면서 별거 없다고 또 안 데리고 가고.

그래서 좋았어?

엄마는 가만히 웃었다. 살짝 처진 왼쪽 눈꺼풀이 그사이 더 처진 것 같았다.

별거 없더라. 겨울에 오면 안 되겠어. 너무 춥다.

밀린다. 올림픽대로 양방향이 꽉 막혀 있었다. 앞차가 일차선으로 들어가려고 애를 썼다. 깜빡이 켜고 일 분 넘게 머뭇거리고 있었다. 브레이크를 얼마나 밟아대는지 브레이크등이 비상등처럼 깜빡거렸다. 난 이 모든 책임이 엄마에게 있다는 듯 짜증을 냈다.

여행을 가려면 미리 말했어야지. 강화도가 무슨 선유도야? 갑자기 전화해서는.

그럼 말을 하지 그랬어. 난 네가 일 때문에 안 된다고 말할 줄 알았어.

안 될 줄 알았으면 전화를 하지 말든가.

그렇게 말하고 나는 입을 다물었다. 세 마디만 섞어도 화내게 된다. 그러고 싶지 않은데 계속 잔소리를 하게 된다. 짜증내고 싶지 않은데 자꾸 감정이 실린다. 입을 열면 계속 나쁘게 말할 것 같아 라디오를 켰다. 모르는 노래가 흘러나왔다. 엄마는 아들이 데려다주니까 좋다는 말만 되뇌며 창밖만 바라봤다. 얼굴도 보이지 않는 사람들이 자기들끼리 웃고 떠드는 소리를 들으며 우리는 각자의 창문을 바라봤다. 엄마가 했던 말이 귓가에 맴돌았다. 안 들리는 척 라디오 소리에 집중을 해도 그 말은 송곳처럼 파고들었다.

그만 살기로 했어.

처음엔 대수롭지 않게 생각했다. 괜히 하는 말이다. 하루에 몇 번씩 하는 말. 생각만으론 수십 번도 넘게 행하는 것. 나를 포함해 올림픽대로에 갇혀 있는 사람 대부분이 배고프다는 말처럼 자주 쓰는 말.

힘들어서 그러는 거 아니야. 아파서도 아니고 죽고 싶어서도 아니야. 생각이라는 걸 해봤는데 그동안 고단했고 앞으로도 애쓰면 그럭저럭 버티겠지만 이제 그럴 명분도 이유도 없다는 결론을 내렸어. 멀쩡한 정신으로 두 번이고 세 번이고 생각해봤단다. 그리고 결심했어. 나는 이제 그만 살고 싶어. 내가 굳이 이렇게 너에게 말하는 건 쓸데없이 탓할까봐서야. 네 잘못도 아니고 진수 잘못도 아니야. 나중에 알게 됐을 때 괜히 괴로워하거나 죄책감 느끼지 말라고 하는 말이야. 엄마가 얼마나 힘들었을까? 얼마나 고통스러웠을까? 그런 못된 생각 하느라 잠을 설칠까봐 하는 말이야. 난 충분히 생각했고 몇 번이나 몇 번이나 따져봤는데 이런 결론이 났단다. 알겠니?

난 엄마 말을 무시하는 것으로 대답을 대신했다. 황당했고 놀라웠고 나중엔 견딜 수 없게 화가 났다. 하다 하다 이제는 엄마까지. 그러잖아도 되는 게 하나도 없고 하루하루가 거지같은데 왜 엄마까지 징징거리는 걸까. 엄마는 내가 불쌍하지도 않나? 나는 속엣말을 퍼부었다. 짜증난다. 잔인하다. 너무한 거 아니야. 엄마라는 자가 아들한테 어떻게 그런 말을 할 수 있는 거야. 제발 좀 살자. 나 너무 힘들어. 엄마가 아니어도 하루하루가 죽을 것 같아. 엄마는 차분하게 내 말을 다 듣고 기다려줬다. 그리고 미안하다는 말과 함께 다시 말했다.

그만 살기로 했어.

체증이 풀리고 있었다. 차는 조금씩 속도를 높이며 서쪽 바다를 향해 나아갔다. 라디오를 틀어놓고 엄마의 마음을 헤아려봤다. 왜 그러는 걸까. 의도가 뭘까. 진심일까. 모르겠다. 생각하고 또 생각해도 알 수가 없었다. 그러나 딱 하나 알겠는 건 괜히 한 말은 아니라는 것. 엄마는 신중하게 생각하고 또 생각했고 결심한 뒤 말했다. 엄마는 그것을 세 번도 넘게 강조했다. 많이 생각했다고. 이렇게도 저렇게도 따져봤는데 이 방법밖에 없고 이것이 최선이라 생각한다고.

너는 받아들일 수 없겠지만, 그걸로 내게 반발하고 화도 내겠지만, 내 마음은 바뀌지 않을 거야. 바꾸지도 않을 거고.

높고 뾰족한 곳에 서 있는 기분. 손끝이 떨리고 손바닥에 땀이 나서 운전대에서 자꾸 미끄러졌다. 죽겠다는 엄마에게 아들이 할 수 있는 말이 뭘까. 생각을 바꾸고 결심을 철회할, 삶의 의지가 샘솟고 희망으로 가슴이 뜨거워질, 한마디의 말. 나는 계속 그 말을 찾고 있었다. 김포한강로로 빠져나가며 말을 걸었다.

많이 밀려서 노을 못 보겠는데.

응. 못 보면 못 보는 거지. 그거 보려고 가는 거 아니야.

그게 무슨 의미가 있니. 일출이니 노을이니 피곤하기만 하고. 그동안 지겹게 봤다.

이제 안 막히니까 잘하면 볼 수도 있고.

봐도 좋고.

진수한테는 말했어?

뭘?

뭐긴 뭐야.

엄마는 창밖의 하늘만 봤다.

못했지. 그애는 너랑 달라. 이해할 수 없을 거야. 화만 내겠지.

이해 못해. 나도 화낼 거야, 라고 말하려다 말았다. 그건 이미

했다. 다른 말이 필요했다. 엄마는 작게 말했다.

그냥 네가 나중에 잘 말해줘.

싫어. 잘 말해달라니. 어떻게 그런 걸 시켜? 내가 사실대로 말하면 걔가 받아들일 수 있겠어? 날 죽이려고 들걸? 그걸 내버려뒀느냐고.

그럼 말하지 마. 잘 몰랐다고 해.

느리게 가는 차. 답답했다. 나는 운전대를 돌려 차선을 바꾸고 액셀을 깊이 밟았다.

그럼 애초에 말을 하지 말았어야지. 이렇게나 귀에 박히도록 말해놓고 어떻게 몰랐다고 하라는 거야…… 우리랑 상의도 안 해놓고. 마음대로 할말만 하고.

엄마가 고개를 돌렸다. 감정을 알 수 없는 시선이 오른쪽 뺨에 느껴졌다.

너희들은 언제 나랑 뭘 상의한 적 있었니? 그리고 내가 그걸 말한대도 너희들은 내 말 안 들어줄 거잖아. 상황을 바꿔줄 능력도 없고.

그렇지만.

원망하는 게 아니야. 사실이 그렇잖아. 너희들이 나한테 그 말 자주 했었지. 능력도 없으면서 걱정만 한다고. 그 말이 그렇게 짜증이 난다고. 니들 말이 맞다. 짜증나. 그러니까 그만해. 그리고 지금 죽겠다는 게 아니야. 더는 살려고 아등바등하지 않겠다는 거지. 그냥 힘 빼고 살아보다가 안 되겠다 싶으면 관두려고. 그만 말해. 기분좋게 가고 싶어.

2

후포항에 도착했을 땐 아무것도 없었다. 수평선 끝자락에 사그라드는 숯처럼 중심이 검붉은 한 조각 석양이 남아 있을 뿐이었다. 해는 가라앉았고 하늘은 청색에서 검은색으로 바뀌고 있었다. 물이 모두 빠져나가 축축이 젖은 진흙만 있었다. 개흙에 박힌 배들은 한쪽으로 기울어 다친 것처럼 보였고 갈매기들은 부리를 땅에 대고 뭘 쪼아먹고 있었다. 갈아엎은 땅처럼 보이는 바다는 실망스러웠다. 뭐 하나 제대로 되는 게 없었다. 그것도 바다라고 우리는 그 앞에 서 있었다. 내가 볼 게 없네, 볼 게 없어, 했더니 엄마는 좋다, 좋다, 했다. 쭈그려앉아 시선을 저멀리 두고 한참을 멍하니 있더니 나를 올려다봤다.

저녁 먹자. 꽃게탕 어때?

싫어. 엄마 좋아하는 거 먹어.

나 꽃게탕 좋아해.

그건 내가 좋아하는 거잖아.

그럼 내가 뭘 좋아하지?

뭐?

나는 엄마를 물끄러미 쳐다봤다.

그걸 내가 어떻게 알아? 엄마가 알지.

모르겠네. 다 좋아하는데.

됐어, 그럼. 그냥 회 먹어.

모듬회 대자를 시켜놓고 담배를 피우러 밖에 나왔다. 후우, 허공에 연기가 나타났다가 사라졌다. 한 대 피우니 마음이 좀 차분해지는 것 같았다. 아무리 비수기라지만 횟집에는 손님이 한 명도 없었다. 저래서 어찌 장사를 하나. 가게 주인에게 연민이 생기려다가 누가 누굴 걱정하나 싶어 헛웃음이 났다. 수족관 바닥에 활어들이 가라앉아 있었다. 주둥이를 자꾸 움직이는 놈이 있길래 두 손과 얼굴을 유리에 바싹 대고 봤다. 검은 줄무늬가 새겨진 물고기가 빨간 플라스틱을 빨고 뱉기를 반복했다. 유심히 보니 완구 로봇의 하반신이었다. 저게 왜 저기 들어가 있을까. 물고기의 그 뚱한 무표정에 분노가 서려 있었다. 손에 묻은 물기를 털어내고 가게 안으로 들어갔다. 엄마는 코끝에 안경을 걸치고 탁자에 책을 펴놓은 채 골똘히 바라보고 있었다.

책 읽어?

응.

엄마는 책장을 덮어 표지를 보여줬다. 뜻 모를 일본어가 적혀 있었고 배경으로 벚꽃과 개구리 그림이 조잡하게 그려져 있었다. 한글도 있었는데 글씨가 너무 작아 보이지 않았다.

하이쿠야.

그게 뭔데?

하나 읽어줄까?

엄마는 한참을 뒤적거리다 적당한 구절을 찾았는지 만족스러운 미소를 띠며 말했다.

겨울바람에, 아가미 흩날리네, 매달린 생선.

그리고 손가락으로 읽었던 부분을 가리켰다.

凩に吹かるるや鉤の魚

휴대폰을 꺼내 검색창에 '하이쿠'를 입력하고 뜻을 살펴봤다.

일본에서 샀어. 공동묘지 앞에서 한국어로 번역된 책을 팔더라고.

일본 갔었어?

어? 어.

누구랑.

아줌마들이랑.

아줌마 누구. 미영이 이모?

말하면 다 아니?

엄마 친한 아줌마 없잖아.

그때 회가 나왔다. 입이 벌어질 정도로 많은 양이었다. 적당한 크기로 썰어낸 살점. 붉은 살은 가운데에 꽃처럼 모여 있었고 투명하고 흰 살은 부채처럼 펼쳐져 있었다. 엄마는 고추냉이를 듬뿍 떠서 간장에 푼 뒤 정성스럽게 휘저어 내게 내밀었다. 암녹색으로 변한 간장을 보고 있자니 저절로 입에 침이 고였다. 우린 말없이 젓가락을 움직였다. 엄마는 정말 잘 먹었다. 간장도 거의 찍지 않고 고추냉이만 살짝 떠서 살점에 묻혀 입에 넣고 눈을 감고 오물거렸다. 기분이 좋은 듯 중간중간 으음, 하고 소리도 냈다. 나는 소주잔을 비우고 곧바로 한 잔 더 따라 마셨다.

잘 먹네.

산지라서 그런가 맛좋다.

누가 엄마보고 뭐 좋아하냐고 물어보면……

알았어. 회 좋아한다고 할게.

엄마는 장국을 후루룩 마셨고 튀김도 가리지 않고 먹었다. 나는 좀 불안해졌다.

그렇게 막 먹어도 돼?

뭐 어때서.

아니 그래도. 음식 가려야 하잖아.

나 이제 그냥 막 산다니까. 너,

엄마가 젓가락을 들고 나를 겨눴다.

아무 말 하지 마. 여기까지 와서 싸우고 싶지 않다. 지겨운 소리 하려면 그냥 가.

나는 아무 말도 않고 삶은 콩깍지를 까서 콩알을 입에 넣었다. 엄마가 가방에서 작은 수첩을 꺼냈다.

내가 지은 하이쿠 하나 읽어줄까?

글도 써?

그냥 취미로.

내내 무표정하게 아무 말이나 툭툭 뱉어내던 엄마가 그 말은 좀 부끄러운지 얼굴을 붉혔다.

그래.

엄마는 수줍게 잠깐 웃더니 진지하게 표정을 바꾸고 한 문장, 한 문장, 한 문장, 읽었다.

거리를 걷는 사람들, 모두 모르는 얼굴, 거울 속 내 얼굴도 모르겠네.

그건 하이쿠가 아니야. 하이쿠에는 계절을 나타내는 단어가 있어야 해.

그걸 네가 어떻게 알아?

엄마는 놀랍다는 듯 눈을 동그랗게 떴다.

방금 검색해서 알았다는 말은 하지 않고 고개를 돌려 창밖을 봤다.

눈이 내리기 시작했다. 관광객이 하나도 없는 생기 잃은 관광지에 눈까지 내리니 처량해서 절로 술이 들어갔다.

도끼로 찍다가, 향에 흠칫 놀라네, 겨울나무.

엄마는 계속 하이쿠를 읽었다. 무슨 의미가 있는지 아무리 들어도 잘 모르겠는 걸 엄마는 대단한 감동이라도 받고 있다는 듯 감정을 실어 읽었다.

그만해. 그건 그렇고 내일 어디 갈 거야?

엄마는 책을 덮고 의아하다는 듯 말했다.

너 오늘 안 가니? 내일 일 안 가?

엄마는?

난 왔으니까 둘러봐야지.

나는 인상을 찌푸리고 잔을 비웠다.

안 가지. 아니, 못 가지. 여기까지 왔는데…… 뭐야, 같이 가자고 할 땐 언제고. 여기가 어딘데 지금 가?

같이 가잔 말 안 했다. 데려다달라고 했지.

그 말이 그 말이지.

3

눈송이가 굵어졌다. 아스팔트와 방파제가 금세 하얗게 변했다. 갯벌에도 눈이 쌓여 겨울의 벌판처럼 보였다. 여기가 강화도라는 것을 모르고 보면 철원의 어느 황무지와 크게 다를 게 없을 것 같았다. 문득 기갑부대에서 가설병으로 근무했을 때가 생각났다. 휴

전선 근처 벌판에서 굶어죽어가는 독수리들에게 배식용 닭고기를 던져줘야 했다. 몸이 너무 커서 스스로 사냥도 못하고 어쩌다 사냥에 성공해도 까치떼에게 빼앗겨버리는 맹금류의 왕이 굶어죽지 않겠다고 엉금엉금 바닥을 기어다니는 모습을 보고 한참 웃다가 느닷없이 눈시울이 붉어졌다. 먹고사는 게 왜 이리 힘든가. 왕이 뭐 저래. 그런 생각을 했던 것 같다. 급하게 근처 펜션과 콘도를 검색했다. 엄마는 내 어깨에 쌓인 눈을 털어내고 어딘가를 가리키며 말했다.

가까운 데 가자.

모텔이었다. 이름이 '유니버스'인.

모텔?

모텔이라고 뭐 다르니. 잠만 자면 되지. 날 추우니까 발이 더 아프네.

뭐하러 걸어다녀. 차 타고 찾아보면 되지.

됐어.

엄마는 모텔을 향해 걷기 시작했다. 오른발을 디딜 때마다 오뚝이처럼 십오 도쯤 몸이 기울었다. 흔들흔들 걷는 엄마가 찍어놓은 발자국에 발을 포개어 걸었다.

일회용 칫솔과 면도기, 열쇠를 받고 엄마와 함께 엘리베이터를 탔다. 엘리베이터 안에 플라스틱 별과 행성이 붙어 있었다. 엄마와 모텔이라니, 기분이 이상했다. 복도는 훨씬 심했다. 전체적으로 어둡게 설정된 조명 아래 천장과 벽은 온통 야광 별과 달이었다. 왜 그런 게 붙어 있는지 이해할 수 없었지만 군데군데 음표도 있고 박쥐도 있었다. 엄마는 신기한 듯 주위를 두리번거렸다. 눈빛이 반짝거렸고 볼이 붉었다.

성수, 너 최근에 이런 데 와봤니?

무슨 소리야? 짜증나게. 내 나이가 몇인데.

네 나이가 뭐.

됐어.

그래서 왔어, 안 왔어.

됐다고.

엄마는 러브체어를 보며 즐거워했다. 처음엔 용도를 알 수 없어 한참 그 앞에서 요기조기 살펴보더니 마침내 알아냈다는 듯 어머, 어머, 손뼉을 쳐댔다. 이렇게 저렇게 만져보다가 작동 버튼을 눌렀다. 의자가 양옆으로 흔들렸고 이내 앞뒤로도 움직였다. 엄마는 망측하고 흉측하다고 소리치면서도 관심을 거두지 않았다. 송곳니와 어금니가 모두 보일 정도로 활짝 웃었다. 누구를 생각하는 걸까. 무엇을 상상하는 걸까. 그런 것들이 문득 궁금해졌다. 침대에 걸터앉아 양말을 벗어던졌다. 신발에 녹은 눈이 스며들어 발끝이 젖어 있었다. 엄마는 웃다 말고 동그랗게 말린 양말이 무슨 똥이라도 되는 듯 혐오스럽게 쳐다보며 말했다.

아직도 양말을 고따위로 벗어대니까 네가 그 모양으로 사는 거야. 진짜 너는 아무리 말해도, 나이를 그렇게 먹어도, 그런 거 하나 못 고치니.

나도 먹을 만큼 먹었어. 안 그래도 살기 힘든데 뭘 고쳐가면서까지 살아. 냅둬. 그냥 이대로 살다가 죽게.

엄마는 양말을 주워 내게 던졌다. 양말은 정확하게 내 이마를 맞혔다.

네가 그러니까 해인 엄마가 떠난 거야. 나라도 못 살지.

소리를 지르려다 말고 엄마를 노려봤다. 눈이 마주치면 그렇게 말한 걸 후회할 정도로 마음을 불편하게 해주고 싶었다. 소용없었다. 엄마는 욕실로 들어가버렸다.

엄마는 욕조에 더운물을 받고 일회용 입욕제를 풀었다. 뭐가 그리 좋은지 수건을 머리에 두르고 거품 속에 앉아 콧노래를 불러가며 즐거워했다. 마치 온천에라도 온 것처럼 좋다, 좋다, 했다. 난 옷도 갈아입지 않고 침대에 누워 천장에 붙은 별들을 봤다. 엄마가 좋다, 하면 모텔에서 왜 기분을 내고 그래!라고 소리쳤다. 그렇게 말하면서도 엄마가 좋다고 하니 내 마음도 조금 좋아지는 것 같았다. 그래도 마음 한구석은 돌덩이처럼 똘똘 뭉쳐 있었다. 엄마는 왜 강화도에 온 걸까? 일본에는 언제, 왜 간 거지? 질문은 더 큰 질문을 불러왔고 답을 알 수 없으니 괜히 화가 나고 슬퍼지려고 했다. 커튼을 젖히고 창문을 열었다. 눈송이가 섞인 차가운 바람이 들어왔다. 폭설이었다. 눈 내리는 소리는 왜 들리지 않는 걸까. 비보다 무겁고 딱딱할 것 같은데 눈은 많이 내릴수록 고요해진다. 어둡고 차가운 겨울의 세계. 물 빠진 어느 해변의 유니버스 모텔에서 늙은 아들과 더 늙은 엄마가 아무도 모르게 하룻밤 묵고 있다. 엄마는 욕조에 누워 심수봉 노래를 흥얼거리고 나는 창가에 서서 엄마의 노래를 듣는다. 어제는 울었지만. 오늘은 당신 때문에. 내일은 행복할 거야.

진수에게 전화를 걸었다. 받지 않았다. 오 분 있다가 또 전화를 걸었다. 여전히 받지 않았다. 또 전화를 걸었다.

어. 오랜만.

졸린 목소리에 짜증이 묻어 있었다.

잘 지내?

응. 왜.

아니, 그냥. 엄마랑 요즘 연락해?

어.

언제 했는데.

저번 달에 왔었어.

거길 갔다고?

어. 하루 자고 갔어.

왜 말 안 했어?

전화기 너머로 어이가 없다는 듯 헛웃음 소리가 들렸다.

말해야 하는지 몰랐지. 갑자기 찾아와서 나도 놀랐어.

진수는 잠깐 말을 멈췄다가 길게 한숨을 내쉬었다.

오면 온다고 말을 해야 할 거 아니야. 야근도 있고 그날은 중요한 거래처랑 식사 자리도 있어서 일찍 들어갈 수 없었어. 엄마랑 이야기도 못했어. 이야기는 무슨…… 얼굴도 몇 번 못 봤는데.

그럼 엄마는 거기서 뭐했는데.

음. 진수는 바로 말을 꺼내지 못했다. 곤란한 것인가. 모르는 것인가. 왼손 검지로 턱을 꾹 누르고 있을 것이다. 피부가 하얗게 변할 때까지.

그냥 내 방에 계셨을걸? 집 근처 돌아다니면서 구경한다고 했는데, 모르지. 아…… 말도 없이 오니까 그런 거 아니야. 내가 놀아? 어? 엄마가 뭐래?

아니야. 됐어. 잘 있어라.

어. 형도.

끊기 직전 진수가 조심스럽게 물었다.

뭔 일 있어?

나는 대답도 않고 전화를 끊어버렸다. 한마디만 더 하면 개새끼, 이기적인 새끼, 욕하고 소리지를 것 같았다.

엄마는 조악한 샤워 가운을 걸치고 얼굴에 로션을 발랐다. 목에 수건을 두르고 새 양말을 신은 채였다. 발을 보여주는 게 그리 부끄러운 걸까. 우리는 각자 시간을 보냈다. 엄마는 텔레비전 소리를 아주 작게 해서 가까이에 앉아 봤고 나는 침대에 엎드려 공항 CCTV 현황이 담긴 파일을 펼쳐놓고 검토했다. 셀 수 없이 보고 또 봐서 문제가 하나도 없는 완벽한 문서였다. 칼자루는 내가 아니라 답을 주고 승인을 내줄 쪽이 쥐고 있었다. 그런 생각을 하면 답답해졌다. 회사를 그만둬야 했을 때 좋은 쪽으로 생각해보려고 애썼다. 일을 하지 않으면 일에 뺏겼던 나 자신을 찾을 수 있을 거라고도 생각했다. 불안했으나 그렇게 믿으려 했다. 사람들도 위로해줬다. 그동안 고생했으니 이제 쉬면서 원래 했어야 하는 것들을 하세요. 쉬고 먹고 여행 다니세요. 그러겠다고 했고 미소도 지었다. 그런데 아니었다. 일을 잃으니 나 자신도 잃게 되었다. 어쩌면 일을 하면서 나라는 존재가 만들어진 건 아니었을까? 그것이 없으니 나도 사라지는 것 아닐까? 위태로웠다. 울적했다. 두 달 만에 내가 했던 일의 노하우와 능력을 그대로 살려 다른 일을 시작했다. 일을 시작한다고 했을 때 잘할 거라고 응원해줬던 사람들은 정작 일을 시작하자 입을 다물고 외면했다. 할 수 있다. 나는 다르다. 이 건만 통과되면 만사가 형통이다. 다짐하고 또 다짐해도 한 계단만 더 깊이 내려가면 절망과 나쁜 예감에 시달려 자신감을 잃은 초라한 내 뒷모습이 보였다. 그 와중에 엄마까지 나를 쑤셔대고 있는 것이다.

엄마. 진수한테 갔었어?

엄마는 고개를 돌려 나를 잠깐 쳐다보더니 다시 텔레비전을 봤다.

응.

나한테 왜 말 안 했어?

뭘 자꾸 말하래. 아들 보고 싶어서 갔다. 그럼 안 되니?

엄마의 목소리가 날카로워졌다.

교토가 보고 싶다고 막 가고 그런 데야? 예민하게 굴지 말고 말 좀 해봐. 엄마…… 왜 그러는 건데? 이상한 말 하고, 이상한 행동하고. 내가 이걸 어떻게 받아들여야 해.

엄마가 리모컨 버튼을 눌렀다. 텔레비전이 꺼졌고 방안에 묘한 침묵이 감돌았다. 엄마는 끙, 소리를 내며 바닥에서 일어난 뒤 절룩거리며 걸어와 침대에 누웠다.

넌, 일본에 가봤니?

말 돌리지 말고 좀 툭 터놓고 이야기해봐.

엄마는 뚱한 표정으로 날 봤다. 그 눈은 가봤냐고, 하고 묻고 있었다.

가봤어.

어디?

후쿠오카. 홋카이도. 후쿠오카는 일로, 홋카이도는 신혼여행.

교토는?

안 가봤어.

엄마는 기다렸다는 듯 박수를 치며 명랑하게 말했다.

교토 가봐. 좋더라.

엄마는 교토에서 겪은 일에 대해 수다를 떨었다. 중간중간 말을 끊고 뭐라고 하고 싶었지만 나란히 누워 엄마 말 듣는 것도 오랜만이라 내버려뒀다. 엄마는 교토에서 한나절 겪은 일을 무슨 교토에 대해 엄청나게 잘 아는 사람처럼 부풀려 말했다. 나는 엄마가 한마디씩 할 때마다 그곳을 기우뚱거리며 걸어다녔을 엄마를 상상해봤다.

그녀는 새벽에 출근한 둘째아들의 좁은 방에 앉아 있었다. 방은 치워도 치워도 정리가 되지 않았다. 더럽고 지저분해서가 아니라 너무 좁아서였다. 장난감으로 만든 방처럼 생긴 공간에 살림살이가 다닥다닥 붙어 있었다. 서로 멀리 떨어져 있어야 할 물건들이 지나치게 가깝게 붙어 있어 서로가 서로를 쓰레기처럼 만들어버리는 방이었다. 그녀는 깨끗한 쓰레기통 같은 방에 앉아 아들이 두고 간 일본 돈을 손에 쥐고 창밖으로 낯선 도시를 바라봤다. 오전 내내 앉아만 있다가 용기를 내서 밖으로 나갔다. 막상 거리를 걸으니 용기가 필요 없다는 것을 깨달았다. 편의점에 들어가 도시락을 고르고 돈을 내밀면 친절한 점원이 거스름돈을 손바닥에 올려줬다. 그녀는 고개를 숙여 인사하고 도시락을 손에 들고 근처를 걸었다. 공원에 앉아 도시락을 먹었다. 두툼하게 구워진 생선과 예쁘고 부드러운 계란말이를 젓가락으로 집어 하나씩 입에 넣으며 하늘을 보고 건물을 보고 사람들을 보았다. 그때 행복을 느꼈고 그게 좋으면서도 슬퍼졌다. 한국인 관광객들이 한국말을 하며 어디론가 향했고 그녀는 그들 뒤를 따라 느리게 언덕을 걸어올라갔다. 근사한 절이 있었고 근처에 커다란 묘지가 있었다. 그녀는 관광객들을 따라 절에 가지 않고 묘지로 들어섰다. 그런 걸 처음 봤다고 했다. 셀 수 없이 많은 비석과 비석마다 새겨진 일본어. 그녀는 한 걸음에 비석 하나씩, 느리게 묘지를 맴돌았다. 공동묘지라는데 으스스하거나 무서운 건 하나도 없고 단정하고 정갈해서 여기 묻힐 수만 있다면 당장 죽어도 좋을 것 같았다고, 천국 같았다고 그녀는 말했다. 돌로 만든 의자에 앉아 참배객들의 얼굴과 말에 집중했다. 잔설이 덮인 비석 앞에 서서 눈감고 기도하는 모습. 순하고 착한 표정. 무슨 말인지는 모르겠지만 귀엽고 동글동글한 말들. 나타났다가 사라지는 하얀 입김. 해가 질 때까지 묘지에 있다가 내려왔다. 나이가 가늠되지 않는 한국인 유학생이 직접 만든 책이라며 팔길래 그걸 사서 방에 돌아왔다. 그리고 밤이 깊을 때까지, 아들이 돌아올 때까지, 읽고 또 읽었다.

엄마의 젖은 머리칼에서 레몬 냄새가 났다. 엄마가 아무리 재미

있는 이야기를 해주고 기분좋게 웃고 떠들어도 나는 마음이 나아지지 않았다. 내색하기 싫어 억지로 입꼬리를 잡아당겨 응, 응, 그러네, 그랬겠네, 장단을 맞췄지만 당장이라도 정색하고 말하고 싶었다. 그냥 해본 말이라고 해. 생각이 바뀌었다고 말해. 엄마는 머리맡에 둔 책을 펼쳐 손가락으로 짚어 내게 내밀었다.

겨울 칩거, 처에게도 자식에게도, 숨바꼭질.

冬ごもり妻にも子にもかくれん坊

나는 잠자코 엄마의 손가락을 봤다. 엄마가 조심스럽게 물었다.

너 밤에 외롭지 않아? 처자식도 없는 신세가 됐으면 누구든 만나야지.

됐어. 내가 지금 누굴 만나. 관심 없어. 생각도 없고. 골치 아픈 일이 한두 개가 아니야.

그래도 그게 아니지. 넌 한창때인데.

어이가 없어 웃고 말았다.

무슨 한창이야. 나 늙었어. 엄마 아들 늙었다고.

엄마는 웃지 않고 잠깐 생각에 잠겼다가 물었다.

해인 엄마는?

잘 지내.

해인이는?

잘 지내지.

너랑은?

나는 몸을 뒤집어 바로 눕고 이불을 목까지 끌어올린 뒤 길게 한숨을 내쉬었다. 잘 지낸다고 거짓말하고 싶지 않았고 그렇다고 당분간 안 보기로 했다고 솔직하게 말하고 싶지도 않았다. 그냥 가만히 천장만 보고 있었다. 지난달에 큰딸을 만났다. 너무 보고 싶었는데 뭘 해야 할지 몰라 영화관에 가서 여자아이들이 좋아한다는 애니메이션을 보고 키즈 카페에 데리고 갔다. 딸은 다른 아이들과 달리 재미있게 놀지는 않았다. 트램펄린도 타지 않고 장난감도 만지지 않았다. 게임을 하는 아이들 뒤에 서서 물끄러미 화면을 보고 있을 뿐이었다. 그래도 해인은 잘 웃었고 뭘 물으면 상냥하게 답해줬다. 하지만 먼저 말하지는 않았다. 헤어질 때 장난감 가게에 데리고 갔다. 갖고 싶은 장난감을 마음껏 고르라고 했는데 해인은 장난감 코너로 가지 않고 문구점 코너로 가서 색연필과 볼펜과 노트를 들고 왔다. 그리고 헤어질 때 내게 이렇게 부탁했다.

아빠. 내가 더 크면 그때 만나요…… 엄마가 불편해해요.

그 말이 무슨 뜻인지 몰라 가만히 있었는데 해인이 내 눈치를 보며 말했다.

속상해요?

아니, 아니야. 그럼 아빠 보고 싶으면 해인이가 연락할 거야?

해인은 고개를 끄덕였다. 누구랑 살지 선택하라고 했을 때 일곱 살 해인은 엄마를 선택했다. 뜻밖이었다. 평소에 해인은 나를 더 따르고 좋아해서 아빠를 선택할 줄 알았던 것이다. 한편으론 다행이라고 생각하면서도 오랫동안 우울했다. 해인은 엄마에게 잘 보이려고 늘 애썼다. 그 작은 것이 마음을 얻으려고 노력하고 눈치를 보는 게 항상 마음이 아팠다. 시간이 흘러 해인은 열한 살이 됐다. 나는 열한 살 여자아이를 어떻게 대해야 하는지 모른다. 모르지만 보고 싶었고, 막상 보면 모르기 때문에 힘들었다. 아빠라는 자가 딸을 모르고, 그래서 힘들어하고 어색해하다니. 그게 부끄럽고 미안했다.

몰라. 이 정도면 잘 지내는 거겠지.

엄마가 말했다.

해인 엄마 탓 아니다. 알지?

……

내 탓이야.

순간 분노가 치밀어올랐다. 마음이 펑 소리를 내며 터지는 것 같았다. 이불을 머리까지 끌어올렸다. 엄마에게 소리지르고 싶고 화내고 싶은데 그럴 수 없어서 이불 속에서 소리를 질렀다. 주먹을 움켜쥐고 휘두르고 발버둥치며 온갖 욕을 했다. 화는 내면 낼수록 더 커졌고 너무 열이 올라 이마에 땀이 났다. 나는 이불을 발로 걷어차고 말했다.

그것 때문이야?

엄마는 아무 말도 하지 않고 안경을 벗어 책 위에 올렸다.

그게 왜 엄마 때문이야. 진짜, 제발. 그런 식으로 말하지 마.

그것 때문에 그러는 거 아니야.

그럼 뭐야? 뭐냐고.

엄마는 더는 할말 없다는 듯 베개를 베고 눈을 감았다.

더는 견딜 수 없었다. 온 힘을 다해 엄마에게 상처 주고 싶었다.

말 나온 김에 엄마, 하나만 물을게. 그때, 그날. 지인이 그렇게 되고.

안 돼, 성수야. 말하지 마. 그동안 서로 말하지 않았던 건 다 이유가 있어서야. 제발 그러지 마. 속에서 누군가가 간절히 나를 설득하고 있었지만 나는 듣지 않았다.

어떻게 그럴 수 있어? 내가 간다고 했었잖아. 그럼 내가 발견하게 될 텐데. 뻔히 내가 볼 줄 알았으면서 어떻게 엄마가 돼가지고 아들한테 그럴 수 있냐고.

죽으려는 년이 그런 것까지 생각하겠니?

엄마는 눈감은 채 낮은 목소리로 말했다.

차라리 네가 발견했으면 싶었다. 다른 사람 말고.

진짜 죽으려고 했어? 진짜로?

눈꺼풀이 덜덜 떨리는 게 보였다. 엄마는 입술을 깨물고 있었다. 그날 엄마 집에 도착했을 때 뭔가 이상하다는 걸 느꼈다. 그런 건 살면서 단 한 번도 느껴본 적 없었다. 고요함. 끔찍함. 정수리부터 발끝까지 단번에 뒤덮던 소름. 무슨 일이 일어난 걸까? 생각도 하기 전에 손끝이 먼저 알고 덜덜 떨렸으니까. 작은방 문을 열었더니 엄마가 이상한 자세로 쓰러져 있었다. 바닥에 떨어진 코트처럼 엄마는 허물 같은 자세로 기절해 있었다. 목에 인터넷 케이블이 묶여 있었고 콘크리트 벽에서 빠진 못이 바닥에 떨어져 있었다. 이사할 때 내가 박아준 거였다. 잘 들어가지 않아 몇 번이고 망치질했는데 깊숙이 들어가지 않았던, 언젠가 드릴로 구멍을 깊이 뚫고 단단히 집어넣어야겠다고 마음먹었던 그 못이 빠져 있었다. 끝이 휘어진 채로.

글쎄. 잘 모르겠다. 그때는 그랬다고 생각했는데…… 지금 생각해보면 너에게 보여주고 싶었는지도. 미안하다고. 미안해서 내가 이렇게 죽고 싶다고. 그러면서 아들 손에 구해지길 원했는지도.

그 말을 끝으로 우린 서로 말하지 않았다. 각자 침묵 속에 누워 있었다. 편안한 듯 고르게 숨을 쉬었지만 그렇게 호흡하려고 온 힘을 다하고 있다는 것을 알았다. 나는 후회했다. 그날 이후로 아무에게도, 심지어 엄마 앞에서도 꺼내지 않았던 그 이야기를 왜 지금 여기서 하고 있는 걸까. 아이들은 여러 이유로 죽는다. 감기로도 죽고 물에 빠져서도 죽고 사탕이 목에 걸려 죽기도 한다. 당시 세 살이던 둘째는 아파트에서 후진하던 미술 학원 차에 치여 죽었다. 나는 회사에 있었고 아내는 학교에 있었다. 다섯 살이었던 첫째는 할머니의 왼손을 붙잡고 있었고 둘째는 세 살 난 아이가 대부분 그렇듯 지나치게 명랑하고 무엇을 두려워해야 하는지 몰랐다. 굳이 책임이 있다면 주위를 살피지 못했던 운전자와 갑자기 도로에 뛰어든 아이에게 있다. 그러나 나와 아내, 엄마와 해인은 각자 자신에게 책임이 있다고 생각했다. 나와 아내는 희미하고 끈질기게 다른 사람에게도 책임이 있을 거라고 의심했다. 둘 중 누구도 그 생각을 함부로 말하거나 묻지 않았지만 희미한 안개 같은 그 의심이 우리 모두를 서서히 무너뜨렸다. 서로에게 놓인 다리를 부식시켰고 목소리에 당연히 깃들어야 할 온기와 다정함을 앗아갔다. 아내는 왜 엄마가 해인의 손을 잡고 있었는지 궁금해했다. 아침 준비를 하다가 딱 한 번, 혼잣말처럼 중얼거렸을 뿐이었다. "어머니는 왜 해인이 손을 잡고 있었을까. 해인이는 언니고 성격이 차분해서 안 뛰어다니는데." 나는 그 말을 들었다. 그리고 아내를 미워했다. 그 말은 뭔가. 지인이 대신 해인이가 그렇게 됐어야 한다는 말인가? 나와 아내가 키워야 했을 애를 엄마에게 맡긴 것도 미안한데 그 탓을 지금 엄마에게 하고 있는 건가? 표면적으로 우리는 그 일을 잘 이겨냈다. 엄마도 그 사고에 대해 말하지 않았다. 감정도 드러내지 않았다. 엄마의 표정 없는 얼굴과 가끔 멍하게 뭔가를 응시하는 눈길을 바라보며 마음을 짐작할 뿐이었다. 힘들어도 이겨내고 있구나. 내가 그렇듯 잘하고 있구나 생각했던 것이다. 우리 모두는 성숙하게 잘 이겨냈다. 말로도 표정으로도 서로를 탓하지 않고 상처 주지 않으려 애썼다. 하지만 그후로 이 년이 지나 나는 결국 아내와 헤어졌다. 직접적인 이혼 사유는 없었다. 성격 차이. 권태기. 그렇게 설명할 수는 있겠지만 근본적인 이유는 지인의 사고였다. 가족은 서서히 무너졌다. 실금이 생겼고 그건 조금씩 조금씩 넓게 번져갔다. 외부에서 봤을 땐 흔들림 하나 없이 굳건히 서 있었지만 아니었다. 폭풍도 이겨내고 비바람에도 견뎠지만 우리는 따뜻하게 비치는 아침햇살에 가루가 되어 무너졌다. 어느 날 아내가 숟가락으로 계란찜을 뜨다 말고 말했다.

이젠 그만둬야겠지?

나는 무엇을?이라고 묻지 않았고 그저 고개를 끄덕였다. 그렇게 끝이었다. 다음날 식탁에 서류가 있었고 그다음날 나는 빈칸을 꼼꼼하게 채워 봉투에 집어넣은 뒤 식탁에 올려놓고 회사에 출근했다. 언쟁 하나 없이 조용히 합의했다. 헤어지는 날 단정하게 악수까지 했다. 그후로 몇 년이 더 지났다. 그런데 이제 와서 엄마가 말한 것이다. 그만 살겠다고.

엄마. 혹시 아직도 지인이 때문에 그러는 거라면 그러지 마. 세월이 많이 흘렀잖아. 엄마 탓도 아니고.

내 탓이 아닌 건 아니지.

엄마는 오른손으로 얼굴을 감싸고 묘하게 웃었다.

그때 죽었어야 했는데. 왜 악착같이 살았는지. 무슨 악귀도 아니고.

그렇게 말하지 마.

하지만 누군가는 그렇게 말해야지. 그렇게 생각해야지. 해인 엄마를 위해서라도 그렇게 말해야 하는 게 맞아. 벌받은 거야. 이상한 남자를 만나 너를 가졌다. 그래서 결혼했지. 그 사람은 자기와의 싸움을 한다고 가족을 버리는 사람이었다. 자전거를 타고 산을 타고 달리기를 하고 수영을 하면서 얻은 싸구려 플라스틱 트로피를 선반에 올려놓는 사람이었지. 그후로 진수가 생겼어도 그 사람은 자기와의 싸움을 멈추지 않았다. 그러더니 바다에서 힘이 빠져 혼자 죽고 말더구나. 난 좋은 엄마는 아니었지만 너랑 진수 잘 키우려고 애썼다. 그래도 큰아들과 작은아들은 나를 미워하기만 했지. 무슨 불평이 그렇게 많은지. 난 할 수 있는 일은 다 했다. 할 수 없는 일도 했다. 작은아들은 독립하고 싶다고 집을 나가더니 아예 이 나라에 없고 큰아들은 좋은 대학에 갔지만 살갑지 않고 차갑기만 했다. 그리고 괜찮게 사나 했는데 지인이가 그렇게 됐다. 그리고 병이 생겼지. 난 그 병을 고쳐보겠다고 별 지랄을 다 했다. 그 병이 나으면 다른 병이 생겼고 그 병을 겨우 다스리니까 합병증이 생기더라. 몇 년 동안 뭘 제대로 속시원하게 먹어본 적이 없다. 이것도 안 되고 저것도 안 되고. 먹든 안 먹든 아픈 것은 똑같더라. 하루에도 수십 번씩 머리가 아프다. 누가 날카로운 걸로 왼쪽 머리를 후벼파는 것 같다. 심장에 문제가 생겨 두 번이나 응급 시술을 받았다. 눈도 갑자기 흐려졌고 고혈압 약은 먹어도 먹어도 끝이 없다. 문에 살짝 부딪혔을 뿐인데 발가락이 썩고 다른 발가락들도 썩고. 봐라.

엄마는 양말을 벗어 던지고 천장을 향해 오른발을 들었다. 엄지와 검지밖에 남지 않은 무섭도록 기이한 발이 푸른 조명 아래 드러났다. 나는 어쩔 수 없이 고개를 돌려버렸다.

벌받아서가 아니야. 당뇨는 누구나 걸려. 그건 특별한 병이 아니라고. 암 같은 것도 아니잖아.

차라리 암이 낫지.

엄마는 눈을 무섭게 치켜뜨고 신경질적으로 소리쳤다.

너무한다고만 하지 말고, 왜 그러냐고 화만 내지 말고, 너도 대답 좀 해봐! 내가 어떻게 하면 좋겠니. 핏덩어리 같은 손녀까지 죽인 내가 어떻게 하면 좋겠어!

엄마가 누굴 죽였다고 그래!

나는 벌떡 일어나 소리를 질렀다. 엄마는 내 눈을 노려보며 낮은 소리로 말했다.

그럼 누가 죽였니? 말해봐라.

나는 아무 말도 하지 못했다.

내 삶은 왜 이럴까. 이유를 생각해본 적도 있었어. 죄가 있었겠지. 운이 없었겠지. 실수를 했겠지. 나쁜 선택을 했겠지. 누가 나를 미워하는 거겠지. 하지만 모르겠더라. 극복해보려 애썼는데 뭘 어떻게 극복해야 하는 건지 몰라 아무것도 못했다. 그후로 모든 게 다 치욕이었다. 아무 일도 없었다는 듯 뻔뻔하게 사는 것도. 따뜻하지도 않고 차갑지도 않은 미지근한 분위기도. 화를 내지 않으려고 전력을 다하는 해인 엄마를 보는 것도. 이제 날 좀 내버려둬라. 그만. 그만하고 싶어. 피곤해. 너무 피곤해.

더는 엄마와 있을 수 없었다. 옷을 입고 밖으로 나가버렸다.

4

눈은 그쳤다. 얼마나 내린 건가. 보이는 모든 것이 다 눈에 덮여 있었다. 도로도 인도도 눈으로 고르게 덮여 있었다. 배들도 차들도 모두 눈 덮인 둥근 무덤처럼 보였다. 입에서 나왔다가 순식간에 사라져버리는 입김을 보며 생각했다. 모르는 게 너무 많다. 아는 게 없다. 아무도, 누구도 모르겠다. 짐작조차 되지 않는다. 애써 상상하면 떠오르는 건 온통 절망스럽고 나쁜 일들뿐이다. 거울을 봐도 내가 누군지 모르겠다. 사진을 봐도 누군지 모르겠고. 둘째가 사라지고 나도 사라진 것 같다. 엄마는 마음을 바꾸지 않겠지. 안다. 마음먹은 사람에게 그런 마음을 먹지 말라고 하는 게 얼마나 의미가 없는지. 처음부터 그런 마음을 못 먹게 했어야지. 먹은 마음을 사라지게 할 수는 없다. 아내의 사랑을 받았던 때가 기억났다. 오래전 일이지만 생생했다. 그래서 상실감이 더 크게 느껴지는 것일 수도. 어디에서 어디로 왔는지 모르겠다. 그래서 어디로 가야 할지도 모르겠다. 돌아갈 수도 없다. 여기까지 어떻게 왔는지도 모르니까. 나는 중얼거렸다.

두려워하는 건 반드시 찾아와.

연애할 때 아내가 좋아했던 노래의 가사다. 언니네 이발관이었던가. 제목도 생각나지 않고 전체 가사가 생각나지도 않는데 이상하게 저 가사와 멜로디가 입가에 맴돌았다. 그만 생각하고 싶은데 그만 부르고 싶은데 계속 생각나는 주문처럼 나는 저 말을 자주 했다. 길을 걸을 때도 잠이 들 때도 일을 할 때도 아내의 손을 잡고 홋카이도의 푸른 바다를 봤을 때도 저 말이 생각났다. 하지만 문제는 두려워하는 것이 무엇인지 모른다는 거였다. 나는 무엇을 두려워하길래 언젠가 그것이 찾아오리란 생각에서 이토록 벗어나지 못하는 걸까. 그래서 일단 애썼다. 방어적으로 살았다. 사건 하나, 갈등 하나가 뭔가를 일으킬 거라고 생각했다. 그래서 그것을 걱정하고 대비하며 지냈다. 하지만 지금은 안다. 어떤 일 때문에 무너지는 게 아니었다. 일이 일어나지 않게 버티는 힘으로 무너지는 거였다. 안에서 밖으로 점점 갈라지다가 스스로 무너지는 초라한 집 한 채. 그래서 누구를 탓할 수도 없는 어리석은 삶. 헤어질 때 아내가 이런 말을 했다.

당신, 그동안 아이 지키고 어머님 지키고 나 지키고 살아왔지. 지인이 일 때문에 서로 상처 주고 싸울까봐 걱정하고 애쓰며 살았어. 눈치보고 염려하고 말이라도 나올 것 같으면 말을 돌리거나 그도 아니면 전부 당신 탓으로 돌리려고 노력했고. 알아. 아는데, 그건 아니야. 당신은 화냈어야 했어. 탓했어야 했어. 부주의했던 당신 엄마를. 알량한 석사학위 하나 따보겠다고 애들 팽개치고 밖으로 나돌며 어머님께 애를 맡겼던 나에게 말을 했어야 했다고. 차라리 그게 나아.

아내에게 전화를 걸었다. 궁금한 게 있었다. 누구든 좋으니 말도 좀 하고 싶었고. 아내는 전화를 받고 말없이 가만히 있었다.

해인이는?

자. 늦었잖아.

응. 내가 궁금해서 그러는데 당신이 옛날에 좋아했던 가수 있잖아. 언니네 이발관이었던가. 암튼 그 가수 노래 중에 두려워하는 건 반드시 찾아와, 이런 가사가 있는 노래 제목이 뭔지 알아? 4집이었던가?

3집. 〈나를 잊었나요?〉.

아. 맞다, 맞아. 고마워. 그게 계속 생각나는데 제목을 모르겠는 거야.

나는 바보같이 억지로 막 웃었고 아내는 잠자코 있었다. 무슨 말이든 해야 하는데 무슨 말을 해야 할지 모르겠어서 애가 탔다. 아내가 말했다.

두려워하는 건 반드시 찾아와. 그다음 가사가 뭔지 알아?

몰라.

나중에 찾아봐. 술 마셨어? 얼른 자.

전화를 끊으려는 말꼬리를 급하게 잡으며 나는 말했다.

전화할 데가 없어서 했어. 이러지 않기로 약속했는데 미안해. 그런데 나 너무 무섭다. 되는 것도 없고 잠도 잘 못 자.

나는 엄마 이야기만 빼고 생각나는 대로 마구 말했다. 내 전화를 받지 않는 거래처 사람과 요즘 주로 먹는 음식과 마음에 들지 않는 정치인 욕도 했다. 옛날 그 옷이 어디 있는지 도무지 모르겠다며 혹시 아느냐고 묻기도 했다. 아내는 내가 더는 말할 수 없을 때까지 다 들어준 다음 길게 숨을 내쉬었다. 난 그 한숨의 의미를 알았다. 아내가 무슨 말을 하려는 것을 막고 내가 말했다.

아니야, 아니야. 얼른 자.

전화를 끊고 부서뜨릴 듯 휴대폰을 움켜쥐었다. 조금만 더 힘을 주면 내 손이든 전화든 정말로 부서질 것 같았다. 방으로 돌아가기 전 검색해봤다. 두려워하는 건 반드시 찾아와, 다음에 무슨 가사가 있는지. 나는 한참 그걸 바라보다가 문장을 입술에 올리고 멜로디를 입혀 흥얼거렸다.

이제야 모든 걸 알겠냐고 묻곤 하지.

문은 잠겨 있었다. 벌써 새벽 네시였다. 문을 두드렸다. 초인종도 눌렀다. 문은 열리지 않았다. 문을 세게 두드리고 초인종도 몇 번씩 눌렀다. 불안했다. 두려웠다. 주먹을 쥐고 문을 부술 듯 두들겼다. 문은 한참 뒤에 열렸다. 엄마는 부스스한 얼굴로 문을 열어

주고는 휑한 눈으로 나를 바라보다 다시 침대로 돌아갔다. 이불 바깥으로 뭉툭한 발이 보였다. 이불을 덮어주고 푸른 수면등을 껐다. 몇 분이 흘렀고 곧 눈은 어둠에 적응했다. 방이 머금은 빛을 활짝 열린 동공이 흡수하는 게 느껴졌다. 희미한 윤곽으로만 가까스로 드러나는 방. 난 몸을 돌려 엄마를 봤다. 엄마는 모로 누워 웅크리고 있었다. 눈을 감았다. 엄마도 눈을 감고 있었을 것이다. 하지만 어느 쪽도 잠을 이루지 못하고 있다는 것을 알았다.

시간이 얼마나 흘렀을까. 깨어 있는지 잠들었는지 분간이 안 되는 미몽의 순간. 엄마가 느닷없이 말을 걸었다.

성수야, 너 깨어 있지?

응.

나중에 나 죽으면 네가 그런 걸 지어줄 수 있니?

뭘.

하이쿠 같은 거.

그런 이야기 할 거면 자. 피곤해.

몇 달 전 친구가 죽었어. 너도 몇 번 봤을 거야. 미영이 이모.

나는 너무 피곤해서 대답 대신 고개를 끄덕였다.

오랜만에 문자가 왔었어. 그러잖아도 통 연락이 없어서 궁금해하고 있었는데 반가운 마음에 확인을 했거든. 그런데 그게 부고더라고. 세상에. 죽은 미영이가 자기가 죽었다는 걸 문자로 알린 거야. 유령도 아니고 귀신도 아니고 그게 뭐라니. 알아봤더니 상조 회사에서 보낸 거였어. 죽으면 고인의 휴대폰에 저장된 모든 연락처로 부고를 보낸다고 하더구나. 난 생각했지. 그런 문자를 보내게 할 순 없다고. 그래서 전화번호를 다 삭제했어. 그거 하나 지웠을 뿐인데 가벼워지더라. 미련도 없고. 구속하는 것도 없고. 할일도 없고. 장례식장에 누가 오는 것은 상관없어. 어차피 다 네 손님일 테니까. 그런데 내가 아는 사람한테 내가 나 죽었소, 하고 연락하는 건 싫다. 그래도 너한테는 연락이 갈 거야. 우리 아들 번호는 안 지웠으니까.

더는 화낼 힘도 그럴 마음도 없었다. 그냥 눈을 뜨기가 힘들고 너무 속이 상해서 마음이 녹는 것 같았다. 겨우 한마디했다.

어떻게 나한테 이럴 수 있어?

어느 방에서 물을 쓰는지 물소리가 들렸다. 지지직 전기 흐르는 소리도 들리고 새인지 개인지 알 수 없지만 뭔가 시끄럽게 짖는 소리도 들렸다. 아침이 오고 있나. 잠을 자야 하는데. 엄마나 나나 밤을 새울 나이가 아니지 않나.

엄마, 나…… 이제야 뭘 좀 알겠어. 알았는데…… 그게 뭔지는 잘 모르겠다. 이제 자자. 이상한 소리 그만하고 자자.

5

누군가가 말하고 있다. 손 하나가 내 이마를 만지고 목덜미를 쓰다듬는다. 눈을 떴다. 엄마가 침대에 앉아 있었다. 옷을 다 입고 있었고 가방도 들고 있었다. 나는 깜짝 놀라 벌떡 자리에서 일어났다.

몇시야?

여섯시 반.

왜 벌써 일어났어?

조금 더 자. 엄마 갈 테니까.

정신이 혼미한데 당황도 하여 말이 잘 나오지 않았다. 그런데 심장이 빨리 뛰는 게 느껴졌다. 엄마는 빙긋이 웃고 가방을 든 채 문을 열고 나가버렸다. 난 엄마를 좇아가려다가 침대에서 굴러떨어졌다. 바지를 입고 보이는 대로 양말도 한 짝 신고 와이셔츠를 걸쳤다. 엘리베이터도 타지 않고 계단으로 급하게 뛰어내려갔다. 엄마는 단정하게 서서 바다를 보고 있었다. 나는 외투도 입지 않은 탓에 너무 추워 몸을 움츠렸다. 와이셔츠 단추 사이로 찬바람이 들어왔다.

엄마, 엄마. 말을 좀 해. 뭐야, 갑자기.

택시 불렀어. 지금부터는 나 혼자 여행할게. 너 어제 힘들게 시간 냈는데 오늘은 일 가야지.

괜찮아. 일 안 가도 돼. 지금 그게 중요해?

엄마는 내 말에 답하지 않고 바다를 보며 말했다.

저기 좀 봐라. 물 들어왔다. 세상에. 예쁘네. 어제랑은 딴판이다. 꼭 동해 같아. 이렇게 물이 많이 들어오니까.

바다였다. 어제는 바다가 아니었는데 지금은 바다였다. 개흙에 처박혀 있던 배도 수면에 둥둥 떠 있었고 하얀 부표가 파도 하나를 넘어 또다른 파도 속으로 곤두박질쳤다. 서해 특유의 회색빛이 눈 쌓인 풍경에 깃들어 있어 수묵화처럼 보였다. 하지만 이상하게 수면은 반짝반짝거렸다.

동해라니. 그건 좀 아니다.

아냐. 동해보다 훨씬 더 바다 같아. 반짝반짝하고. 오길 정말 잘했다.

알았어. 알았으니까 들어가자. 너무 추워. 이따가 나오자.

검색해봤는데 보문사가 좋다고 하네. 석모도 가는 배 타고 갈매기한테 새우깡 주는 것도 재밌대.

엄마는 계속 들어가라, 춥겠다, 말하며 나를 떠밀었고 나는 계속 괜찮다, 신경쓰지 마라, 말하며 버텼다. 그때 길 저 끝에서 택시가 왔다. 정말 택시를 부른 것이었다.

뭐야.

나 택시 타고 혼자 여행 다닐게. 방금 알려준 곳도 꼭 갈게. 걱정 마. 넌 조금 더 자고 서울 가.

엄마.

그만.

그래서 뭐? 진짜 죽기라도 하겠다는 거야? 오늘? 지금?

아니, 아니야.

심각한 상황 속에서도 너무 추웠다. 이가 딱딱 부딪쳤다. 예고도 없이 이렇게 큰 눈이 오다니. 이번 여행은 정말 하나부터 열까지 뭐 하나 제대로 되는 게 없구나. 난 엄마의 손목을 붙잡고 놓아주지 않았다. 엄마가 나를 물끄러미 바라봤다. 가엾은 큰아들을 빤히 봤다. 답답한 침묵이 이어졌다. 택시 기사는 이런 일이 자주 있다는 듯 엔진을 끄지 않은 채 운전석에서 내려 저만치 걸어가 방둑 위로 올라 담배를 입에 물었다. 그는 우직하게 먼바다를 바라봤다. 곁눈질로도 우릴 쳐다보지 않았다. 약속해, 라고 말하려는 순간 바람이 불었고 너무 추워 주저앉아 양팔을 엑스 자로 만들어 어깨를 껴안고 문질렀다. 으으, 소리를 내며 덜덜 떠는 나를 내려다보며 엄마는 비웃는 듯한 목소리로 말했다.

들어가.

안 추워.

그렇게 말해놓고 나도 어이가 없어 웃음과 기침을 한꺼번에 터뜨렸다. 웃다가 계속 콜록거렸다. 엄마는 내 등을 토닥토닥 두드려줬다.

알아서 해. 엄마는 뭐, 엄마 삶이 있으니까. 하지만 나도 입장이 있어. 막을 거고 방해할 거야.

응.

엄마의 목소리는 어찌나 가벼운지 바람에 날리는 눈송이 같았다. 엄마는 떨고 있는 나를 내버려두고 택시를 향해 걸어갔다. 눈 밟는 소리가 또렷하게 들렸다. 바람에도 쓰러지지 않고 눈 속에서도 얼지 않던 엄마가 부스스 부스스 소리를 내며 저멀리 걸어가고 있었다. 택시가 출발했다. 뒷좌석에 앉은 엄마가 사이드미러 속에서 나를 바라보았다. 너무 밝은 표정으로 아이처럼 웃고 있었다. 손을 흔들기에 나도 마주 흔들었다.

선릉 산책

1

은색 세단이 약속 장소인 선릉역 근처 카페에 도착한 시각은 오전 아홉시였다. 아홉시에 만나기로 했는데 일 분의 오차도 없었다. 정확하군. 그게 그들을 본 내 첫인상이었다. 뭔가 분명하고 단호하고 에누리 없는 하루가 될 것 같은 예감도 함께 들었다. 흰색 블라우스에 남색 스커트를 입은 중년의 여자가 꼬챙이처럼 가늘고 긴 남자의 팔목을 붙잡고 뒷좌석에서 내렸다. 불안정한 자세로 서서 열한시 방향으로 시선을 고정하고 있는 남자는 나보다 한 뼘 정도 키가 컸고, 몸무게는 육십 킬로그램도 나가지 않을 것 같았다. 스무 살이라고 알고 있었지만 외모만 놓고 보면 나이가 가늠

되지 않았다. 무구한 표정은 기형적으로 몸만 빨리 자란 어린이의 것이었지만 그을린 팔뚝에 붙은 잔근육이나 새부리처럼 툭 튀어나온 목의 울대뼈, 푹 꺼진 뺨과 눈가의 주름들로 봐서는 내 또래였다. 여자는 이력서를 꼼꼼히 읽어보더니 고개를 가볍게 두어 번 끄덕거렸다. 그리고 깔끔한 손놀림으로 그것을 두 번 접어 핸드백에 집어넣고 말했다.

말씀드렸던 것처럼 여섯시까지 돌봐주시면 됩니다. 노파심에 한 가지만 부탁드리자면, 다치지 않도록 해주세요. 가끔 자해를 하는 아이입니다.

그녀는 남자의 뒤통수를 쓰다듬었다. 저게 문제의 헤드기어군. 막상 눈으로 확인하니 꽤 당황스러운 모습이었다. 한여름 서울 시내 한복판에서 헤드기어를 쓴 남자와 하루종일 돌아다니는 그림이 쉽게 그려지지 않았던 것이다.

그리고 밥이랑 간식은 이걸로.

여자는 내 손바닥에 체크카드 한 장을 올렸다. 그때, 남자가 바닥에 침을 뱉었다. 조용히 뱉은 것도 아니고 일부러 소리 내 세게 뱉어야만 가능한 퉤, 소리가 났다. 여자와 나 사이에 정적이 흘렀다. 그녀는 동요 없이 오른쪽에 메고 있던 핸드백을 왼쪽으로 고쳐 메며 말했다.

우진씨에게 들으셨죠? 애가 침을 뱉어요. 다른 뜻은 없고 그냥 습관 같은 거예요.

여자는 무슨 말을 더 하려다 손목을 꺾어 시간을 확인했다. 미간에 가늘고 긴 주름이 한 줄 잡혔다. 바빠 보였다. 그녀는 부탁한다는 짧은 인사와 함께 남자의 등을 두 번 두드리고 차에 탔다.

2

여자는 가고 남자와 나는 남았다. 사람들 없는 곳으로 돌아다녀. 형의 말이 떠올랐다. 어딘가로 가야 한다. 그런데 이 친구를 어떻게 움직이지? 그는 내 쪽으로 눈길 한번 주지 않고 다섯 걸음 정도 뒤에 서서 몸을 꼬아댔다. 발끝으로 계속 바닥을 두드리며 패턴을 파악하기 힘든 복잡한 형태로 머리를 움직였다. 가늘게 찢어진 쌍꺼풀 없는 눈. 입은 조그맣고 윗입술이 약간 말려 올라갔다. 목까지 단추를 채운, 초록빛이 도는 체크무늬 반팔 셔츠와 베이지색 칠부 팬츠. 네이비블루 스니커즈. 복숭아뼈 밑으로 라인이 내려간 발목양말까지 나무랄 데 없는 깔끔한 패션이었다. 한눈에 봐도 극진한 보살핌을 받고 있다는 것을 알 수 있었다. 하지만 머리에 쓴 헤드기어와 무거워 보이는 보라색 백팩은 아무리 봐도 이상했다.

시각은 아홉시 십오분. 남은 시간 여덟 시간 사십오 분. 행인들이 손그늘로 얼굴을 가리며 걷다 한 번씩 우리를 쳐다본다. 시선에 담긴 호기심과 의아함, 무슨 상황인지 파악하려고 빤히 쳐다보는 그들의 관심이 부담스럽다. 일단 걸어야 한다. 앞서 걸으면 그가 따라올 것이다, 라고 기대한 것은 아니지만 그래도 앞서 걸어봤다. 그는 꼼짝도 안 했다. 나는 어떻게 해야 할지 몰라 멀뚱히 서 있다가 우진 형이 준 쪽지를 꺼내 펼쳤다.

한두운.

사람들이 없는 곳으로 다닐 것.

공원이나 한적한 동네 골목이나 작은 놀이터 같은 곳도 좋음.

오후에는 동네 어디에도 사람이 별로 없음.

대소변은 스스로 해결하지만 밥을 먹을 땐 옆에서 도와줘야 함.

식탐이 많음.

가끔 소리를 지르거나 도로변에 드러눕는 경우가 있음.

그럴 땐 달래거나 말을 걸지 말고 무조건 완력으로 일으켜세워야 함.

혼을 내서 소리를 지르지 못하게 하는 것도 좋은 방법.

침을 자주 뱉음. 사람들이 절대 이해해주지 않음.
(이것 때문에 몇 번이나 싸울 뻔했음.)

계속 말을 걸어주면 친해질 수 있음.
(혼잣말을 하게 될 것임.)

친해지자. 말을 걸어야 해. 두운씨, 가고 싶은 데 없어요? 답이 없다. 내 쪽을 보지도 않는다. 민망했지만 계속 말을 걸었다. 나중엔 응답 없는 대상에게 계속 말끝을 올리는 게 이상해서 혼자 말하고 혼자 답했다. 많이 덥죠. 에어컨이 있는 곳으로 가고 싶은데 거기엔 사람이 많으니까 안 되겠죠. 밥은 먹었나요? 나는 아직 안 먹었는데. 나중엔 생각나는 대로 아무 말이나 했다. 평일엔 뭐해요? 아, 특수학교에 다닌다고 했지. 우진 형과는 뭐했어요? 잘해줬어요? 근데 좀 이상하죠. 친절한데 약간 귀찮죠. 약간의 변화가 보였다. 그가 몸을 내 쪽으로 돌리고 귀기울이고 있었다. 그럼 나는 저쪽으로 갑니다. 빠른 걸음으로 걸어갔다. 그는 난처한 듯 우물쭈물대더니 마침내 발을 뗐다.

큰 건물이 없는 방향으로, 길이 좁아지는 쪽을 향해, 우리는 걸었다. 점차 사람도 줄고 자동차도 보이지 않았다. 동네로 들어갈

수록 주위는 고요해졌다. 우리는 그림자가 지는 벽 쪽에 바짝 달라붙어 걸었다. 한두운은 세 걸음쯤 뒤처져 종종걸음으로 뒤따라오며 무엇을 보는지 알 수 없는 애매한 곳에 눈이 팔려 있었다. 그러다 갑자기 걸음을 멈추면 스텝이 꼬여 속도가 줄어든 팽이처럼 양옆으로 흔들리곤 했다. 그게 재미있어 그렇게 몇 번 반복했는데 그때마다 그는 춤을 추듯 흔들렸다. 왜 이러는지 영문을 모르겠다는 표정으로.

두 시간쯤 걸었을까. 아홉시 오십사분. 믿기지 않는군. 삼십 분 지났다니.

3

선릉역에 선릉이 있다니. 선릉이 있으니까 선릉역도 있는 것이겠지만 나는 이 사실이 낯설었다. 도시의 비밀 하나를 발견한 것 같았다. 우리는 선릉과 정릉이 함께 있는 선정릉이라는 곳으로 걸어갔다. 매표소 직원이 남자의 목에 걸린 표식을 보더니 말없이 고개를 끄덕이며 그냥 들어가라는 신호를 줬다.

한두운은 여기가 마음에 드는 눈치다. 내내 멍하고 밋밋했던 표정에 활기가 생겼다. 성큼성큼 걸어 성종대왕의 무덤이 있는 언덕까지 단숨에 올라갔다. 그는 커다란 봉분이 마치 덩치 큰 초식 공룡이라도 된다는 듯 경이로운 눈으로 바라봤다. 그러다 접근을 금하는 펜스를 훌쩍 넘어 안으로 들어갔다. 나는 펜스 앞에 서서 다급하게 말했다. 들어가면 안 돼요. 두운씨. 빨리 나와. 나오라고. 그는 듣는 척도 안 하고 무덤 주위를 활보하며 무인석과 문인석 사이를 돌아다녔다. 특히 동물 조각에 관심이 많았다. 손가락으로 톡톡 두드리거나 부드럽게 쓰다듬었다. 석호 앞에서 으르렁거렸고 석양의 이마를 쓰다듬었으며 석마 앞에서는 우물쭈물했다. 올라탈지 말지를 고민하는 것 같았다. 그러다 단정하게 무릎을 꿇고 앉아 말 머리를 밑에서 올려다보며 씩 웃었다. 나는 그의 팔목을 붙잡고 겨우 밖으로 끌고 나왔다. 그게 뭐가 그렇게 좋은지 이해가 되지 않으면서도 한편으론 좋아하니까 나도 좋았다. 어쩐지 일이 잘 풀리고 있다는 느낌을 받았다. 일을 무척 잘하고 있는 것 같은 순조로운 기운이 느껴진달까. 일곱 시간 남았다.

우리는 돌길을 걸었다. 이것은 참도입니다. 죽은 왕이 이용하는 신도와 살아 있는 왕이 이용하는 어도로 나뉘죠. 나는 팸플릿을 펼쳐 안내문을 읽고 가이드를 하기 시작했다. 왼편은 혼령이 걸어가는 신성한 곳이라 올라가면 안 되고 우리는 오른편으로 걸어야 해요. 아니. 아니. 거기가 아니라 여기라고요. 한두운은 신도 위를 걸었다. 내려와요. 두운씨. 내려와. 내려오라고. 그는 걸음을 멈추고 삐딱하게 서 있다가 신도 위에 침을 뱉었다. 이해하려 해도 도저히 이해가 안 됐다. 볼 때마다 불편했고 기분이 나빠졌다. 나는 낮은 목소리로 말했다. 침 뱉지 마. 그는 내 눈을 물끄러미 보며 보란듯 연달아 두 번 침을 뱉었다. 퉤퉤, 하는 그 소리는 창문을 깨는 두 발의 쇠구슬처럼 내 마음의 안쪽을 강하게 타격했다. 관자놀이를 지나는 맥박이 거세게 뛰었다. 귓가에서 툭툭, 소리가 들릴 정도였다. 나는 말없이 그를 노려봤다. 그는 처음엔 눈길을 받아 마주 쳐다보더니 이내 눈을 피했다.

그때 두 무리의 사람들이 걸어왔다. 한쪽은 일본인 관광객들이었고 다른 한쪽은 색색의 등산복을 유니폼처럼 맞춰 입은 것으로 미루어보아 등산 동호회인들처럼 보였다. 나는 한쪽으로 비켜서며 말했다. 두운씨. 내려와요. 그는 움직이지 않았다. 손목을 잡아끌었지만 신도에서 겨우 어도로 내려왔을 뿐 그 이상은 꿈쩍도 안 했다. 도리어 힘을 주고 팔을 비틀어 손을 빼냈다. 사람들은 두 갈래로 나뉘었다. 우리는 그 사이에 끼어 오도 가도 못하고 잠시 서 있어야 했다.

아주 잠깐이었다. 십오 초? 이십 초? 길어도 삼십 초가 넘지 않았을 것이다. 하지만 그 시간은 느리게 지나갔다. 누군가가 이 장면에 의도적으로 슬로모션을 건 것처럼 표정과 눈빛, 수군거리는 소리까지 명징하게 감각됐다. 그들은 한 명도 빠짐없이 헤드기어를 쓴 남자의 얼굴을 쳐다봤다. 한두운은 경계선 위에 떠 있는 얇은 막처럼 그 사이에서 희미하게 진동했다. 열 개의 발가락을 안쪽으로 오므려 당기느라 그의 스니커즈 신발 등이 불룩하게 올라왔다.

한두운의 몸이, 꼿꼿이 서 있던 느낌표 같은 몸이, 물음표처럼 구부러졌다.

4

이틀 전 우진 형에게 문자가 왔다.

토요일 아홉시부터 여섯시. 아이 돌보기. 시급 만원. 할래?

뭔데 시급이 만원이야?

힘든 일은 아닌데 그 정도 받을 만해.

아이 보는 일을 내가 어떻게 해?

보통 아이가 아니야.

설명을 듣고 거절했다. 형은 당황하는 눈치였다. 하루에 구만원을 벌 수 있는 매력적인 알바라 할지라도 정체불명의 일을 할 순 없었다. 유연함과 융통성이 부족한 나는 어떤 일을 해도 쉽게 적응하지 못했다. 해야 할 일과 하지 말아야 할 일 사이의 변수를 캐치하지 못했고 설명을 들어도 이해가 안 됐다. 하물며 해보지 않은 일, 미심쩍은 일이라니, 못할 게 뻔했다. 형은 설득했고 나중엔 간절한 목소리로 부탁했다. 절대로 놓쳐서는 안 되는 주말 알반데 이번주에 일이 있어 할 수 없는 상황이라 혹 다른 사람에게 이 일이 넘어갈까봐 걱정된다는 것이었다.

그런데 왜 나야?

네가 지금 마땅히 하는 일도 없는 것 같고…… 아닌가?

계속 말해.

그리고 내 주위에 너만큼 우직하고 착한 캐릭터가 없거든.

그 말이 잘 이해되지 않았지만 무슨 말을 더 물어봐야 할지 몰라 잠시 가만히 있었다. 형이 말했다.

그리고 이게 어렵지는 않은데 아무래도 사람 상대하는 일이라 짜증나는 상황이 많아. 애가 좀 특별하잖아. 이상한 놈들한테 맡기면 나쁜 일 많이 당할 거야.

형은 잠깐 생각해보는 눈치더니 계속 말했다.

콜라에 수면제 타서 하루종일 재우는 놈도 있고 집에 데리고 가서 방에 가둬놓고 자기 할일 하는 놈도 있어. 아예 못 움직이게 줄로 묶어놓고 기저귀를 채우거나 일회용 우산 비닐 커버를 성기에

씌워 눕혀놓는 새끼들도 있다고 들었어. 화장실 데리고 다니는 것도 귀찮다 이거지. 그렇게 방치하고 지 할일 다 하면서 돈은 돈대로 받고 말이야. 부모들은 모르지. 애가 설명을 못하는데. 그래서 아무한테나 맡기면 안 돼. 나를 봐서라도 하루만 도와줘. 그냥 하루만 같이 있어줘. 어디를 가도 되고 그냥 앉아만 있어도 되는 거고.

우진 형은 어디를 갔을까? 무엇을 했고 무슨 이야기를 했을까? 짐작이 되지 않는다. 한두운은 평생 나 같은 사람들을 몇 명이나 만났을까. 그의 토요일과 일요일이 궁금하다. 집에서의 모습과 방의 풍경. 그런 것들을 상상해봤는데 어째서인지 금세 마음이 안 좋아졌다.

그는 딱딱하게 굳은 몸을 벤치 위에 살짝 걸치고 앉아 희미하게 아아, 소리를 내며 손가락을 미세하게 움직였다. 이따금씩 주먹으로 헤드기어를 툭툭 때리기도 했다. 나는 벤치 끝에 멀찍이 떨어져 앉아 앞을 바라봤다. 내려다보이는 풍경이 그럴듯했다. 완만한 언덕을 뒤덮은 잘 정돈된 잔디가 부드러운 물결이 이는 강물을 연상케 했다. 두운씨는 무슨 생각 해? 그는 내 말에 전혀 귀기울이지 않고 고개를 옆으로 비스듬히 기울이고 혼령이 걷는 돌길을 물끄러미 보고 있었다. 마음과 감정을 파악할 수 없는 미지의 표정이었다. 죽은 왕이 걷고 있나요? 농담으로 한 말인데 말하고 나니 소름이 끼쳤다. 그의 시선이 움직이는 물체의 궤적을 좇듯 길을 따라 서서히 움직였기 때문이다. 그는 검지를 들어 허공에 그림을 그렸다. 공중에 물로 그린 그림 같은 투명한 도형이 생겼다가 사라졌다. 그의 눈에는 혹시 그런 것이 보이는 걸까? 눈에 보이지 않는 것들이나 죽은 것들 아니면 형상이 없는 것들. 그렇게 생각하고 보니 무덤 주위를 걷는 그의 좀비 같은 움직임이 몽유병 환자의 그것처럼 보였다. 어딘가에 영혼을 두고 텅 빈 육체로 산책하러 나온 꿈꾸는 남자. 깨고 나면 모두 사라질 길과 풍경 속을 휘청휘청 걷는 자의 시적인 하루 같은. 물론 지나친 망상이겠지만.

그나저나 다섯 시간 삼십 분 남았다. 이젠 뭘 해야 할까. 두운씨, 뭐할까? 응? 뭐라고? 집에 가고 싶다고? 나도. 집에 가고 싶다 정말. 그 순간 한두운은 고개를 돌려 나를 똑바로 쳐다보고 말했다. 그가 대답할 것이라고는 상상조차 못했기에 깜짝 놀랐다. 다시 물었다. 뭐라고? 그가 분명하고 또렷한 발음으로 말했다.

밥.

밥?

어이가 없어 웃고 말았다.

그래. 그래. 밥. 생각해보니까 밥을 안 먹었네.

그는 그걸 이제 알았냐는 듯이 인상을 찌푸리며 자리에서 일어났다. 우리는 선정릉 근처에 있는 일식집에 들어갔다.

5

어쩌지?

밥 먹는 한두운을 보며 계속 그 생각만 하는 중이다. 처음엔 옆에 앉아 어떻게든 통제해보려고 했으나 포기하고 말았다. 음식을 뺏거나 포크 든 손을 잡으면 흥분하며 소리를 질렀다. 손으로 돈가스를 통째로 들고 뜯었고 목덜미와 셔츠로 흘러내리는 소스와 국물을 닦아낼 생각은 없어 보였다. 입속에 음식이 가득차 있는데도 음식을 집어넣었다. 들어가지 않으니 욱여넣으려 괴성을 질렀다. 그리고 곧바로 구역질을 했다. 나는 통제하는 것을 포기하고 멍하게 지켜만 봤다. 음식점에 있는 사람들이 모두 우리 테이블만 바라보았다. 처음엔 난감한 얼굴로 부탁을 하던 점원이 냉소적인 태도를 보이며 조용히 시켜달라고 거듭 요청했다. 나는 어쩔 수 없이 그의 손에서 음식을 빼앗고 접시를 치웠다. 한두운은 바닥에 누워 더 크게 소리질렀다. 나는 그 옆에 쪼그리고 앉아 제발 조용히 좀 하라고 거의 울듯 애원했다. 하지만 그는 멈추지 않았다. 어쩔 수 없이 겨드랑이 밑에 손을 집어넣고 들어올리는 척하면서 강하게 꼬집었다. 순간 그의 몸이 달팽이 더듬이처럼 위축됐다. 놀란 눈을 하고 잠잠해졌다. 우리는 서둘러 음식점을 빠져나왔다.

배부른 한두운은 다시 소심한 아이였다. 여전히 침을 뱉고 한 번씩 얼굴을 때리기는 했지만 가벼운 수준이었고 이젠 제법 내 뒤를 알아서 잘 따라왔다. 하지만 나는 방금 전의 사태로 인해 정신이 반쯤 나가 있었고 마음속의 여유와 온기가 절반으로 줄어든 상태였다. 한두운은 아무 일도 없었던 것처럼 순진한 표정으로 담벼락의 얼룩에 눈이 팔려 있었다. 그는 어떤 사람일까. 단순하게 생각하려 해도 간단히 정리되지 않았다. 침을 뱉고 식탐을 부리며 소리를 지르는 인격과 사람들을 피해 몸을 움츠리고, 긴장하고, 신도를 바라보며 손가락으로 허공에 그림을 그리는 인격은 완전히 다른 존재처럼 느껴졌다.

그에게도 '자아'라고 하는 것이 있을까.

모르겠다. 네 시간 남았다. 어디를 갈까 고민하다가 다시 선정릉으로 향했다. 방금 전의 사태 때문에 사람이 많은 대로로 걸어갈 용기가 나지 않았다. 입구에서 한두운의 걸음이 멈췄다. 목줄이 풀린 치와와가 서 있었다. 그의 얼굴이 순식간에 굳었고 표정에는 두려움이 보였다. 두 귀가 쫑긋 솟은 개는 이빨을 보이며 짖어댔다. 주인으로 보이는 젊은 여자가 십 미터쯤 떨어진 곳에 서서 형식적인 목소리로 하지 마, 하지 마, 라는 말만 반복했다. 나는 남의 개를 욕할 수도, 발로 찰 수도 없어서 잠시 가만히 있었다. 그는 뒷걸음을 치며 내 뒤로 숨었다. 그가 느끼는 두려움이 내 어깨와 팔에 흡수되듯 고스란히 전해졌다. 주인이 있는 쪽을 슬쩍 봤다. 여자는 휴대폰에 정신이 팔려 있었다. 나는 빠른 속도로 발을 뻗어 개의 뒷다리를 걷어찼다. 치와와는 킹, 하고 비명을 지르더니 등을 돌려 주인에게 돌아갔다. 한두운은 그것이 무척 마음에 들었던 것 같다. 한참 동안 뚫어지게 나를 쳐다보더니 대뜸 내 손을 잡았다.

그는 손을 놓을 생각이 없는 걸까. 빼보려 손을 비틀고 힘을 주면 그쪽에서도 반대 방향으로 손을 비틀고 비슷한 크기의 힘을 줬다. 별수 있나. 잡고 걸어야지. 선정릉 둘레길엔 노인이 많았다. 국적을 알 수 없는 기이한 패션의 할머니는 펠리컨처럼 양팔을 퍼덕이는 체조를 했고, 잘 차려입은 노신사는 유모차를 앞에 놓고 벤치에 앉아 책을 읽었다. 정자 아래 아저씨 둘이 마주앉아 장기를 두고 있었는데 우리는 그 옆에 멀찍이 떨어져 앉았다. 종아리가 아팠고 손바닥에 자꾸만 땀이 고여 손을 닦고 싶었다. 나는 주머니에서 뭔가를 꺼내는 척하며 빠르게 손을 빼냈다. 한두운은 자신의 손과 내 손을 번갈아 쳐다본 후 허리를 꼿꼿이 펴고 앉아 앞을 바라봤다. 초楚 쪽에 앉은 아저씨가 쥐고 있던 포包를 판에 내려놓고 한두운을 쳐다봤다. 한漢 쪽에 앉은 아저씨도 양팔을 기둥 뒤로 감은 채 신기한 듯 헤드기어를 봤다. 그러더니 흥미를 보이며 한두운 쪽으로 슬금슬금 다가와 말을 걸었다. 뭐하는 사람이야? 한두운은 눈썹 하나 움직이지 않고 정면만 봤다. 아저씨는 응? 응? 하며 계속 말을 걸었다. 그리고 내 쪽으로 고개를 돌리며 되물었다. 응? 나는 귀찮고 번거로워 낮게 답했다. 그러지 마세요. 아저씨는 갑자기 언성을 높이며 말했다. 내가 뭐? 응? 불쑥 짜증이 치솟았다. 다른 아저씨는 어느새 한두운 앞에 서 있었다. 그리고 진지한 표정으로 손바닥이 눈앞에 보이게 내밀며 말했다. 복싱. 복싱. 외국인에게 말하듯 단어 하나에 발과 팔을 모두 동원했다. 한두운은 스르르 자리에서 일어섰다. 그리고 두 발을 벌리고 자세를 살짝 낮추더니 펀치 두 개를 날렸다. 더할 나위 없이 깔끔한 원투였다. 나무 배트에 잘 맞은 안타 같은 두 번의 경쾌한 소리가 산책로에 탕탕 울렸다. 그리고 한두운은 다시 자리에 앉았다. 아저씨들은 처음엔 깜짝 놀라 멍하니 한두운을 쳐다봤다. 그리고 보란듯 내게 이를 보이며 웃었다.

6

권투했어요?

한두운은 새침한 표정을 하고 앞만 보고 있었다. 우거진 나무 틈으로 햇빛이 들어왔다 말았다 했다.

야, 너는 왜 밥 말고는 다른 말을 안 해?

그는 아랫입술을 쭉 내밀고 눈을 가늘게 뜨며 어깨를 움직였다. 어딘지 불편해 보였다. 자꾸만 어깨끈과 허리끈을 만지작거렸고 아아, 소리를 내며 헤드기어를 주먹으로 톡톡 때려댔다. 허리끈의 플라스틱 버클을 풀고 가방을 벗겨줬다. 가방은 무거웠다. 바닥에 내려놓을 때 진동이 느껴질 정도였다. 지퍼를 열어 안을 확인했다. 물병 세 개. 양장된 책이 일곱 권. 이 킬로그램짜리 분홍색 아령도 한 개 들어 있었다. 책은 옛날식 판형의 한국문학전집이었는데 이름 순서대로 책장에서 빼 집어넣은 듯했다. 그 순간 우진 형에게서 전화가 왔다.

어디야?

선정릉.

하, 역시 너는.

역시 뭐.

아냐. 열심히 한다고. 잘 놀아주는 것 같아 마음이 놓이네.

전화 너머로 침대에서 느긋하게 뒹굴며 담배 연기를 내뿜고 있는 듯한 분위기가 느껴졌다. 그 옆에 희미하게 여자 목소리도 들리는 것 같았다.

형. 얘 복싱했어?

글쎄. 사모님한테 듣기론 애한테 도움될까 싶어 안 시켜본 게 없다고 하던데. 정서 안정되라고 검도도 시켰다고 들었거든. 모르지 뭐, 권투도 했을지. 왜? 애가 누굴 때렸어?

아냐. 그런데 사모님이라는 사람 말이야, 애 학대해?

학대라니?

가방 봤어?

아, 그거. 네가 생각하는 그런 거 아냐. 그것도 다 가슴 아픈 사연이 있단다. 밖에서 힘을 많이 빼야 집에 들어가면 바로 잠들거든. 그러면 사모님이 엄청 좋아하셔. 운동이라 생각하면 돼. 그리고 애가 불안해하니까 뒤에서 무거운 걸로 눌러주면 안정감도 느끼고 여러모로 좋아.

형은 내 목소리에 스민 의구심을 읽었는지 이 말 저 말로 달래려 했다. 주로 보호자의 고충에 포커스를 맞춘 내용이었다. 그 여자는 한두운의 엄마도 아니고 이모라고 했다. 자기 아들도 아닌데 아들처럼 키운다고 대단한 사람이라고 했다. 우리는 그녀의 마음을 절대로 헤아릴 수 없다는 식의 설명이었다. 나는 말없이 가만히 있었다. 형은 한마디 더 하고 끊었다.

대충해. 날도 더운데.

가방을 벗은 한두운은 어깨를 안으로 말고 앉았다. 직전까지 장대처럼 꼿꼿하게 몸을 펴고 있던 것과는 다른 자세였다. 들릴락 말락 한 소리로 호흡하다가 한 번씩 길게 숨을 뱉었다. 그가 나를 쳐다보며 아아, 소리를 내며 주먹으로 자신의 얼굴을 툭툭 쳤다.

왜 자꾸 그러는 거야, 라고 말리려는 순간 뭔가 깨달았다. 자해를 하는 것이라면, 화가 난 것이라면, 저렇게 힘없이 아아, 하지 않을 거라고. 악악! 소리지르며 샌드백 두드리듯 때리겠지.

한두운을 데리고 장애인 화장실로 들어갔다. 목에 걸린 표식과 헤드기어를 벗겼다. 두 뺨이 빨갰다. 땀띠가 볼에 퍼져 있었고 좁쌀만한 염증도 있었다. 헤드기어를 손에 들고 잠시 아무것도 못하고 멍하니 서 있었다. 그의 얼굴을 제대로 봤다. 물기 없이 마르고 까만 작은 씨앗 같았다. 머리카락은 군데군데 눌리고 뭉쳤는데 곳곳이 동전 모양으로 하얗게 세어 있었다. 나는 그의 목덜미를 부드럽게 잡고 손우물을 만들어 물을 담아 뺨에 끼얹었다. 물이 닿을 때마다 그는 주먹을 꽉 쥐었다. 두 개의 주먹이 익은 열매처럼 빨갰다. 다 했어요. 다 했어요. 나는 아이를 달래듯 최대한 부드럽게 말했다. 그는 씻는 내내 순응적이었고 아무 소리도 내지 않았다. 세면대에 물을 틀고 흐르는 물에 손을 집어넣고 가만히 있을 뿐이었다. 화장지를 풀어 손수건 크기로 접어 조심스럽게 톡톡 찍어 물기를 닦아냈다. 이마와 목덜미에 눈가루처럼 휴지 조각이 묻었다. 헤드기어의 안쪽을 화장지로 닦아낸 후 이것을 어떻게 할까, 고민하다가 가방에 집어넣고 어깨에 걸쳤다. 더우니까 잠깐만 벗고 있어요. 절대로 나쁜 짓 하면 안 돼요. 알겠지요? 나는 그의 둥근 이마에 붙은 젖은 머리카락을 어루만지듯 살짝 떼어낸 뒤 그

사이로 손가락을 넣어 가볍게 흔들어줬다.

7

한두운의 발걸음이 경쾌하고 빨라졌다. 두리번거리며 주변을 살폈다. 그러다 뭔가를 지시했다. 손가락이 가리킨 것을 보면 별것도 아니었다. 잡은 벌레에 줄을 감고 있는 거미였다. 그것을 시작으로 계속 뭔가를 보여줬다. 나는 그것들이 왜 인상적인지 도무지 알 수 없었다. 버려진 매듭. 돌 위에 올려져 있는 돌. 한쪽이 부서진 이어폰. 깨끗하게 속이 텅 빈 매미의 허물 앞에서는 오랫동안 앉아 있었다. 그는 그것이 정말 신기한 것 같았다. 갑자기 말을 했다.

매미.

매미를 매미라고 했을 뿐인데 나는 정말로 놀랐다. 그는 멀뚱히 나를 쳐다보며 고개를 살짝 옆으로 꺾어 일어섰다. 그것도 몰랐냐는 듯 오만한 표정이었다. 한번 말문이 트이자 멈추지 않았다. 녹음된 음성 파일이 재생되듯 그는 일정한 리듬과 운율로 말했다. 시의 한 구절 같기도 했고 멜로디 변화가 없는 노래 같기도 했다. 작게 웅얼거려 정확하게 들을 순 없었지만 나무들의 이름을 말하고 있었다.

오리나무.

마침 나무에 이름표가 있길래 확인해봤는데 정말이었다. 오리나무였다.

정말이야? 알고 말하는 거야?

그는 내 질문에는 답하지 않고 열 걸음 정도 앞서 걸으며 계속 나무의 이름을 말했다. 화살나무. 자귀나무. 전나무. 그는 나무가 친구라도 되는 듯 편하고 부드럽게 이름을 불렀다. 이게 가능한가? 나는 한두운의 뒤를 따라가며 휴대폰으로 '자폐' '정신지체'라는 단어를 검색했다. 연관 검색어로 나온 '천재 자폐'와 '서번트 신드롬'도 함께 검색했다. 사례가 다양했고 그것과 관련된 지식이 없어 잘 이해할 순 없었지만 어쨌든 가능하단 소리였다. 피아노를 잘 칠 수도 있고, 그림을 잘 그릴 수도 있으며, 암기력이 뛰어날 수도 있었다. 나무 이름을 많이 아는 것은 그것들에 비해 더 대단한 것인가 아닌가. 모르겠지만 어쨌든 그 목소리는 듣기 좋았다. 고저가 거의 없는 단조로운 음성이었는데도 감정이 담겨 있었다. 유리병에 반쯤 담긴 물이 계속 찰랑거리는 소리 같은 반복과 희미함. 그러다 갑자기 말을 멈추고 그 자리에 서서 손가락으로 뭔가를 가리키며 내가 봐주기를 원했다. 역시나 특별한 건 없었다. 부러진 안경다리 한쪽, 흙속에 반쯤 파묻힌 자주색 털모자 같은 것들이었다. 내가 그것을 확인하면 그는 다시 만족스러운 표정으로 앞서 걸어갔다.

반시계 방향으로 걷는 사람들이 시계 방향으로 걷는 우리와 마주쳤다. 산책하는 남자, 조깅하는 여자, 팔짱을 끼고 한 몸처럼 걷는 연인, 제자리에 멈춰 서서 어디로 가야 할지 고민하는 듯한 외국인, 혼잣말을 하며 화내고 우는 정체불명의 노인. 그들을 마주칠 때마다 한두운은 입술을 다물고 긴장했다. 눈을 가늘게 뜨고 상체를 양옆으로 움직였다. 그러다 재빨리 한 걸음 한 걸음 비켜서며 힘겹게 앞으로 나아갔다. 그들과 몸이 닿으면 당장 목숨을 잃게 되는 게임이라도 하는 플레이어처럼 신중했다. 가벼운 스텝, 리드미컬하게 왼쪽 오른쪽으로 유연히 움직이는 상체. 홀로 진지했고 혼자 애쓰고 있었다. 마치 링에 서서 부지런히 발을 움직이며 분투하는 아웃복서 같았다. 나비처럼 날아 벌처럼 쏴야 하는. 나는 무심결에 단어 하나를 입 밖으로 꺼냈다.

파피용.

그는 걸음을 멈추고 잠시 뒤를 돌아봤다. 파피용이라니, 얼마 만에 발음해보는 불어인가. 프랑스어과를 졸업했으면서 간단한 단어 하나 말하는 것도 이렇게 낯설다니. 그땐 프랑스, 하면 막연히 멋있었지. 불어를 공부하고 말할 줄 아는 사람이 되면 더 멋있을 것도 같았고. 그게 뭔지 몰라도 남들과는 다른 미래가 열릴 거라고 생각했다. 뭐랄까, 프랑스적인 미래랄까. 에펠탑처럼 예쁜 푸른 눈동자를 마주보며 빵을 자르고, 상송이 울려퍼지는 거리를 걷는 여유롭고 고급스러운 삶. 아니면 프랑스와 관계된 어떤 삶. 이를테면 프랑스와 무역을 하거나 그 나라 책을 한국어로 번역하는 사람 정도는 될 줄 알았다. 파리 8대학이니 9대학이니 하는 곳에서 공부하는 모습을 상상하기도 했다. 하지만 나는 졸업 후에 영어 학원 강사를 했고 나중에는 초등학생 보습 학원에서 국어와 수학도 가르쳤다. 그 일을 하기 위해 국어 문법과 수학 공식을 다시 공부해야 했다. 그것도 쉽지 않았다. 뭘 해도 나는 함께 일하는 사람들과 갈등이 있었다. 답답하다. 꽉 막혔다. 이런 말을 늘 들어왔다. 프랑스어를 공부한 사람이 왜 이렇게 유연하지 못하냐는 쓴소리도 많이 들었다. 불어와 유연함의 연관성을 고민하다보면 어느새 일을 그만둔 뒤였다. 그리고 지금은 보습 학원에서 함께 일했던 우진 형의 땜빵으로 일당 구만원짜리 알바를 하고 있는 것이다.

나는 한두운과 나란히 걸었다.

내가 대학에서 프랑스어를 공부했어. 불어 알아요? 봉주르? 사바.

그는 곁눈으로 쳐다볼 뿐 별다른 반응을 보이지 않았다.

암튼 그런 걸 배웠는데. 내가 프랑스어과 대표 권투 선수였어.

나는 자세를 낮추며 포즈를 취해 보였다. 가방 탓에 순간 몸이 휘청거렸다. 그는 살짝 놀란 듯 눈을 동그랗게 떴다.

그게 지금 생각해도 정말 어이가 없는데. 대학 체육대회에서 권투라니. 당시 학생회장이 격투기에 빠져 있어서 밀어붙인 건데 정말 끔찍했어. 눈뜨곤 볼 수 없는 수준의 경기였거든. 그래도 경기장의 풍경은 멋졌던 것 같아. 응원도 재밌었고. 상상해봐. 러시아, 스페인, 독일, 아랍, 중국, 일본, 프랑스를 대표하는 허약한 선수들이 링에 올라서 싸우는 광경을 말이야. 국기가 휘날리고 정체불명의 어설픈 외국 응원가가 울려퍼졌지. 프랑스어과 대표 선수는 나였어. 권투를 잘해서가 아니고 남자가 나밖에 없었기 때문이었지. 원래 외국어과는 남자가 부족한데 프랑스어과는 그중 특히 심했어. 남자 신입생이 나 포함 세 명이었으니까. 선배들은 집행부니 임원이니 이런저런 중책을 맡아 대회 준비 인력으로 빠져나갔고 출전할 남자가 하나도 없었던 거야. 남자 신입생 중 한 명은 학교를 한 달째 나오지 않았고 또다른 한 명은 심각한 축농증을 앓고 있었는데 마우스피스를 끼고 코를 킁킁거리더니 숨이 안 쉬어진다고 바로 포기하더군. 어쩌겠어, 내가 나갈 수밖에. 내 상대는 러시아어과였어. 딱 봐도 만만해 보이는 약골이었지. 내가 아무리 권투를 못해도 쟤는 이길 수 있겠다 싶었는데 상대도 나랑 비슷한 생각을 했나봐. 표정에 자신감이 있더군.

순간 언덕에서 강한 바람이 불었다. 우리는 잠깐 걸음을 멈추고 허공을 봤다. 바람이 보였다. 바람이 지나가는 곳으로 나뭇잎과 모래, 이름 모를 날벌레들과 까만 비닐봉지가 함께 날렸다. 투명한 길 하나가 허공 속에 놓인 것 같았다. 한두운은 입을 크게 벌리고 혀를 앞으로 조금 내밀어 바람의 맛을 보곤 황홀한 표정을 지었다. 바람이 멎고 우리는 다시 걸었다. 나는 말했다.

팽팽한 경기였어. 팽팽하게 못했지. 수준이 비슷했으니까. 양쪽 다 서로를 다운시킬 정도의 펀치와 힘이 없어서 종이 울릴 때까지 주먹만 휘둘러댄 거야. 한 대 때리면 한 대 맞고. 지금 생각해봐도 끔찍하다. 사실 진짜 경기는 링 밖에서 이루어졌어. 세계 타이틀 매치라도 그 정도는 안 될 거야. 열광적이고 무시무시한 응원전이었지. 서로의 별명을 외치는 소리가 귀를 아프게 할 정도였으니까. 프랑스에서 파피용, 파피용, 하면 러시아에서 우비짜, 우비짜, 했지. 내가 파피용이었고 상대가 우비짜였는데 결과적으로 파피용이 판정으로 졌어. 마지막에 터진 코피가 결정적이었지. 파피용이 프랑스어로 무슨 뜻인지 알아? 나비야. 나비처럼 날아 벌처럼 쏘는 알리를 염두에 둔 응원 같은데. 그게 뭐야, 권투 선수한테 나비라니. 지금 생각해보니 내가 진 건 순전히 응원 탓이야. 나중에 알게 된 사실이었지만 우비짜는 러시아 말로 살인자라더군. 아…… 별명이 그 정도는 되었어야지. 나비가 뭐야. 나비가 살인자를 어떻게 이겨. 그런데 두운씨 걷는 폼 보니까 그때 생각이 나네.

한두운은 나를 빤히 봤다. 기분 탓일까. 모르겠다. 하지만 분명 그의 얼굴에서 어떤 반응이 비쳤다. 여차하면 놓칠 뻔한 작은 미소가 고요히 떠올랐다 빠르게 사라졌다. 이 생각은 나 스스로도 상당한 비약이라고 여기지만, 나는 그가 내 마음을 꿰뚫어본 다음에 웃은 것이라는 근거 없는 판단을 했다. 응답하는 눈빛이랄까. 그런 생각이 들자 기분이 좀 이상해졌다.

비웃어? 나는 왼손으로 잽을 날렸다. 그는 고개를 살짝 꺾어 피했다. 오른손으로 다시 잽을 날렸다. 그것도 가볍게 피했다. 이번엔 힘을 실어 스트레이트를 날렸는데 몸을 뒤로 쭉 빼더니 그것도 피하는 것이었다. 눈빛이 진지했고 주먹에서 시선을 떼지 않았다. 마치 주먹과 자신 사이에 필연적인 거리가 존재한다는 듯 예민하게 거리를 유지했다. 나는 장난기가 발동해 계속 펀치를 섞어서 마음대로 날려봤다. 그는 한 대도 맞지 않고 모든 주먹을 피했다. 어떤 시선이 느껴져 뒤를 돌아봤다. 손을 맞잡고 벤치에 앉아 있는 연인이 우리를 쳐다보고 있었다. 그 눈이 나를 향한 것인지 한두운을 향한 것인지 둘 모두를 향한 것인지 분간하기 어려웠다. 나는 머쓱한 기분에 주먹을 내리고 고개를 푹 숙였다.

숲속으로 낮이 사라지고 있다. 그늘이 넓어지고 대기가 희뿌옇게 변했다. 한여름 늦은 오후가 이렇게 어두워질 수도 있나. 구름도 바람도 없는데, 태양은 저리도 맹렬한데, 왜 숲은 어둡나. 나무에 등을 기대고 서 있는 한두운에게는 그림자가 없다. 윤곽선도 없고 희미한 얼룩 같은 것도 없었다. 곰곰 생각하니 걷는 내내 그림자를 본 기억이 없다. 같은 길을 돌고 또 돌았다. 선릉에서 정릉으로 정릉에서 다시 선릉으로. 한두운은 중력 없이 저항 없이 허공에 한 뼘 떠서 쭉 미끄러지듯 걸었다.

8

다섯시 반. 선정릉을 나와 동네를 한 바퀴 돌고 근린공원 앞 편의점 플라스틱 의자에 앉았다. 나는 이온음료를 마셨고 한두운은 아이스크림을 먹었다. 두운씨. 우리 이제 헤어지네, 라고 말하려다 말았다. 한두운은 고개를 숙이고 멜론맛 아이스크림을 혀끝으로 핥고 있었다. 십오 분쯤 앉아 있다가 약속 장소인 7번 출구 쪽으로 갈 생각이었다. 그때 문자메시지가 왔다. 한두운의 보호자였다.

일이 생겼어요. 세 시간만 더 봐주세요.

나는 답했다.

곤란합니다. 밤에는 약속이 있어요.

오 분이 지났다. 답은 없었다. 전화를 걸었다. 받지 않았다. 삼 분 뒤에 다시 전화를 걸었다. 전화기가 꺼져 있었다. 나는 이 상황이 무엇을 의미하는가 싶어 메시지를 오래도록 바라봤다. 일이 생겼어요. 일이 생겼어요. 그 문장을 두 번쯤 천천히 입말로 중얼거렸다. 뭐야. 이게.

보도블록에 발을 질질 끌었다. 힘과 감정이 발바닥으로 모두 새나가는 듯 걸을수록 조금씩 무거워지고 동시에 텅 비어가는 기묘한 기분이 들었다. 한두운은 엉성한 폼으로 세 걸음쯤 뒤에서 따라왔다. 공원에서는 이상한 냄새가 났고 습한 기운이 돌았다. 낮에 벌초한 수풀들에서 나는 냄새였다. 비릿하고 과도한 풀 냄새. 짓이겨진 냄새. 숨을 크게 들이쉴 때마다 그 냄새가 코와 목구멍을 불쾌하게 간질였다. 내 기분이 갑자기 달라졌다는 것을 한두운은 감지했다. 계속 곁눈으로 내 눈치를 살폈다. 나는 밑동만 남은 고목에 앉아 생각이란 것을 해보기로 했다. 이건 아니잖아. 무시하는 것도 아니고. 형에게 전화를 걸어 지금의 상황에 대해 말했다. 하지만 그는 대수롭지 않게 답했다. 밤에 급한 일이 없으면 그냥 하라는 식이었다. 그 문제가 아니라고 말하니 그럼 무슨 문제가 있느냐고 태연히 물어보길래 끊어버렸다.

긴장이 풀렸다. 아홉 시간 동안 종일 걸어만 다녔다. 이제 날도 어두워지고 더이상 갈 곳도 없는데 내가 뭘 더 할 수 있단 말인가. 그냥 여섯시에 약속 장소로 가서 한두운을 놓고 가버릴까? 그럴 순 없다는 생각이 곧바로 들었다. 이러지도 저러지도 못하는 상황이었다. 한두운이 갑자기 나무 이름을 말하기 시작했다. 한 번씩 내 쪽을 슬쩍 쳐다보며 눈치를 보는 것으로 볼 때 나 들으라고 말하는 것 같았다. 불쑥 짜증이 났다. 나는 소리쳤다.

조용히 해.

나 스스로도 놀랄 정도였다. 밑바닥에 분노가 깔려 있었다. 한두운은 바로 입술을 다물었다. 긴장하며 장대처럼 꼿꼿이 서서 어쩔 줄 몰라했다. 나는 수풀의 그늘진 곳을 보며 한번 더 말했다.

시끄럽다고.

다음 말은 겨우 삼켰다. 하지만 뱉으려고 했던 말을 한두운은 들은 것 같다. 그는 고개를 숙이고 발바닥을 땅에 비비며 고장난 로봇처럼 끼릭끼릭 움직이더니 점점 멀어졌다. 나는 그의 뒷모습을 바라보다 고개를 돌려버렸다. 그에게 어두운 감정을 내비친 스스로에 대한 희미한 수치심이 마음속에 피어나는 것이 느껴졌다. 따라갈 힘도 없고 그러고 싶지도 않았다. 나는 메고 있던 가방을 바닥에 내팽개치고 주저앉았다.

9

정신을 차리고 보니 한두운이 보이지 않았다. 두운씨. 두운씨. 한두운. 야. 야. 주위를 둘러봐도 아무도 없었고 대답도 없었다. 가로등 불이 하나둘 켜지기 시작했고 사물과 풍경을 명확하게 인식할 수 없을 만큼 주위가 어둠에 잠기고 있었다. 불안했고 걱정이 됐다. 골목으로 걸어갔을까? 아니면 큰길 쪽으로 갔을까? 아니면 다시 선정릉으로 갔나? 아니면. 아니면. 수많은 가능성 탓에 머리에 쥐가 나려고 했다. 어디에 있든 혼자 있다면 그곳은 위험한 곳이 될 것이다. 나는 정신없이 뛰어다녔다. 그런데 놀이터 쪽에 한 무리의 사람들이 몰려 있는 게 보였다. 순간, 저 한가운데 한두운이 있을 것이라는 직감이 들었다. 동시에 그가 좋지 않은 일에 휘말렸을 것이라는 예상도 했다.

한두운은 그곳에 있었다. 네 명의 청소년이 그를 둘러싸고 있었는데 딱 봐도 불량스럽고 위험해 보이는 친구들이었다. 나는 그들 틈으로 비집고 들어가 한두운 앞에 서서 사방을 둘러보며 다급하게 말했다.

무슨 일이에요. 왜 그러세요.

저 새끼가 우리한테 침을 뱉잖아요.

나는 말했다. 누구한테 말해야 할지 몰라 앞을 봤다가 오른쪽도 봤다가 고개를 돌려 뒤도 돌아보면서 말했다. 이 친구는 정상이 아니다. 그러니까 이해해달라. 침은 뱉지만 기분이 나빠서는 아니고. 그러니까 습관 같은 건데. 그 순간 한두운이 등뒤에서 침을 뱉었다. 침은 어깨 너머로 날아가 앞에 서 있는 학생의 나이키 운동화 끈에 떨어졌다. 순간 나이키는 소리를 지르며 나를 옆으로 밀어냈다. 그리고 한두운에게 주먹을 휘둘렀다. 그는 피했다. 놀라거나 초조해하지 않고 가볍게 피했다. 옆에 있던 퓨마와 리복도 주먹을 날렸는데 그것도 피했다. 그들은 당황하면서도 오오…… 소리를 내며 감탄했다. 나중엔 오기가 생기는지 힘을 실어 한두운에게 주먹을 뻗었다. 몇몇 사람이 이 상황을 목격했지만 아무도 도와주거나 개입하지 않았다. 다른 길로 돌아가거나 그저 서서 구경만 했다.

그네를 타고 있던 스포츠머리 소년이 팔짱을 풀고 자리에서 일어났다. 발밑엔 반쯤 피우다 버린 담배꽁초가 수북했다. 그가 자세를 잡자 한두운도 자세를 잡았다. 그는 다른 애들과 달랐다. 펀치 스피드가 빨랐고 궤적도 정확했다. 제법 폼이 잡혀 있었다. 그는 입을 악다물며 깊숙하게 파고들어 펀치를 날렸다. 하지만 한두운은 아슬아슬하게 그것들을 다 피했다. 정교한 공학으로 설계된 기계처럼 위빙은 완벽에 가까웠다. 춤을 추듯 앞뒤로 빠르게 발을 움직였다. 훽훽, 어디서 나는지 알 수 없지만 훽훽, 소리가 났다. 갑자기 소년이 얼어붙듯 멈췄다. 그가 뭔가를 봤고 그가 본 것을 나도 봤다. 한두운이 가드 뒤에 숨어 엄청난 살기를 뿜으며 그를 노려보고 있었다.

소년은 갑자기 몸을 홱 돌려 가자, 라고 말했다. 친구들은 뭔가

개운치 않은 얼굴로 그를 뒤따랐다. 나는 이 믿을 수 없는 광경에 놀라면서도 섣불리 한두운에게 접근할 수 없어 곁에 서서 더듬대며 말했다. 괜찮아. 괜찮아. 한두운은 숨을 몰아쉬며 털썩 주저앉았다. 마치 줄이 끊어진 마리오네트 같았다. 그때 어둠 속에서 모래가 날아와 우리의 얼굴을 덮쳤다. 머리카락과 입술, 눈과 셔츠 속에 흙과 자갈이 들어왔다. 얼굴을 감싼 채 웅크리고 있는 한두운의 뒤통수로 바나나우유와 콜라가 쏟아졌고 주먹 크기의 돌멩이도 날아왔다. 애들은 얼굴에 침을 뱉듯 강하게 욕설을 내뱉었다.

병신 새끼들.

그들은 관목 뒤로 도망가며 계속 소리를 질러댔다. 낄낄거리는 웃음소리와 함께 어둠 속에서 같은 말이 반복해 들렸다. 그 말은 수풀 속에서 허공 속에서 울려퍼졌고 미끄럼틀과 시소와 나무들과 공원 전체가 그 말을 따라 했다.

한두운은 주저앉아 무릎에 얼굴을 파묻었다. 물속에 얼굴을 집어넣고 숨을 참는 사람처럼 그는 잠겨 있었다. 나는 그의 머리카락에 묻은 흙과 오물을 털어내고 어깨를 손바닥으로 쓰다듬으며 안정시켰다. 그의 몸은 떨리고 있었다. 묘한 떨림이었다. 몸이 떨리고 있는 게 아니라 몸속 깊숙한 곳에서 엔진이 작동되고 있는 것 같았다. 잠시 뒤 나는 그것이 심장이라는 것을 알게 됐다. 두근두근 뛰는 게 아니라 고장난 기계처럼 두두두두 뛰고 있는 것이다. 나는 물속에서 시체를 끄집어올리는 심정으로 그의 겨드랑이에 손을 껴넣어 들어올리려 했다. 한두운은 두 손으로 나를 밀치며 스스로 일어섰다.

한두운은 상체를 펴고 우두커니 서서 정면을 바라봤다. 그리고 바닥에 쓰러져 있는 나를 흘낏 쳐다보더니 두 손을 올려 자세를 취했다. 방어를 위한 가드가 아니라 앞을 향해 돌진하려는 인파이터의 폼이었다. 긴장이 됐다. 나와 싸우겠다는 뜻인가?

한두운은 한두운을 때리기 시작했다. 그냥 툭툭 치는 게 아니라 상대방을 다운시키겠다는 의지가 실린 정확하고 강한 펀치였다.

펀치 하나, 탁.

펀치 둘, 타닥.

원 투 스리, 타다닥.

얼굴은 순식간에 엉망이 됐다. 뺨에 붉은 멍이 들고 눈 주위가 부풀어오르고 광대뼈 근처가 찢어져 출혈이 생겼다. 나는 달려가 팔을 붙잡았다. 하지만 그는 링에 선 복서였다. 나는 상대가 되지 않았다. 그의 몸은 탄탄하고 강인했다. 알밤 같은 근육이 팔과 몸에 못처럼 박혀 있었다. 그는 계속 주먹을 날렸다. 나는 그의 뒤에서 허리를 껴안았다. 그러고는 발을 걸어 넘어뜨렸다. 두 손으로 그의 얼굴을 잡아 끌어안았다. 그리고 소리를 질렀다. 무슨 말을 했을까. 욕을 한 것도 같고, 화를 낸 것도 같고, 제발 그러지 말라고 빌었던 것도 같다. 어느 순간 한두운은 잠잠해졌고 우리는 잠시 부둥켜안고 바닥에 누워 있었다. 정신이 들었을 땐 경비 아저씨가 랜턴으로 우리의 얼굴을 비추고 있었다.

10

의욕이 없다. 화가 나야 하는데 화도 나지 않았고, 억울해야 하는데 그런 기분도 들지 않았다. 한두운은 우두커니 나무처럼 서서 반쯤 감긴 눈으로 앞을 바라봤다. 우리는 바쁘게 걷는 사람들 속에서 꼼짝도 않고 서 있었다. 어둠 속에, 가로등 불빛과 맹렬하게 스쳐지나가는 자동차의 헤드라이트 속에, 사람들의 수다, 카페와 빵집에서 들리는 음악 소리, 시선들과 호기심, 알 수 없는 감정이 깃든 눈동자들 속에서 그저 서 있었다.

한두운의 보호자는 미안한 얼굴을 하고 아홉시에 나타났다. 열두 시간 동안 무슨 일이 있었는지 모르지만 그녀의 얼굴은 반쪽이 되어 있었다. 어두워서 그렇게 보이는 건가. 아니면 내 눈이 잘못된 걸까. 모르겠다. 나는 그녀가 우리 쪽으로 한 발 다가올 때마다 무의식적으로 조금씩 고개를 숙였다. 그녀는 한두운의 얼굴을 확인하고 곧바로 내게 다가와 성난 음성으로 물었다.

어떻게 된 거예요?

나는 어떻게 설명해야 할지 몰랐다. 그녀는 생각할 틈을 주지 않고 곧바로 또 물었다.

보호대는 어디에 있어요?

그러고 보니 가방이 보이지 않았다. 공원에 두고 온 것 같은데. 아니 계속 들고 다녔는데. 왜 없는지 모르겠다는 식으로 횡설수설했다. 말하면서 참담한 기분을 느껴 더이상 설명하지 않고 입을 꾹 다물고 그냥 가만히 있었다. 미안했다. 아니 억울했다. 화가 났다. 아니 슬픈가. 그녀는 나와 한두운을 노려보며 낮게 중얼거렸다.

제가 그렇게 부탁했잖아요. 다치지 않게 해달라고. 그렇게 부탁했는데.

그녀의 음성이 미세하게 갈라지더니 더는 참을 수 없다는 듯 그녀가 갑자기 언성을 높이며 소리쳤다.

이게 뭐예요. 이렇게 사는 게 얼마나 힘든지 알아요? 나보고 뭘 어떻게 하라고 이러는 거예요. 왜 다들 나를 괴롭혀요. 이런 내 입장을 생각해본 적 있어요?

그랬다. 나한테 그렇게 말했다. 한두운은 웅크리고 앉아 몸을 떨었다. 눈을 질끈 감고 입술을 달싹였다. 나는 다 알 것 같았다. 그녀가 얼마나 힘든지, 왜 이렇게 화가 많이 났는지도 알 것 같았다. 하지만 너무 시끄러웠다. 당신의 조카도 두려워서 저렇게 떨고 있잖아. 나는 말했다. 여자는 의아하단 얼굴로 나를 바라봤다. 잘못 들었다는 표정이었다. 다시 말했다.

조용히 좀 해요.

미안하다고 말하고 싶었는데 그렇게 말했다.

정말 머리가 너무 아팠다. 말 한마디 들을 때마다 머릿속에서 창문이 하나씩 깨지는 기분이었다. 손에 묻은 피도 씻고 싶고 옷도 빨리 갈아입고 싶었다. 그녀는 한참 동안 나를 노려보더니 가방에서 휴대폰을 꺼냈다. 등을 돌려 저만치 떨어진 곳으로 걸어가며 누군가와 통화를 했다. 무슨 말을 하는지 알 순 없었지만 증오심 깃든 눈으로 한 번씩 나를 노려봤다. 한두운은 고개를 돌려 물끄러미 나를 봤다. 나도 한두운을 그렇게 봤다. 우리는 잠시 비 오는 날의 송곳니 없는 동물들처럼 눈을 마주하고 가만히 있었다. 아까의 무섭던 눈빛이 아니었다. 선릉과 정릉을 함께 돌아다닐 때의 투명한 눈빛도 아니었다.

나는 주먹을 움켜쥐고 고개를 숙인 채 입을 꾹 다물었다. 아까부터 계속 전화가 울렸다. 화가 난 우진 형에게서 메시지도 십 분 간격으로 수신됐다. 한두운이 곁으로 다가왔다. 민달팽이처럼 스스스스 움직여 다가왔다. 그림자가 이동하듯 소리도 없이 흔적도 없이. 슥, 왔다. 그의 얼굴이 엉망이었다. 내가 때린 것도 아닌데 내가 때린 것처럼, 보는 것만으로도 숨이 차 쥐고 있는 주먹에 더 힘을 줬다. 주먹 속으로 뭔가가 쑥 들어왔다. 그의 손가락이었다. 따뜻하고 가는 뼈 하나를 쥐고 있는 것 같았다. 손아귀에 힘이 줄어들면서 긴장이 풀렸다. 한두운은 말했다.

파피용.

나는 고개를 들어 그를 바라봤다. 조금 어이가 없어서 헛웃음이 났다. 발음이 너무 좋았던 것이다. 그는 표정 하나 바꾸지 않고 뚫어지게 나를 쳐다보더니 곧 손가락을 빼내고 제자리로 돌아갔다. 둘은 처음에 봤던 그 모습 그대로 떠났다. 여자는 조카의 팔목을 붙잡고 걸었고 한두운은 이상한 스텝으로 한 발 뒤에 서서 삐걱삐걱 걸어갔다.

우진 형에게 온 문자를 읽어봤다.

내가 너 믿고 하루 부탁한 건데 그걸 망쳐? 어려운 것도 아니고. 내가 뭐랬어. 애 다쳤다며. 이거 보면 빨리 전화해.

전화를 할까 하다가 무슨 말을 해야 할지 몰라 관두기로 했다. 사과를 하기에도 화를 내기에도 뭔가 애매한 상태였다. 실은 미안한 마음도 없고 분노 같은 것도 없었다. 다만 피곤할 뿐. 말하기가 너무나 귀찮을 뿐.

이상한 하루였다. 분명 내게 일어난 일이지만 그 경험이 실제 같지 않았다. 속은 것도 같고 뭔가에 홀린 것도 같고. 집으로 걸어가면서 한두운 생각을 좀 했다. 어쩌면 그의 삶은 오해되고 왜곡되었는지 모른다. 아니, 우리를 속이고 있는지도 모르지. 솜씨 좋은 작가처럼 거짓을 진짜처럼 혹은 진실을 가짜처럼. 영혼은 편하게 침대에 눕혀놓고 하루종일 내 손을 잡고 유령처럼 산책하다 집에 돌아간 것일지도 모른다. 아닌가. 하지만 그럴 수도 있지. 모르는 일이니까. 말을 안 하는데 알 수가 있나. 뒷모습으로 남은 얼굴. 아름답게 움직이던 위빙. 오리나무와 자귀나무를 구분할 수 있는 이상한 지식. 오늘 만난 한두운은 도대체 어떤 사람이었나. 정말 권투를 배운 걸까?

모르겠다. 오른쪽 주먹을 가볍게 쥐고 오른쪽 광대뼈를 툭, 때려봤다. 나도 모르게 아, 소리가 날 정도로, 정말 아팠다.

두번째 삶

암막 커튼이 창을 가린 실내는 어두컴컴했다. 거실엔 내용물이 표시된 박스가 쌓여 있었다. '봄' 위에 '겨울', 그 위에 '신발'이 '책' 옆에 '가을'과 '그릇'이 있다. 안방 문은 열려 있고 작은방 문은 닫힌 채 잠겨 있다. 십 년 만에 집에 돌아왔다. 이 집도, 이 집이 위치한 여주도, 처음이다. 처음 온 집을 내 집이라 할 수 있을까. 돌아왔다, 고 말할 수 있을까. 식탁 의자에 앉아 파란색 플라스틱 소쿠리로 덮은 음식을 봤다. 잡곡이 섞인 밥과 돼지고기가 든 김치찌개, 들기름으로 구운 두부와 고추장으로 볶은 멸치가 놋그릇에 담겨 있었다. 수저 옆엔 체크카드와 휴대폰이 있었다. 액정에 붙은 포스트잇에 적힌 메모를 반복해서 읽은 뒤 가방을 열어 노트를 꺼내 옮겨 붙였다. 식은 밥을 찌개에 말고 전자레인지에 돌렸다. 두부를 입에 넣고 시간을 들여 오래 씹었다.

스탠드 옷걸이와 박스가 삼면을 채운, 방이라고 할 수도 없는 작은 공간 한편에 두꺼운 요와 이불이 깔려 있었다. 거기가 내가 잘 곳이라는 것을 알았다. 바닥은 뜨거웠다. 지나칠 정도로 이글거렸다. 소년교도소에서 일반 교도소로 이감되는 동안 열여덟이었던 나는 스물여덟이 됐다. 두 번의 사고로 추가가 붙어 형이 늘어났다. 그사이 집은 강동에서 수지로, 곤지암을 거쳐 여주까지 옮겨졌다. 사 년 전 이맘때 아빠가 뇌출혈로 죽었다, 했다. 엄마는 이런저런 일을 하다가 말았고 지금은 마트에서 계산원으로 일한다고 한다. 이제 스물일곱이 된 연년생 여동생은 휴대폰 배터리에 들어가는 어떤 부품을 만드는 제조회사에서 경리로 일하고 있다는 걸 작년에 들었으니 지금은 무슨 일을 하는지 모르겠다. 이게 다 나 때문인데…… 이제 난 어떻게 해야 하는 걸까. 처박혀 지내는 내내 그 생각을 했는데도 모르겠다. 대책 없이 돌아왔고, 가족도 없는 집에서 혼자 밥을 먹고는 좁고 뜨거운 방에 등을 대고 누워 있다. 온기를 넘은 열기. 무엇인가가 나를 조롱하고 있다. 비웃는 목소리.

너 같은 건 끓는 물 속의 개구리처럼 죽어야 해. 입 벌리고 실실 웃으면서 죽는 줄도 모르고 행복해하는 병신 새끼.

자리에서 일어났다. 허리를 꼿꼿하게 펴고 앉아 어금니를 맞물고 치아 사이로 빠르게 바람을 빨아들였다. 씁, 하는 소리가 잇새로 들리고 바늘로 찌르는 듯한 치통이 느껴졌다. 불안감이 조금씩 사그라지는 게 느껴졌다. 가방에서 노트를 꺼내 '나가서 할일'에 기록한 것들을 주문을 외듯 반복해서 읽었다.

여주 집 찾아가기.

구직.

모산고.

한준일.

단양.

남한강.

아크튜브에 사연 보내기.

숨을 가늘고 길게 내쉬며 마음을 진정시켰다. 그래도 나왔다. 마침내 끝났다. 그 시간은 흘렀고 이젠 다른 시간이 시작됐다. 한때는 빠져나올 수 없는 세계에 갇혔다고 생각했다. 의지와 상관없이, 노력과 무관하게, 나쁜 일은 계속 일어났다. 가만히 있으면 더러운 들개들이 다가와 냄새를 맡고 핥고 깨물어댔다. 뾰족한 물건이 항상 내 눈과 목을 겨냥하고 있었고 치워도 치워도 방엔 오물이 쌓여만 갔다. 삼 년 뒤가 오 년 뒤가 됐다. 일 년만 있으면 나갈 거라 생각했는데 시간은 늘어나고 늘어나 삼 년이 되고 사 년이 됐다. 어느 순간부터 이렇게 생각했다.

'형벌은 법정에서 선고되는 것이 아니었어. 빌어먹을 운명이 결정하는 거지. 운명은 나를 진창에 처박고 잊어버렸어.'

하지만 마음을 바꿨다. 그것은 희망이나 소망 같은 것은 아니고 나가야 한다는, 설명할 수 없는 오기와 집념 같은 것이었다. 출소 후 사회에 적응하도록 교육하고 안내하는 이런저런 프로그램에 참여하며 알게 된 몇몇. 특히 전과자들이나 가해자들의 이야기를 콘텐츠로 만드는 아크튜브라는 채널이 있다는 걸 알게 됐고 영상을 몇 개 본 후론 마음이 확고해졌다. 모자이크 뒤에 숨은 범죄자들이 눈물 콧물을 쏟아대며 자신의 사정을 설명하고 반성문을 읽었다. 영상 마지막엔 채널을 운영하는 '아크'라는 자가 호소력 짙은 특유의 화술로 시청자들을 가해자들의 입장에 서게 만들었다. 특정 범죄 행위를 인간이라면 누구나 어떤 상황에서 저지를 수 있는 가능성의 영역으로 일반화했다. 관심을 보이자 담당 교도관이 말했다.

"이 친구 좋은 일 하더라고. 취직자리도 알아봐주는 것 같고."

어떻게든 나가야겠다고 생각했다. 더이상 사건 사고가 없도록, 그래서 추가 없이 형기를 마치려고 방어적으로 지냈다. 그리고 지금 나는 여기에 이렇게 있다. 노트에 적힌 것들을 입술에 올려 작은 소리로 읽었다. 글자가 마음과 정신에 문신처럼 새겨지도록 또박또박 읽었다. 노트를 덮기 전 포스트잇에 적힌 걸 다시 한번 읽었다.

—삼십만원 들어 있어. 비번은 엄마 생일. 지낼 곳을 구할 때까지 사용해.

몇 번이고 읽으면서 찾으려는 건 글자 속에 스민 동생의 입김이었다. 표정이 궁금하다. 어투를 느끼고 싶다. 궁금증이 두려움으로 모양을 바꾸려고 마음속에서 꿈틀대고 있다. 체크카드와 휴대폰을 노트와 함께 가방에 집어넣고 밖으로 나갔다.

살인자, 라고 했다. 아니. 나는 사람을 죽이지 않았다. 직접 죽이지 않았더라도 네가 한 행동은 살인과 다름없다, 고 했다. 아니. 나 때문에 죽은 게 아니다. 증거들은 나를 향하고 진술도 일관되게 나를 지목한다. 맞다. 나는 때렸고 맞은 자의 정강이뼈엔 금이 갔다. 안다. 내 행동은 오해를 사기에 충분하다는 걸. 그러나 그뿐. 나는 죽이지 않았고, 죽이려 하지도 않았다. 그러나 죽은 자가 있다. 누군가가 잘못했고 누군가가 그를 죽음에 이르게 했다. 그는 결국 스스로 죽기를 선택했지만 엄밀히 말해 살해당한 것이다. 그래서 나는 항변하지 않았다. 나는 잘못했으니까. 후회하느냐고? 죄를 뉘우치느냐고? 그것을 얼마나 더 말해야 하는 걸까. 네. 네. 후회합니다. 죄를 뉘우칩니다. 하지만 안다. 용서는 없다. 누구도 나를 용서해주지 않는다. 그럴 줄 알았어. 그러게 왜 죄를 지었어? 이렇게 확인 사살만 하겠지. 억울하다 한 적 없다. 죄 없다 한 적도 없고. 이제까지 그래왔고 앞으로도 그럴 것이다. 비난하면 들었고 오해해도 입 닥치고 가만히 있었다. 다만 여전히 궁금한 건…… 누군가는 진짜로 그를 죽였다는 거다. 벽을 바라보며 긴 시간 매달린 하나의 일이 있다. 생각. 그리고 생각이 사라지지 않게 노트에 옮겨 쓰기. 누굴까? 왜일까? 왜 그랬을까? 생각을 하면 생각이 많아졌다. 넓어지고 깊어졌다. 보이지 않던 것들이 보였고 들리지 않던 것들도 들렸다. 웃음 속에 숨은 비웃음이 보였고 친절하게 악수하는 손에 실린 긴장과 떨림을 느낄 수 있었다. 때론 생각하는 것이 무의미하고 덧없게 느껴졌다. 마음을 갉아먹는 벌레를 부르는 일처럼 어리석게 느껴졌다. 하지만 힘을 다해 생각했다. 알면서도 이렇게 저렇게 가정해봤다. 만약에. 혹시. 그랬다면. 평생을 걸쳐도 읽어낼 수 없는 두꺼운 책을 한 장씩 넘기며 느리고 꼼꼼하게 읽어가는 학자처럼 기억에 매달렸다. 밑줄을 긋고 단어에 동그라미를 그렸다. 없는 것을 있게 한 게 아니다. 감춘 것이 드러나고 희미한 게 명확해진 것뿐. 사는 게 거지같고 숨쉬고 먹고 마시는 게 모두 치욕이었다. 그러나 나는 살았고 앞으로도 살 거다. 악착같이 살아남아 밝혀낼 거고 만날 거고 물어볼 거다.

손이 아프다. 노트를 덮고 피시방 컴퓨터의 커다란 화면을 바라봤다. 검색창에 '전과자 취직' '택시기사 구인 구직' '직업 교육'을 입력했다. 범죄 경력이 있으면 취직할 수 없는 곳과 중소기업의 구인난을 해결하는 방법으로 전과자를 특별 모집하는 기사를 꼼꼼하게 살폈다. 유튜브에 들어가 '아크튜브'를 검색했다. 구독자 이십삼만. 동영상 개수 서른여덟 개. 〈후회하느냐구요?〉 〈기분이 좋았느냐고 물으신다면〉〈가해자의 변론〉이라는 제목의 영상은 백만 뷰가 넘었다. 첫 영상 〈아크튜브의 아크입니다〉를 눌렀다.

"안녕하세요. 아크튜브의 아크입니다. 포기하지 마세요. 이번 생, 결코 망하지 않았습니다. 누구든 죄를 뉘우친다면 두번째 삶을 살 수 있습니다. 새 삶을 향해 떠나는 방주에 올라타세요. 아크튜브가 도와드리겠습니다. 죄인들, 가해자들, 나쁜 삶을 사는 분들의 삶을 옹호하려는 게 아닙니다. 무책임하게 대변하는 것도, 감성팔이 하는 것도 절대 아닙니다. 진심으로 뉘우치고 반성한다면 사람은 새롭게 시작할 수 있습니다. 아니, 있어야 합니다. 아크튜브가 기회를 드리고 싶습니다. 여러분, 비난하기 전에 한 번만 그들의 이야기를 진지하게 들어주세요."

영상은 평균 십 분 정도였고 모자이크로 얼굴을 가린 사람이 자신이 저지른 범죄 사실과 그로 인해 받은 죗값을 설명했다. 피해자들에게 몇 번이고 고개를 숙여 사과했다. 어떤 사람은 울며 말했고 어떤 사람은 소리를 지르며 자신의 뺨을 수차례 때리기도 했다. 어두운 색 슈트와 셔츠를 차려입은 아크는 출연자의 맞은편에 앉아 말을 잘할 수 있도록 "그렇군요" "이해합니다" "으음" 같은 말을 적절하게 섞어 추임새를 넣었고 불필요한 말이 길어지면 중간에 끊고 다른 질문을 하기도 했다. 출연자의 사연이 끝나면 아크는 그의 사연을 짧게 정리하고 시청자들을 향해 말했다. 그를 용서해주고 새로운 삶을 살게 도와달라고 설득하고 때론 호소했다. 댓글은 다양했고 논쟁이 오갔다.

씨발. 그래도 이건 아니지. 왜 나쁜 놈들에게 기회를 줘야 하나? 가해자의 입장은 들을 필요 없고 듣고 싶지도 않다. 사회에 나와서는 안 될 사람들이 유튜브에 나온다고? 피해자는 영원한 고통을 당하고 있는데? 재활용될 수 없는 음식 쓰레기 같은 놈들. 공감하고 싶지 않다.

반론도 있다.

사과하라고 해놓고 사과하면 받아주지 않는 건 뭔데? 죄 없는 자가 돌을 던져. 아크님은 죄를 세탁하려는 게 아니야. 정당화하거나 합리화하려는 것도 아니야. 영상 보면 모르겠어? 그냥 용서해주자는 게 아니고 죗값 치른 사람을 용서해주자는 거잖아.

초기 영상들엔 거부감을 드러내고 비난하는 댓글들이 압도적이었지만 구독자가 늘고 조회 수가 늘어갈수록 반응이 달라졌다. 응원한다는 사람도 있고 이해할 것 같다는 의견도 있었다. 할말 없다. 눈물 난다. 그런 사정이 있었는지 몰랐다. 말 잘하시는 듯. 말빨 좋으니까 얼굴 까고 유튜브 하세요. 내 스타일임. 누군가가 후원 계좌에 돈을 입금했다. 누군가는 댓글로 자신의 회사에 취업시켜주겠다고 약속했다.

그것은 기묘하게 조립된 끔찍한 이형의 생물 같았다. 악수하는 손과 내미는 손을 뿌리치는 손이 있다. 적의가 느껴지는 눈동자와 포용하는 눈동자가 있다. 비판하는 검지와 응원하는 엄지가 있다.

표정엔 혐오와 증오의 그림자가, 입가엔 웃음이, 냉정한 눈동자엔 눈물과 피눈물이 고여 있다. 각각의 말들이 내 몸에 달려드는 불과 물처럼 느껴진다. 얼어붙듯 감각이 마비되다가도 심장에 열이 올라 얼굴이 붉어진다. 얼굴을 감싸고 몸을 타고 흐르는 정체불명의 기운들이 빠져나가길 기다렸다. 어금니를 꽉 깨물고 더는 갈리지 않는 이를 힘을 다해 갈며 잇새로 바람을 빨아들였다.

"용기를 내세요. 아크가 도와드리겠습니다. 진심이 담긴 사연을 기다립니다. 메일 주세요."

요청한 대로 구독과 좋아요 버튼을 누르고 메일 창을 열었다.

—안녕하세요, 아크 님. 저는 얼마 전에 출소한 전과자입니다. 이름은 이상준이고 나이는 스물여덟입니다. 재기의 기회를 주신다고 들었습니다. 제가 겪은 일과 지금 제 마음을 솔직하게 고백하고 새 삶을 살고 싶습니다.

강이 보이는 벤치에 앉아 종아리를 주물렀다. 얼마나 걸었을까? 오후 내내 걷고 저녁 내 걸었다. 어디로 가야 할지 모르고 어디로 어떻게 돌아가야 하는지도 몰라 그냥 걷기만 했다. 멈춘 이곳도 어딘지 모르겠다. 알겠는 건 커다란 다리 밑을 흐르는 저 강이 남한강이라는 것. 흐르고 흘러 단양까지 이어져 있다는 것. 속이 보이지 않는 까만 밤의 강물. 나는 두려움과 공포를 느껴 주먹으로 왼쪽 가슴을 쿵쿵 때렸다. 초겨울 찬바람에 얼얼하게 언 얼굴을 손바닥으로 비비고 휴대폰을 확인했다. 언제 들어올 거냐는 엄마의 문자에 할일이 있어 늦게 들어갈 것 같으니 먼저 주무시라 답했다. 할일. 그게 뭘까? 할 수 있는 일. 그런 게 있을까? 할 게 없다. 할 수 있는 것도 없고. 전화번호부엔 두 명이 저장되어 있었다. 엄마. 이진선. 엄마를 만나고 싶지 않다. 애써 끌어올려 희미하게 짓는 미소를 보고 싶지 않다. 동생은 두렵다. 냉정한 표정과 냉랭한 시선을 마주하고 싶지 않다. 지낼 곳을 찾아야 한다.

자정 무렵 집에 들어갔다. 어둠에 잠긴 집은 조용했다. 아무도 없는 것 같고 모두 죽어버린 것만 같다. 고요 속에 서 있으니 안방에서 엄마의 숨소리가 희미하게 들린다. 작은방에선 소리가 들리지 않지만 문틈으로 불빛이 새어나오고 있었다. 그 순간 방문이 열렸다. 하늘색 잠옷을 입은 동생이 문턱을 밟고 멈춰 서서 놀란 눈으로 나를 봤다. 무슨 말을 했는지 모르겠다. 인사를 했는지 미안하다고 했는지 동생도 나도 어색하게 화장실 앞에 서서 아무 말이나 막 했다. 내가 말하고 동생은 짧게 답하거나 말없이 고개를 끄덕였다. 일 분도 되지 않는 짧은 시간은 단단한 침묵과 어둠을 파고들며 더디게 지나갔다. 나는 머저리처럼 미소를 지으면서 필사적으로 말했다.

"박스 풀어줄까? 너무 바빠서 정리할 시간이 없지?"

"놔둬. 필요한 게 있으면 빼 쓰면 돼."

"아냐. 어차피 나 할일도 없는데 말만 해. 내일까지 다 정리할게."

나는 쌓여 있는 박스를 거실 바닥에 하나씩 내려놓고 테이프를 뜯기 시작했다. 동생은 아무 말도 하지 않고 나를 바라보다가 문을 닫고 들어갔다. 그리고 다시 방문을 열고 쿵쿵 발소리를 내며 다가와 뜯고 있는 상자를 다시 덮었다.

"그냥 두라고."

동생은 신경질적으로 손으로 앞머리를 헝클어트리며 말했다.

"그럴 필요 없어. 누가 우리 사정 알면…… 이사가야 할지도 몰라. 짐 싸는 거 힘들어. 그니까…… 그냥 둬."

무슨 말을 해야 할지 몰라 시선을 뜯겨진 테이프에 두고 한쪽 무릎을 꿇은 자세로 잠시 그대로 있었다.

"오빠."

"……"

"엄마와 나, 겨우 안정 찾았어. 지낼 곳을 찾아. 미안해. 부탁할게."

그 순간 안방 문이 열렸다. 머리 왼쪽이 눌리고 부스스한 모습의 엄마가 반쯤 감은 눈으로 나를 봤다. 엄마의 눈이 커졌다. 외마디소리를 지르며 달려와 나를 껴안았다. 나는 두 팔이 마비된 듯 나무토막처럼 뻣뻣하게 서서 정수리가 휑하게 빈 엄마의 머리통을 바라봤다. 엄마는 내 팔을 잡고 주저앉아 준범아, 준범아, 울었다. 소리도 없이, 입 벌리고 침 흘리는 병든 동물처럼. 동생은 등을 돌려 방으로 들어갔다.

이불을 머리끝까지 덮고 진흙 같은 어둠 속에 몸을 말고 누워 땀을 흘리며 떨었다. 이 밤이 끝나지 않을 것 같다. 이 느낌과 더러운 기분이 내 피를 한 방울도 남김없이 말려버릴 것 같다. 아크튜브에서 봤던 영상 하나가 생각난다. 이례적으로 전과자가 아닌 전과자의 가족이 등장했다. 사건 이후로 어떻게 살아왔는지 담담하게 말하면서 아버지의 죄를 가족에게 전가하지 말아달라고 호소했다. 뉴스에서 모자이크 처리를 하고 가명으로 기사가 나가도 그다음날 범죄자의 신상이 밝혀지고 가족들의 개인 정보까지 모두 털린다고 했다. 주민들이 몰려와 항의를 하고 면전에 욕설을 내뱉거나 등과 어깨에 침을 뱉는다 했다. 창문에 돌을 던지거나 날계란을 던진다고 했다. 지우고 지워도 저주의 낙서가 문과 벽에 가득하다고 했다. 두려워서 살 수 없습니다. 우리의 마음을 헤아려주십시오. 제발 마을에서 떠나주세요. 정중한 편지가 현관 밑으로 들어온다고 했다. 어딜 가도 사람들이 수군대고 쳐다봐서 시선을 어디에 둬야 할지 몰라 바닥만 보고 걸었다고 했다. 그가 겪은 일을 엄마와 아빠, 동생도 겪었을 것이다. 딱 한 번 동생이 면회를 온 적이 있다. 육 년이 넘도록 동생은 편지 한 장 보낸 적이 없었다. 스물셋이 된 동생의 얼굴에서 열일곱의 표정과 느낌은 찾을 수가 없었다. 처음엔 말없이 우두커니 나를 쳐다만 보다가 담담한 음성으로 안부를 물었다.

“지내긴 괜찮아? 건강하고?”

나는 무슨 말을 해야 할지 몰라 고개만 숙이고 있었다. 정수리를 물끄러미 바라보고 있는 동생의 눈빛에 구멍이 뚫리는 것 같았고 실제로 머리가 아팠다. 동생은 손바닥으로 강화유리를 툭, 치며 말했다.

“오빠는 안 물어봐? 궁금하지 않아? 아빠 왜 죽었는지. 엄마 어떻게 지냈는지. 내게 무슨 일이 있었는지. 안 궁금해? 너도 물어봐야지. 우리가 어떻게 지내고 있는지 물어봐야지. 알고 있어야지.”

답답하다. 갈비뼈를 부수고 가슴 밖으로 뭔가가 튀어나올 것만 같다. 어금니가 바둑돌처럼 밋밋해졌다. 하도 갈아서 찬물을 마시지 못하고 잇새로 바람을 빨아들이지 못한다. 바늘로 찌르는 듯한 느낌. 나는 그것이 있어서 좋았다. 느닷없이 찌르는 그 감각이 좋았다. 필요하다면 죄책감을 덜어내는 도구로 사용했고 어떤 날엔 증오심과 적개심을 키우는 채찍으로 사용했다. 잇새로 바람을 빨아들이며 부들부들 떨기도 했다. 아무도 모를 것이다. 갈아서 침으로 녹여 몸속으로 집어넣은 나의 뼛가루들을. 이불을 걷어차고 일어나 노트를 꺼내 아무 말이나 휘갈겨 쓰기 시작했다. 손이 생각을 따라잡지 못한다. 나조차 알아볼 수 없을 정도로 글자는 뭉

개졌다. 나는 괜찮다. 어쨌든 나는 나쁜 짓을 저질렀고 죗값을 받아야 한다. 그래서 불행했다면, 앞으로도 불행해야 한다면, 그것 역시 받아들일 것이다. 그러나 가족들은 아니다. 엄마는 내가 아니고 동생도 내가 아니다. 내가 밟은 작은 웅덩이 하나가 커지고 커졌다. 발목을 적시고 흐르던 작은 물줄기가 거대한 물벽으로 변해 작은 집을 무너뜨리며 단숨에 집어삼켰다. 이렇게 많은 물은 어디에서 온 걸까? 대체 누가 댐을 무너뜨린 걸까?

이른아침. 집을 나섰다. 버스를 타고 역으로 가서 기차를 타고 단양까지 갔다. 남한강을 왼편에 두고 산책로를 걸었다. 이따금 달리는 사람들과 자전거 탄 무리가 곁을 지나쳐 갔지만 먹구름 낀 초겨울 평일 아침 강변은 대체로 한적했다. 단양대교 아래 운동기구가 있는 작은 공원 벤치에 앉아 강을 바라봤다. 여기쯤일까? 아니면 다른 곳일까? 눈으로 여기저기 더듬으며 예상을 해봤다. 우지운은 죽어 땅에 묻히지 못했고 납골당에 들어가지도 못했다. 소각되고 남은 뼛조각과 가루는 단양의 남한강 어딘가에 뿌려졌다. 수도 없이 반복해서 생각하고 또 생각한 장면을 다시 떠올려본다. 학교 옥상. 다친 다리를 절룩거리며 난간을 향해 걸어가는 지운. 그 뒤를 서서히 따라가는 박형우와 김유성. 박형우는 고무망치를 들고 있고 김유성은 한 주먹의 자갈이 든 수건을 허공에 빙빙 돌리고 있다. 둘 중 하나가 말했다.

"미친 새끼. 죽고 싶어서 별짓을 다 하네."

다른 한 명이 손을 앞으로 내밀며 짜증 섞인 목소리로 말했다.

"줘."

그때 나는 부러진 밀대를 손에 쥐고 뭘 어떻게 해야 할지 몰라 그들 사이 어딘가에 서서 절뚝거리는 지운의 뒷모습을 바라봤다. 그때도 지금도 나는 궁금한 것이 있다. 도대체 지운은 어떻게 녹음기를 사용할 생각을 했을까? 더 궁금한 건 지운의 호주머니에 녹음기가 있다는 사실을 박형우는 어떻게 알았냐는 거다. 지운은 난간에 서서 나를 봤다. 그리고 뛰어내렸다. 두 손으로 녹음기를 심장처럼 움켜쥔 채. 나중에 안 사실이지만 머리가 땅에 부딪치는 그 순간까지도 지운은 맞잡은 두 손을 풀지 않았다고 했다.

그날 지운은 뭔가 달랐다. 아무 말도, 아무 대꾸도 않던 평소의 모습이 아니었다. 때리면 맞고, 욕하면 듣고, 시키면 하던 우지운이 아니었다. 주먹을 피했고 때리지 말라고 소리쳤다. 그리고 혼잣말을 했다. 마치 무대에 선 연극배우처럼 큰 소리로 또박또박 말했다.

"박형우가 고무망치로 엉덩이와 허벅지를 때렸습니다. 권투 글러브를 주먹에 끼고 얼굴을 제외한 모든 부분을 때렸습니다. 일어서지 못할 정도로 허벅지를 밟은 뒤, 이것은 시합이니까 때린 거 아니지? 이렇게 말했습니다. 김유성은 수건으로 돌멩이를 감싸 팔과 머리를 때렸습니다. 냄새나는 더러운 물을 물총에 넣어 옷과 가방에 뿌렸습니다. 나는 개새끼다. 나는 재수 없다. 나는 더럽다. 나는 악마다. 이렇게 스스로 욕하도록 시켰고 그렇게 말하지 않으면 때리거나 코와 입을 손으로 막고 숨을 못 쉬게 했습니다."

그날. 무슨 일이 있었는지 솔직하게 진술하라는 말에 나는 사실대로 말했다. 본 대로, 겪은 그대로, 다 말했다.

"밀대로 다리를 때렸습니다. 우지운은 쓰러졌지만 금세 일어섰습니다. 그리고 천천히 뒷걸음질쳤습니다. 그 뒤를 박형우와 김유성이 따라갔어요. 우지운은 난간에 서 있다가 떨어졌습니다."

하지만 어째서인지 다른 사람들의 진술이 모두 모였을 때는 사실이 달라져 있었다. 내가 몽둥이로 다리를 때렸고 충격에 비틀거리던 우지운은 방향을 잃고 실족한 거라고. 한마디로 내가 때려 죽게 되었다는 것이다.

마른풀 사이에 박혀 있는 주먹 크기의 돌을 들어 손에 쥐었다. 이 돌멩이 이름은 무엇일까? 우지운. 너라면 알았을 텐데. 강에 돌을 던졌다. 풍덩 소리도 없이 수면에 닿자마자 사라진 돌. 전해지는 둥근 파문이 잔물결에 섞여 기이한 무늬를 만들고 이내 흐려졌다.

모산고에 도착한 시각은 오후 다섯시. 해가 지고 있었고 학교 건물의 크고 긴 그림자에 운동장 절반이 물에 젖은 듯 어두웠다. 운동장엔 사람이 없었다. 농구 코트도 축구 골대도 텅 비어 있었다. 십 년이 흘렀지만 바뀐 건 페인트칠을 다시 한 건물 외벽과 정문뿐이었다. 출입을 지키는 관리소는 비어 있었다. 눈에 띄지 않게 주차장 뒤편으로 걸어갔다. 커다란 강당과 식당, 물건을 보관하는 두 개의 창고를 지나 화단 앞에 섰다. 손목보다 가는 어린나무들과 꽃 떨어진 철쭉, 죽은 풀들과 사이사이 작은 돌멩이가 있었다. 고개를 올려 건물을 봤다. 저기서 여기로 떨어졌다. 다이빙 선수들이 수면을 향해 망설임 없이 머리를 집어넣듯 그렇게 떨어졌다. 직접 보고 싶었다. 그게 사실인지. 내가 휘말린 그 일이, 내가 저질렀다던 그 일이, 정말로 일어난 걸까? 눈으로 확인하고 싶었다. 점심시간과 쉬는 시간엔 화단이나 창고 뒤편에 쌓아놓은 흙무더기 앞에서 시간을 보내던 왜소한 친구. 체육 시간엔 스탠드에 앉아 뛰는 친구들을 물끄러미 바라보던 21번. 돌멩이를 손에 쥐고 지도를 보듯 찬찬히 살펴보던, 돌멩이마다 다 다르고 이름도 다르다며 "이건 편암이고 저건 역암. 아, 그건 사암이고" 쓸데없는 걸 알고 있던 재수 없는 새끼. 어째서인지 모두에게 미움을 받던, 무엇을 하더라도, 하지 않더라도, 기분 나빠지는 분위기로 어느 순간부터 악마가 된 소년. 그랬다. 나도 그랬다. 우지운을 보고 있으면 화가 났다. 괜히 기분이 나빴다. 웃는 것도, 미안해하는 것도, 울지 않는 것도, 괜찮은 척하는 얼굴도 다 짜증이 나고 화가 났다. 다른 친구들이 우지운을 무시하고 괴롭히는 것을 보고 있으면 화가 났다. 넌 왜 가만히 있어? 병신이야? 모지리야? 어? 어? 짜증을 내면 미안하다고 했다. 마음을 우그러뜨리는 특유의 이상한 웃음을 짓고 작고 왜소한 몸을 더 구부정하게 웅크리며 작게 중얼거렸다. 미안해. 미안하다. 안 그럴게. 나는 화가 머리끝까지 나서 소리쳤다. 뭘 안 그럴 건데? 니가 뭘 했는데?

"꺼져, 이 병신아."

"뭐래? 장애인 새끼가."

등뒤에서 들리는 소리에 놀라 고개를 돌렸다. 학생 두 명이 슬리퍼를 질질 끌며 서로의 어깨를 주먹으로 때리면서 걸어오고 있었다. 처음부터 끝까지 욕설이었지만 표정은 즐거워 보였다. 그들은 나를 발견하고 순간 걸음을 멈췄지만 아무렇지도 않게 나를 지나쳐갔다. 강당 문을 열고 밖으로 나온 수위가 나를 발견했고 경계하는 눈으로 이쪽으로 와보라고 손짓을 했다. 나는 몸을 돌려 빠른 걸음으로 반대편으로 걸어갔다. 어이! 하는 소리가 들리자 속도를 높여 빠르게 학교를 빠져나왔다.

그 일은 매스컴에 보도됐다. 처음엔 지방 뉴스에만 나왔지만 부검 결과가 나오고 가해자들을 취조하며 나온 몇몇 말들이 전해지면서 이 사건은 '모산고의 세 악마'라는 별명을 얻게 됐다. 사회적 문제를 이슈로 다루는 한 프로그램에 출연한 부검의가 인터뷰에서 다음과 같이 말했다.

"특별한 외상은 없었어요. 정강이뼈에 금이 간 것 외에는 찢어진 곳도 부러진 곳도 없었죠. 피부에 희미하게 멍이 퍼져 있지만 그 역시 외관상으론 심각해 보이지 않습니다. 하지만 피부 밑 근육은 모두 파열되어 있었습니다. 지속적으로 가해할 수 있도록 잘 통제된 폭력으로 보입니다."

조사 때 우리 중 누군가가 이렇게 말했다고 한다.

"우지운은 악마였어요. 그래서 그랬어요."

잔인한 폭행을 가하고 사과도 반성도 없이 도리어 피해자에게 악마라고 말한 그 발언은 엄청난 공분을 샀다. 사건 발생 일주일 뒤 〈9시 뉴스〉에서 특별 기획으로 청소년들의 폭력을 다루면서 공식적으로 '모산고의 세 악마'란 표현을 썼고 더 잔인해진 학교폭력의 상징처럼 다루어졌다. 악마. 둘 중 누가 그렇게 말했는지 모르겠지만 틀린 말은 아니다. 언젠가부터 우리는 우지운을 악마라고 불렀다. 그렇게 부르니까 정말 그렇게 보였다. 걷는 모습과 웃는 얼굴, 눈빛과 표정 모두 다 악마처럼 보였다.

나쁜 놈들 사이에서도 나는 악마였다. 진짜 나쁜 짓을 저지르고 들어온 쓰레기 같은 놈들이 나를 욕했다. 뉴스에서, 다큐멘터리에서 지속적으로 나오는 나는 그들에게마저 극악무도한 범죄자로 인지됐다. 그들은 나와 사건을 영화를 보듯 감상하고 피해자의 고통에 동감했다. 자기들이 한 짓은 다 사연이 있고 더러는 억울하고 때론 법과 윤리가 엉망이어서 사회가 오해한 것이지만 내가 한 짓은 그냥 악하고 나쁜 것이었다. 그러니까 티브이에 나오고 사람들이 하나같이 악마라고 부르는 거 아니냐고 욕하고 침을 뱉었다. 날카로운 것으로 언젠가 내 눈이든 목이든 갈비뼈 부근의 피부든 찌르고 말겠다고 손가락 두 개를 칼처럼 세워 자신의 눈과 목과 심장을 찌르는 척했다. 나는 참았다. 무시하고 넘어가려 했다. 때론 맞고 가만히 있었다. 도저히 모른 척하고 넘어갈 수 없는 사각에서 몇 번 저항하고 방어했더니 서로의 몸이 상했다. 형량은 늘어났고 언론에선 내가 감옥에서도 악마적 본성을 다스리지 못한 채 흉악한 사고를 저지른다 했다. 그렇게 악마들 속에서 악마 취급을 받아가며 살았다.

여주로 가는 버스에서 몇 번이고 메일을 확인했다. 수신 확인은 됐지만 답장은 오지 않았다. 가방을 열고 빼곡하게 들어찬 노트들 속으로 손을 집어넣었다. 일렁이는 마음이 진정되고 날뛰는 감각이 차분해지는 게 느껴진다. 왜 그렇게 뭐든 열심히 기록하느냐고 물었을 때 옆자리에 앉은 한준일은 답했다.

"너도 다이어리를 써봐. 할일을 적어놓고 계획을 짜고 중요한 순서대로 우선순위를 정해. 기분에 대해서도 쓰고 마음에 대해서도 써. 말해야 하는데 말할 사람이 없으면 누구에게 말하듯 쓰면 돼. 누구도 알면 안 되는 일이 있다면 아무도 볼 수 없는 노트에 써. 기억은 사라지고 마음도 변해. 친구도 변하고 나도 변하지. 하지만 써놓은 글은 변하지 않아. 내가 펴지 않는 이상 절대로 스스로 입을 열지도 않고."

나는 들을 수 없는 한준일에게 속으로 말했다.

'준일아. 시간이 많이 흘렀다. 너가 알려준 대로 그동안 나 노트에 다 적었어. 이게 없었다면 결코 버틸 수 없었을 거야. 고맙다.'

한준일은 친절한 부반장이었다. 똑똑했고 모르는 게 없었다. 쉬는 시간이나 점심시간엔 교과서가 아닌 의학이나 범죄 관련 책들도 읽었다. 해부도를 펼쳐놓고 노트에 옮겨 그리기도 했고 근육과 혈관에 관한 설명엔 밑줄을 그어가며 암기하기도 했다. 경찰들이 보는 잡지에 실린 범죄 현장 사진이나 사건 경위 같은 것을 살펴보고 타임라인을 작성하기도 했다. 왜 이런 걸 보느냐고 물어보면 '의사도 되고 싶고 경찰도 되고 싶어서'라고 짧게 답했다. 그는 모두에게 잘해줬고 누구와도 잘 지냈다. 모두가 우지운을 무시하고 괴롭힐 때 한준일은 달랐다. 먼저 말을 걸고 작은 소리로 대화도 나누었다. 허리가 좋지 않아 갑옷처럼 딱딱한 허리 보호대를 셔츠 속에 대고 있었지만 인상 한번 찌푸린 적 없었다. 불량한 애들조차 준일에게는 말투를 부드럽게 하며 매너 있게 행동했다. 한준일은 묘한 직관을 갖고 있었다. 횡설수설 말해도 다 알아들었고 내심과 진심을 금방 파악했다. 그러니까 지금 너는 이런 생각을 하고 있는 거지, 네가 느낀 건 이런 거구나, 이렇게 말하면 친구들은 점쟁이라도 만난 듯 손뼉을 쳤고 어떤 친구는 소름이 돋을 정도로 정확하다며 귀신같다고 했다. "맞아. 내 말이 그 말이야." "맞아. 맞아. 그런 것 같다." 한준일은 모두의 선생이면서 동시에 모두의 상담사였다. 내게도 그랬다. 어느 날, 김유성에게 뒤통수를 맞고 있는 지운을 보고 있었다. 마음이 심란했고 불편했다. 설명하기 힘들지만 우지운은 보고만 있어도 기분이 나빴다. 약하고 왜소한 체격. 불안하고 초조한 눈빛. 어둡고 까만 표정. 늘 주눅들어 있고 미안해하는 태도. 괴롭힘을 당하면서도 울지 않고 화를 내지도 않고 저항하지도 않는 이상한 존재. 맞아도 맞아도 다시 꼬리를 치고 집으로 돌아오는, 피와 진흙으로 뒤범벅된 더러운 똥개 같은 녀석. 그때 한준일이 다가와 말했다.

"왜? 불편해? 저런 사람이 있어. 불행하지만 예나 지금이나 저렇게 태어난 자들이. 마음속에 한 마리씩 키우고 있는 짐승을 깨우게 하는 묘한 힘이 있지. 가만히 있는데도 기분이 나빠지고 선량한 사람을 나쁘게 만드는 존재. 마녀들. 악마들. 그들이 나쁜 짓을 해서 마녀가 되고 악마가 되는 게 아니야. 남들에게 나쁜 짓을 하게 만드는 존재들이어서 악마가 되고 마녀가 되는 거야. 정확히 말하면 다른 사람을 악마로 만드는 존재가 바로 악마야. 그들은 항상 괴롭힘을 당해왔어. 이유 없이 돌에 맞아 죽거나 산 채로 불타거나 고문을 당했지. 이제 알겠지? 왜 기분이 나쁜지. 우지운이 악마여서 그래."

한준일은 잠시 말을 멈췄다가 한마디 더 보탰다.

"사람을 악마로 만드는데…… 기분이 좋겠어?"

*

—안녕하세요. 아크튜브의 아크입니다. 메일 잘 읽었습니다. 스태프들과 회의한 결과 이상준님의 사연을 다루기로 결정했습니다. 사연은 사실이어야 하고 진실된 마음으로 말씀하셔야 합니다. 성수에 있는 작업실 지도 이미지 파일로 첨부하겠습니다. 연락 주시고 방문해주세요.

한 시간 일찍 도착해 우체국에 들러 작은 소포를 보내고 작업실 근처 카페로 갔다. 엄마에게 전화를 걸어 당분간 집에 들어가기 어려울 것 같다고 말했다. 동생에겐 전화할 용기가 나지 않았다. 작은 부탁과 함께 미안하다, 미안하다, 문자 했다. 노트를 펼쳐 아크를 만나 할 이야기를 정리했다. 무슨 일이 있었는지, 왜 그랬는지, 그래서 그동안 어떻게 지냈고 지금의 마음은 어떤지 단순하고 명료하게 썼다. 어젯밤엔 그동안 썼던 노트들을 바닥에 펼쳐놓고 읽어봤다. 일기는 일기대로 정리했고 마음에 품고 있던 의문들과 질문들은 새로운 노트에 따로 적었다. 짝이 맞지 않던 질문에는 새로운 질문을 달았고 세월이 흘러 생각과 판단이 달라진 것들도 새롭게 정리했다. 그땐 몰랐던 일들. 이제는 알게 된 것들. 놓친 것들. 세월이 흘러 다르게 보이는 것까지 차분하게 옮겨 적었다. 특히 박형우와 관련된 부분은 최대한 그가 직접 한 말을 떠올려 단어와 말투, 뉘앙스까지 그대로 표현하려고 노력했다.

구치소에 있을 때였다. 이유는 알 수 없지만 김유성은 유치장에서 바로 풀려났고 박형우와 나는 재판을 기다렸다. 점심식사 후 운동 시간에 잠깐씩 박형우를 만날 수 있었다. 그는 편안해 보였다.

"난 풀려날 거야. 준일이가 탄원서 써준다고 했어. 그리고 아는 사람이 변호사거든? 근데 이런 사건은 증거도 충분하지 않고 입증도 어렵다더라."

형우는 바닥에 침을 뱉고 에효, 한숨을 쉰 뒤 낄낄거렸다.

"그러니까 너는 왜 뼈를 때리고 그래? 준일이 말 듣고 조심했어야지. 평소엔 마음 약해서 손도 안 대려던 새끼가 그날은 왜 그렇게 오버했어?"

한준일은 형우의 친구였고 유성의 친구였고 내 친구였으며 지운의 친구이기도 했다. 어느 날 한준일은 점심시간에 우리를 불러 이상한 말을 했다. 우지운을 계속 때릴 거면 안 들키게 때리라고 했다. 맞는 사람도 때리는 사람도 모두가 좋은 방법이 있다고 했다. 박형우는 부반장의 말이라면 뭐든지 믿는 놈이라 바로 고개를 끄덕였지만 김유성은 의심스러운 표정으로 왜 그런 이야기를 하는 거냐고 물었다. 친구니까 도와주고 싶다고 했다. 그때 한준일의 표정은 진지했고 눈동자엔 진심이 어려 있었다.

"그런데 준일이 있잖아. 약간 무섭지 않냐? 아무리 생각해도 묘해. 착하고 친절한데 이상하게 같이 있으면 기분이 그렇단 말이야…… 공부를 잘해서 그런가? 그래서 재수가 없나?"

나는 대답하지 않았다. 한준일의 친절한 얼굴에서 빠르게 스쳐 지나가는 흐릿한 그림자 같은 것이 무엇이었을지 생각해봤다.

"한번은 있잖아. 종이에 사람의 뼈와 근육 같은 것을 자세하게 그리더니."

박형우는 흙바닥에 손가락으로 어설프게 사람을 그렸다. 준일의 말을 흉내내 말했다.

"얼굴은 절대 때리지 마. 아무리 약하게 때려도 금방 티가 나거든. 뼈도 때리지 마. 부러질 수도 있고 피부가 찢어져 피가 날 수도 있어. 피부에 멍자국을 남겨서는 안 돼. 옷을 벗겼는데 푸른 멍이 보이면 금방 탄로날 거야. 고무망치로 때려. 그럼 피부에 멍이 들지 않아. 그런데 아파. 깊숙한 속살에 멍이 드는 거지. 얼음이 박힌 것처럼. 뼈와 피부 사이 어딘가를 아프게 하는 게 중요해. 남들이 볼 수 없고 거울로 스스로를 살펴도 볼 수 없는 비밀스러운 지점에 상처를 남기는 거야. 반드시 부드러운 걸로 감싸서 때려. 뼈가 피부에 붙은 곳은 안 돼. 갈비뼈나 정강이도 안 돼. 허벅지나 엉덩이, 팔뚝, 이런 곳을 공략해. 그걸 골병이라고 하는 거야. 물론 안 때리면 제일 좋겠지만 어차피 때릴 거잖아. 이왕이면 서로가 좋으면 좋지. 좋은 게 좋은 거니까. 때리는 사람은 들키지 않아 좋고 맞는 애는 덜 쪽팔리겠지. 눈이 부어 있거나 이가 빠져 있으면 부끄러울 테니까. 안 그래?"

박형우는 땅바닥에 그린 사람을 검지를 이용해 횡으로 반토막 내며 작은 소리로 중얼거렸다.

"골병…… 우지운. 이름도 존나 우울하고 좆같은 새끼가 끝까지 씨발…… 좆같네."

그날 이후 박형우는 운동 시간에 말을 걸지 않았고 눈도 마주치지 않았다. 박형우는 집행유예를 받았다. 녹음기에 녹음된 우지운의 진술은 증거로 채택되지 않았고 반 친구들에게 조사관이 물었을 때도 우지운이 폭행당하는 걸 봤다고 하는 사람이 없었다. 결정적으로 한준일과 반 친구들이 작성한 탄원서가 큰 역할을 했다고 했다. 박형우와 김유성은 우지운을 폭행한 적이 없고 그들은 결백하며 평소에 성실하고 착했던 학생들이었다고 적혀 있다고 했다. 증거로 남은 건 밀대로 때려 생긴 정강이의 상처와 내가 때렸다고 솔직하게 고백한 진술과 다리를 다쳐 비틀거리다 떨어졌다는 거짓 진술만 있을 뿐이었다.

공인중개사무소 옆 보라색 글씨로 '아크튜브'라고 적힌 문을 열고 안으로 들어갔다. 작업실은 작고 소박한 투룸이었다. 원형 탁자와 책장이 놓인 사무실엔 여직원이 노트북을 보며 앉아 있었고 방음벽이 설치된 녹음실에서는 두 남자가 영상을 살펴보고 있었다. 무늬 없는 갈색 모자와 검은색 마스크를 쓰고 들어온 나를 여직원은 경계하는 눈으로 바라봤지만 아크는 성큼성큼 다가와 악수를 청했다. 차고 건조한 손이었다. 아크는 내가 보낸 메일을 출력한 종이를 탁자에 놓고 몇몇 문장에 형광펜과 연필로 체크했다. 카메라맨이 녹차를 권했다. 나는 고개를 끄덕여 감사를 표하고 뜨거운 종이컵을 탁자에 놓았다. 마스크를 벗길 원하는 눈치였지만 나는 모르는 척했고 아크는 신경쓰지 말라는 듯 카메라맨과 여직원에게 눈으로 신호를 보내며 연필을 쥔 손을 살짝 들어 보였다.

"상준씨 반갑습니다. 메일 읽어봤어요. 우선 몇 가지만 확인해 볼게요. 교도소에 십 년 계셨고 실수로 사람이 죽어 과실치사죄로 처벌받으셨네요. 과실치사치고는 오래 계셨네요?"

"추가가 붙었습니다."

"어떤 이유인지 물어봐도 될까요?"

"다툼이 있었습니다. 사고도 좀 있었고."

아크는 알겠다는 듯 고개를 끄덕였다.

"메일로 이미 말씀드렸지만 카메라 앞에서, 있었던 일을 사실 그대로 말씀하시면 됩니다. 중요한 건 마지막엔 반성문을 읽으셔야 하는데, 죄를 뉘우친다, 나는 완벽하게 바뀌었다, 새로운 삶을 시작하고 싶다, 도와달라, 이런 메시지가 담겨야 한다는 거예요.

영상 보시는 분들을 향해 부탁하듯이 하면 됩니다. 일을 하고 싶다, 이런 말을 해도 괜찮고요. 그리고."

"그런데요."

아크는 말하다 말고 고개를 들어 나를 봤다. 동그랗게 뜬 눈은 왜 갑자기 말을 끊느냐고 묻는 듯했다.

"왜 이런 콘텐츠를 만드시는 거죠?"

"상준씨 같은 분들 도와드리고 싶어서요."

"왜요?"

"……궁금한 게 많으시네."

아크의 미간에 살짝 힘이 실리는 게 보였다. 카메라맨이 휴대폰을 보다가 나와 아크를 쳐다봤다.

"사람은 누구나 실수를 합니다. 때론 범죄를 저지르기도 하지요. 그래서 처벌을 받고 대가를 치릅니다. 그런데 이마에 낙인이 찍히지요. 더이상 실수하지 않고 같은 범죄를 저지르지 않더라도 그 사람은 영원히 실수했고 범죄를 저지른 사람으로 살게 되는 겁니다. 전 그 점이 마음에 들지 않아요."

"봉사활동 같은 건가요?"

아크는 소리 내 웃으며 의자를 뒤로 밀고 자리에서 일어섰다. 종이를 반으로 접고 또 반으로 접어 탁자에 올려놓았다.

"꼭 그렇지는 않아요. 구독자 늘고 광고 붙으면 돈도 벌어요. 자, 그럼 일단 카메라 앞에 앉아볼까요? 마스크는 계속 쓰고 계실 건가요?"

"그런데요. 제가 저지른 나쁜 짓 말고…… 나쁜 짓을 저지르도록 만든 사람에 대해 이야기해도 될까요? 나쁜 놈이 되게 만드는 나쁜 놈이요. 그런 사람들 있잖아요. 사람을 악마나 마녀가 되게 만드는 사람."

아크는 다시 자리에 앉아 접었던 종이를 천천히 펼쳤다. 카메라맨과 여직원에게 이야기를 더 해야 할 것 같으니 잠깐 카페 좀 다녀오라고 했다. 카메라맨은 불안한 눈으로 혼자 있어도 괜찮겠냐고 재차 물었고 아크는 괜찮으니까 나갔다 오라고 했다. 아크와 나. 둘만 남았다. 나는 아크에게 한준일에 대해 말하고 싶다. 오랫동안 생각하고 또 생각한 것을 말하고 싶다. 우지운을 괴롭히는 사람들 속에 섞여 있으면서 늘 괴로웠다. 내겐 이걸 이겨낼 무엇인가가 필요했다. 한준일이 말했다. 악마로 만드는 사람이 진짜 악마야. 그런데 사람은 악마와 함께 살 수 없어. 비극적이지만 어쩔 수 없는 일이지. 어쩔 수 없다, 나는 그 말을 믿었다. 믿기로 했다. 믿기로 한 것이 믿음이 됐고 그 믿음을 토대로 우지운이 악하다는 것을 믿었다. 그런데 그건 잘못된 믿음이었다. 내가 잘못 판단한 것도 있지만 애초에 그렇게 믿도록 만든 사람이 문제다. 그는 나쁜 행동을 하도록 시키지 않았지만 나쁜 행동을 할 수 있도록 도와줬다. 합리화했고 정당화할 수 있는 지식을 줬다. 나는 그에게 본성이라는 단어를 배웠다. 잔인한 것을 자연의 법칙이라고 배웠다. 그는 그것이 인간이라고 했고 그렇게 행동하는 것을 인간적인 것이라고 알려줬다. 그것이 깊이고 밀도고 아이러니라고 했다. 나는 그 친구를 만나고 싶다. 비가 너무 많이 와 운동장이 호수처럼 잠기던 날. 한준일이 내 이름을 불렀다. 보여줄 게 있다고 했다. 그는 보고 있던 일본 만화책을 펼쳐 한 장면을 검지로 꾹 눌렀다. 교복을 입은 왜소한 남자가 하얗게 질린 유령 같은 몰골을 하고 으스스한 모습으로 복도를 걸어오고 있었다.

"닮았지?"

"누구?"

한준일은 검지를 옮겨 쓰레기통 쪽을 가리켰다. 거기엔 쏟아진 쓰레기통을 정리하는 우지운이 서 있었다. 한준일은 다시 검지를 옮겨 만화책을 한 장 넘겼다. 민머리 학생이 유령 같은 친구를 발견하고 놀라 소리치는 말이 말풍선 속에 한 단어로 적혀 있었다. 한준일이 말했다.

"아크마惡魔."

아크가 말했다.

"상준씨…… 나 알죠?"

나는 고개를 저었다. 아크는 나를 깊숙하게 바라본 후 부드럽게 미소 지었다.

"준범아, 난 너 아는데."

한준일은 누군가에게 문자를 보내더니 문을 열고 복도를 살펴보고 다시 문을 닫았다. 나는 마스크를 벗고 식어가는 녹차를 한 모금 마셨다. 한준일은 뻐근한 듯 허리에 두 손바닥을 대고 스트레칭했다. 으으으 하는 소리가 예전 부반장 때의 소리와 똑같았다.

"너 나온 거 알고 있었어. 그러지 않아도 연락하려고 했는데."

"왜?"

"도움이 필요할 것 같아서. 아무래도 전과 있으면 적응하기 어렵잖아. 두번째 삶을 살아야지."

한준일은 견과류가 담긴 통을 몇 번 흔들고 뚜껑을 열었다. 호두 한 알을 입에 넣고 오물오물 씹었다.

"그런데 너 그동안 좀 달라진 것 같다."

"달라졌지. 십 년이 흘렀는데. 너도 달라졌어."

한준일은 호두 한 알을 더 입에 넣고 우물거렸다.

"달라졌지. 십 년이 흘렀는데."

"너 뭐하고 살지 궁금했는데 이런 걸 할 줄은 몰랐네. 너 의사도 되고 싶고 경찰도 되고 싶다고 했잖아."

"이거 취미야. 나 일해. 이것저것."

"취미? 재밌어?"

"재밌지. 좋고."

"좋겠지. 넌 그거 좋아했으니까. 남이 죄 짓는 거. 죄 짓게 만드는 거. 도와주는 거."

"너 말 재밌게 한다."

한준일은 웃었다. 견과류를 한 움큼 집어 내 앞에 놓고 그중 하나를 들어 껍질을 까고 초록색의 알맹이를 입에 넣었다.

"그런데 왜 왔어? 영상 찍으려고?"

나는 고개를 끄덕였다. 그래? 한준일의 얼굴에서 서서히 웃음이 사라지고 있었다.

"준일아, 뭐 하나 물어봐도 돼?"

"너 계속 물어보고 있었거든. 옛날에도 이것저것 많이 물어봤었지."

"그랬지. 넌 이것저것 많이 답해줬고."

"물어봐."

한준일이 자세를 고쳐 앉았다.

"궁금한 게 많은데 몇 개만 물어볼게. 대신 꼭 진실을 말해줘."

"난 거짓말 안 해. 한 적도 없고."

"우지운에게 녹음기 준 거 너지."

"응."

"왜 그랬어?"

"도와주고 싶어서. 너희들이 괴롭혔잖아. 걔는 괴로워했고 그걸 끝내게 해주고 싶었지. 알다시피 난 허리 병신이어서 너희들과 싸워서 이길 수도 없잖아."

"박형우는 우지운에게 녹음기가 있다는 걸 금방 알아냈어…… 알려준 사람, 너지?"

"응."

순간 한준일의 얼굴에서 묘한 웃음이 스쳐지나갔고 하마터면 나는 그 얼굴에 의자를 집어던질 뻔했다. 한준일은 말을 이었다.

"박형우도 도와주고 싶었거든."

"너. 지운이가 떨어져 죽을 줄 알았어?"

한준일은 허공에 손을 내저었다.

"아니. 절대. 그런 걸 어떻게 알아? 내가 뭐 신이야?"

"너…… 친구였잖아. 그럴 거면 왜 우지운하고 친구한 거야?"

"그래? 나 걔 친구 아니었는데. 걔 유일한 친구는 너 아니었어? 걔를 불쌍하게 본 사람은 너밖에 없었어. 말 걸고 대화한 사람도 너밖에 없었고. 박형우와 김유성이 때릴 때 중간에 서서 말린 사람도 너가 유일했고. 아니야?"

유일한 친구가 나였다는 말이 목구멍을 채우는 자갈처럼 느껴졌다. 호흡이 가빠지고 실제로 기침이 나왔다. 한준일은 한참 나를 물끄러미 바라봤다.

"너, 너에 대한 오해가 많은 것 같다. 너 그거 안 궁금했어? 왜 갑자기 박형우와 김유성이 너를 끌어들였는지. 왜 걔를 괴롭힐 때 너를 불렀는지. 때리게 했는지. 욕하게 했는지. 안 궁금했어?"

"……"

"난 궁금했어. 네가 끝까지 걔 친구로 남을지. 그런데 역시. 너는 친구를 버리고 괴롭히더라. 하도 괴로워하길래 인간은 원래 그런 존재라고 말해줬더니 또 그 말을 믿고 편하게 마음껏 괴롭혔잖아."

손이 떨렸다. 두통이 몰려왔다. 관자놀이가 툭툭 뛰었고 귀에서 이명이 울렸다.

"걔도 독종이었어. 한 번도 울지 않았거든. 그런데 딱 한 번 울었어. 넌 몰랐지?"

한준일은 손을 털며 자리에서 일어섰고 천천히 탁자 주위를 한 바퀴 돌았다. 그의 시선이 어깨와 뒤통수와 등과 귀와 코에 닿는 게 느껴졌다.

"네가 처음으로 걔를 때렸던 날 생각나? 박형우와 김유성이 너를 조금 괴롭혔지. 협박도 좀 했고. 그랬다고 넌 그걸 못 참고 걔를 때렸잖아. 점심시간이었던가. 걔가 혼자 스탠드에 서 있길래 다가가 물었어. 왜 이렇게 슬퍼 보이냐고. 그때 울더라. 말도 없이 눈물을 뚝뚝 흘리더라고. 넌 몰랐지? 왜 울었겠어? 널 친구라고 생각했으니까. 배신당한 아픔이 주먹으로 맞는 것보다 더 아팠던 거야. 그런데 너도 똑같네. 걔를 친구로 생각하고 있는 거야. 그래서 네가 아직까지 걔를 생각하는 거야. 걔 이름도 아는 거고. 난 기억도 안 나. 그래서 네가 더 많은 벌을 받은 거야. 맞는 건 아무

것도 아니거든. 피도 멈추고 멍도 사라지고 뼈도 붙어. 그런데 네가 한 짓은 회복이 안 돼. 사람을 죽이거든."

'사람을 죽인 사람은 또 사람을 죽일 수 있다.' 또렷한 문장이 말을 하듯 떠올랐고 귓가에 울리기까지 했다. 이상하게 마음이 차분해지는 걸 느꼈다. 한준일은 인상을 찌푸리며 눈썹을 만지작거렸다.

"왜 이런 짓을 하느냐고 물었지? 나도 궁금하다. 그런데, 모르겠어. 그런데, 재밌어. 나만 그런 건 아니겠지. 사람들은 다 나쁜 이야기 좋아하니까. 그런데 나는 소설이나 영화 같은 건 별로야. 지루해. 현실에서 진짜로 일어나는 이야기가 좋지. 재밌거든. 그게 왜 재밌을까? ……나도 모르겠다. 더이상 묻지 마. 짜증나니까."

가방에서 식칼을 꺼내 탁자에 올렸다. 한준일은 당황한 듯 순간 말을 멈추고 한 걸음 물러섰다.

"너…… 이러면 안 돼. 엄마하고 동생 생각해야지. 또 이러면 진짜 너는 사람 새끼도 아닌 거야."

엄마와 동생을 입에 올리는 저 입에 칼을 쑤셔박고 싶은 손을 다른 손으로 꼭 움켜잡았다. 한준일은 부들거리는 내 손을 보고 입꼬리를 올렸다.

"어차피 넌 그럴 용기도 없는 놈인 거 알아. 그리고 복도에 친구들이 와 있어. 알지? 난 나쁜 놈들의 친구인 거. 처음엔 매너가 좀 없어도 옛정이 있어서 넘어가려고 했어. 근데 너, 선을 넘은 것 같다."

자리에서 일어났다. 천천히 앞으로 걸어갔다. 한준일은 한 걸음에 한 발씩 녹음실 쪽으로 뒤로 물러났다. 긴장한 눈이었지만 올라간 입꼬리는 내려오지 않았다. 나는 말했다.

"나, 네가 알려준 대로 다이어리 썼어. 노트 정리도 잘하고 있고. 고마워. 그게 없었다면 난 견딜 수 없었을 거야. 그동안 생각 많이 해봤어. 할 수 있는 게 그것밖에 없었지만 나는 필사적으로 매달렸어. 난 똑똑한 너와 달라. 멍청하고 어리석지. 그래서 어렵고 복잡했어. 아무리 생각해도 모르겠더라. 그래도 생각하고 또 생각했어. 그런데 십 년이나 생각했더니 알겠더라. 누가 그랬는지. 왜 그랬는지. 누가 진짜 나쁜 놈인지. 카메라맨 들어오라고 해. 너는 의자에 앉고. 남의 이야기 그만 듣고 이제 네가 말해봐. 무슨 일을 저질렀는지 솔직하게 말해. 그리고 반성문을 읽어. 한번 보자. 사람들이 뭐라고 하는지."

한준일은 의자를 잡고 팽이처럼 빙글빙글 돌렸다. 그리고 소리 내 한참 웃었다.

"칼 하나 들면 맘대로 될 거라고 생각한 거야? 으이그. 준범아, 넌 이래서 안 돼. 이제 그만하자. 칼 단단히 잡고 있어. 무서운 사람들이 들어올 거니까."

한준일의 시선이 문 쪽으로 옮겨졌고 누군가를 부르려고 했다. 그 순간 한준일 발밑에 칼을 던졌다. 한준일은 바닥에 떨어진 식

칼을 어항에 담긴 물고기를 쳐다보듯 바라봤고 이내 고개를 들어 나를 봤다. 나는 점퍼 속주머니에서 휴대폰을 꺼냈다. 녹음 종료 버튼을 누르고 오디오 파일을 누군가에게 전송했다. 한준일은 이 모든 상황을 묘한 시선으로 보고 있었다.

"뭐하는 거야?"

"녹음했고 파일은 동생에게 보냈어. 네가 한 행동, 내가 겪은 것들 모두 노트에 진술문 형식으로 옮겼고 그것도 아까 택배로 보냈어."

한준일은 가까이 다가와 손을 내밀었다. 나는 순순히 그의 손에 휴대폰을 넘겼다. 한준일은 파일 재생 버튼을 눌렀다. 한 시간 전 여직원이 인사하는 소리가 들렸다. 한준일은 파일 삭제 버튼을 누른 뒤 바닥에서 칼을 집어들고 서서히 움켜쥐었다.

"준범아, 너 이상하다. 뭐하는 거야?"

"나는 고민했어. 알았는데. 드디어 알아냈는데. 이제 어떻게 해야 할까? 죽일까? 당연히 생각해봤지. 하지만 아니야. 느껴야지. 죽어서 없어지면 뭐해. 들키는 수치. 발가벗겨지는 수모. 머리를 얼얼하게 만드는 고통. 느껴야지. 느낄 사람이 죽어버리면 무슨 의미가 있겠어. 어금니를 꽉 물고 덜덜 떨어야지. 치를 떨어야지. 그리고 준일아. 너 알잖아. 나 살인자 아니야. 하지만 복수는 할 거야. 네가 좋아하는 종류의 이야기들은 대부분 그렇게 끝나거든."

한준일의 얼굴에서 표정이 싹 사라졌다. 플라스틱처럼 딱딱하게 굳은 눈동자는 미동도 없이 나를 보고 있었다.

"내가 너라면 그 칼로 찌를 거야. 화가 날 테니까. 짜증날 테니까. 죽여버리고 싶을 테니까. 너도 해봐. 뒤에서 몰래 훔쳐만 보지 말고. 직접 나쁜 짓을 해봐. 시원하게. 터프하게. 찔러. 확 찔러."

나는 한 걸음씩 한준일에게 다가갔다. 한준일은 꿈적도 하지 않았지만 발끝이 떨리고 있었다.

"근데 넌 못해. 용기도 없고 솔직한 적도 없거든. 셋 중 하나야. 의자에 앉아. 방송으로 다 말해. 아니면 날 죽여. 그것도 싫으면 비켜. 경찰서 다녀올 테니까. '모산고의 세 악마' 그 사건 다시 수사하자."

한준일은 혼란스러워 보였다. 문도 쳐다보고 휴대폰도 쳐다보고 칼을 움켜쥔 채 내 얼굴과 목과 배도 쳐다봤다. 궁금하다. 한준일이 두번째 삶으로 무엇을 선택할지. 난 똑똑하지 않아서 아무것도 예상하지 못하겠다.

이코

1

오후 두시 사십분 한산한 역사. 지하철 문이 열리고 한 남자가 안으로 들어왔다. 검은 마스크로 입을 가리고 어깨까지 내려오는 긴 머리는 노란 고무줄로 묶었다. 왼쪽 가슴 포켓에 손바닥 크기의 스프링 노트를 꽂고 한 손엔 유리 테이프가 붙은 전단지를 들고 있다. 배낭을 껴안고 잔뜩 몸을 웅크린 청년과 코끝에 안경을 걸친 채 십자 낱말 퀴즈를 하는 노인. 노파의 품에 안겨 으르렁거리는 몰티즈. 노란 옷을 입은 살찐 소년과 커다란 비닐봉지 두 개를 바닥에 놓고 큰 목소리로 전화 통화를 하는 아주머니. 그들은 곁눈으로 흘낏 남자를 쳐다보곤 빠르게 고개를 돌린다. 의심쩍다.

불편하다. 불쾌하잖아. 위험해. 기분 나빠. 더러워. 무심해 보이는 눈은 그렇게 말하고 있었다. 남자는 승객들 사이를 통과하며 유리 테이프가 붙은 전단지를 벽에 붙인다. 무정한 얼굴은 어떤 말, 어떤 시선에도 개의치 않을 것처럼 뻔뻔해 보인다. 벽처럼 딱딱한 사람들 사이를 통과할 때, 문이 열린 짧은 시간에 다이빙하듯 빠져나갈 때, 계단을 오를 때, 사방의 뾰족한 시선이 목과 팔과 다리를 찔러올 때, 남자는 생각하고 또 생각한다. 나는 나무다. 나는 돌멩이다. 나는 상처받지 않는다. 나는 흔들리지 않는다. 부끄러움을 모르고 분노를 느낄 줄 모른다. 옷깃을 여미고 눈을 가늘게 뜬 채 앞으로 걷고 또 걷는 그의 모습은 메마른 겨울 숲을 걷는 벌목꾼처럼 보인다. 위험하고 어쩌면 서글픈.

그러나 한 여자를 발견한 순간 남자는 멈춰 서고 말았다. 철컥, 발목을 무는 덫처럼 느닷없고 예측 불가한 멈춤이었다. 짧게 커트한 탈색 머리. 두 치수쯤 큰 야상 점퍼와 발목까지 내려온 고동색 치마. 한쪽 어깨에 무늬 없는 아이보리 천가방을 메고 발소리도 없이 달팽이처럼 미끄러져 지나가는 작은 여자. 지하철 문이 열렸고 여자는 발을 끌며 밖으로 걸어나갔다. 바둑돌처럼 메마른 그의 눈동자에 순간 물빛이 돌았다. 갑자기 숨이 차고 어떻게 움직여야 할지 모르는 마비된 동물처럼 팔다리가 부르르 떨렸다. 우물쭈물하는 사이 학생의 가방에 종이 상자가 걸려 찢어지면서 내용물이 사방으로 쏟아져 흩어졌다. 사람들은 약속이라도 한 듯 일제히 고개를 돌려 그를 쳐다봤다. 노골적인 혐오가 담긴 사나운 눈빛들. 그는 어쩔 줄 몰라 하며 열린 문과 조금씩 작아지는 여자의 뒷모습과 바닥의 전단지를 불안한 눈으로 번갈아 쳐다보다 문이 닫히기 직전 열차를 빠져나왔다.

그녀는 5번 출구로 빠져나가 오후의 거리를 걸었다. 어깨를 안쪽으로 말고 바닥을 바라보며 걷는 걸음이 너무 느려 행인들은 계속 그녀를 추월해 지나갔다. 뒤따라 걷는 그의 걸음이 자꾸 뒤엉킨다. 장애물도 없는데 발목이 꺾이고 내리막도 없는데 앞으로 넘어질 뻔한다. 얼어붙은 호수든 뜨거운 사막이든 흔들림 없이 잘만 걸었던 날렵한 두 발이 물속에 잠긴 듯 무겁기만 하다. 여자는 관공서 앞 허름하게 서 있는 천막으로 들어갔다. 의자에 앉아 졸고 있던 간사에게 인사하고 바닥에 누워 잠든 이에게 얇은 이불을 덮어주었다. 바닥을 뒹구는 종이컵과 비닐봉지를 주워 주변을 정리했고 가방에서 텀블러를 꺼내 마른 꽃이 든 티백을 넣고 뜨거운 물을 부었다. 바람이 불었다. 천막과 깃발이 펄럭였다. 그녀는 의자에 앉아 구름 낀 하늘을 보며 길게 숨을 내쉬었다. 그는 플라타너스나무 뒤에 서서 그녀를 봤고 자신도 모르게 같은 속도로 숨을 내쉬었다.

남자는 여자 앞에 섰다. 그녀는 고개를 숙인 채 자신의 손가락 마디를 만지고 있었다. 오리온자리를 닮은 왼쪽 목덜미의 작은 점 네 개와 왼쪽 엄지와 검지 사이의 둥근 흉터. 그는 기침이 나오려 하는 걸 간신히 참고 그녀와 눈이 마주치길 기다렸다. 그녀는 서서히 눈을 들었다. 둘의 눈이 마주쳤다. 떨리는 그의 눈동자와 달리 그녀의 눈동자는 차분하다. 그 순간 그는 마스크를 벗고 그녀의 이름을 외칠 뻔했다. 하지만 참아야 한다. 그 이름을 꺼내는 순간 치즈가 눈을 뜰 것이다. 할퀴고 물어뜯을 것이며 그 이름을 찢어놓을 것이다. 그는 목구멍 깊숙한 곳에 이름을 머금고 있다가 그냥 삼켰다.

그녀는 아, 하며 서명지를 내밀었다. '폭력 없는 세상을 만들어 주세요.' 그는 잠시 망설이다 서명란에 이름을 써넣었다. 그녀는 고개를 깊이 숙여 인사했다. 자신의 이름을 보고도 그녀가 아무 반응을 보이지 않자 그는 가방을 바닥에 내려놓고 낡은 파우치를 꺼냈다. 그녀는 경계하는 눈으로 한 걸음 떨어져 그의 행동을 말없이 지켜봤다. 그는 파우치의 지퍼를 열고 뭔가를 꺼냈다. 손때가 타 까만 석탄처럼 보이는 주먹 크기의 나무 팽이였다. 그는 팽이의 심에 청록색 줄을 걸고 손목을 일정한 패턴으로 돌려가며 꼼꼼하게 줄을 감았다. 그리고 팽이를 던졌다. 허공을 향해 날아가는 팽이와 그것을 회전시켜 바닥에 부드럽게 안착시키는 줄 사이에 근사한 뭔가가 있었다. 그녀는 약간 놀란 듯 눈을 커다랗게 떴다. 팽이는 제자리에서 빠르고 고요하게 돌았다. 회전하는 소리만 미세하게 윙윙 울렸는데 그녀는 그 모습을 뭔가에 홀린 듯 물끄러미 바라보더니 고개를 들고 그를 봤다. 서명지의 이름을 읽고 다시 팽이를 봤다. 그리고 천천히 시선을 돌려 그의 눈을 깊숙하게 바라봤다.

둘로 나뉜 공기. 남자와 여자 사이에 이중창 같은 투명한 벽이 가로막고 있었고 그 사이에서 팽이는 돌고 있었다. 그것은 정지비행하는 작은 맹금류처럼 불안한 긴장감을 뿜고 있었다. 그녀는 한 걸음 앞으로 다가왔다. 그리고 하나씩 뜯어봤다. 정체불명의 이 남자를. 하나로 묶은 긴 머리카락. 끝은 갈라졌고 결은 고르지 않았다. 두꺼운 갈색 뿔테안경 뒤에 작고 까만 눈동자. 코와 입을 덮고 있는 검은 마스크. 그리고 미간의 번개 모양 흉터. 그녀는 기가 막힌다는 표정을 하고 입을 벌려 웃었다.

너구나.

팽이가 쓰러지고 여자는 팽이를 집어들었다. 그러고는 한참 만지작거렸다. 그리고 손을 뻗어 그의 가슴을 툭 쳤다.

너였어.

마스크 안이 따뜻해진다. 치즈야, 오늘 유독 조용하네. 기억나? 너에게 이름을 지어준 사람이야. 옛 주인의 냄새를 찾는 짐승처럼 치즈는 둥글게 몸을 말고 겁먹은 눈으로 그가 보는 것을 함께 본다.

2

그걸 고양이라고 생각해보면 어때?

무슨 소리야.

일단 이름을 지어줘야지.

미이는 매점 창문으로 바깥을 봤다. 매점 주위를 어슬렁거리던 노란 고양이가 햇볕에 눈을 감고 쪼그려앉아 있었다. 학생들은 소시지를 흔들거나 참치 캔의 뚜껑을 따서 바닥에 놓고 꼬시며 한번 만져보고 싶어했다. 곤양아. 매점아. 냥이야. 자기가 부르고 싶은 대로 이름을 지어 불러대며 애원하다시피 했지만 고양이는 누구에게도 곁을 주지 않았다. 내 비록 구걸하며 살고 있지만 너희들과는 어울릴 수 없는 고귀한 존재란다, 라고 말하는 눈동자는 늘 당당하고 거만했다. 미이는 그 모습을 물끄러미 바라보더니 치즈, 라고 했다. 그리고 주문을 외듯 한동안 치즈, 치즈, 중얼거렸다. 그러더니 주우의 이마를 탁, 때리며 말했다.

좋다.

뭐?

치즈. 말해봐. 치즈.

……

미이는 주우의 입술을 다정하게 바라보며 말했다.

치즈라고. 네 고양이 이름 말이야. 친하게 지내야 해. 싸우지 말고, 무서워하지도 말고. 무엇보다 절대로 헤어지면 안 돼. 치즈를 쉽게 다룰 순 없겠지만 그래도 주우 네가 주인이야. 그걸 잊으면 안 돼. 알았지?

그랬지. 그랬었지. 그런데 미이야. 네가 갑자기 사라진 후로 치즈가 많이 커버렸어. 더이상 매점 앞을 지키던 작은 고양이가 아닌 것만 같아. 주우는 미이의 뒤를 따라 걸으며 마스크 안쪽에서 작은 소리로 말했다.

고양이가 아니면 뭘까. 그것과 함께 살고 있는 난 또 뭘까.

둘은 걸었다. 미이가 앞서고 한 걸음 뒤에 주우가 따라갔다. 주우는 옛 생각을 했다. 오래전에도 지금과 똑같은 거리에서 똑같은 보폭으로 걸었다. 미이가 한 걸음 앞에 나는 한 걸음 뒤에. 학교가 끝나고 집으로 돌아가는 길 19번 도로를 걷고 다리를 건넜다. 남대천 모래언덕에 앉아 우두커니 흐르는 강물을 바라보고 있으면 어느새 미이가 곁에 다가와 무심히 앉아서 주우가 보는 것을 함께 봤다. 해가 질 무렵 미이가 30번 도로를 걷다가 샛길로 빠지면 주우도 샛길로 빠졌다. 옥수수밭을 지나고 아무런 볼거리도 없는 목초지를 지나 버려진 냉장고 위에 앉았다. 비포장도로 위를 달리는 자동차와 흙먼지가 날려 붉은 안개처럼 변한 허공을 근사한 풍경이라도 되는 듯 쳐다보곤 했다. 냉동고 문짝에 붙은 길고 부드러운 자석을 꺼내 바닥을 이리저리 쓸면 숨어 있던 작은 강철 조각들과 철가루가 달라붙었다. 무가치한 그 놀이가 세상에서 가장 재미있고 의미 있는 발견인 것처럼 몇 번이고 반복하며 놀았다. 말 한마디 나누지 않아도 어색하지 않았고 불편하지 않았다. 지금도 그렇다. 대화 없이 걷고 있는데 편안하다. 남대천 위를 떠돌던 물기 가득했던 무주의 바람. 그 순간이 지금 이 도시 이 거리에 그대로 옮겨온 듯했다. 미이가 걸음을 멈추고 뒤를 돌아봤다.

그런데 너, 상태 왜 그래? 머리는 뭐고. 마스크는 왜.

주우는 눈썹을 긁적였다. 미이는 검지로 자신의 입술을 톡톡 만지며 말했다.

안 답답해?

말없이 고개만 젓는 주우를 미이는 찬찬히 살펴봤다.

너 티브이에 나오는 거 봤어. 한 오 년 됐나? 다큐에 나왔었잖아. 그때 넌…… 카페에서 일하고 있었는데. 친절한 사람들과 어울리면서…… 잘 지내는구나 했지.

주우는 노트를 꺼내 글씨를 써서 앞으로 내밀었다.

—잘 지냈어?

말 못해?

—그냥. 이게 편해.

미이는 종이 한가운데에 떠 있는 한 줄의 까만 문장을 기분 나쁘다는 듯 쳐다봤다. 그리고 주우의 얼굴을 봤다. 마스크 안쪽에서 아까부터 기분 나쁜 소리가 들렸다. 웅덩이에 빠진 동물이 오도 가도 못하고 낑낑대는 소리 같은. 죽어가는 신음 같은. 그래서 슬피 우는 울음 같은. 소리가 커진다 싶으면 주우는 주먹으로 자신의 왼쪽 가슴을 쿵 때렸다. 그러면 곧바로 그 소리가 잠잠해졌다. 미이는 그게 무엇을 의미하는지 단번에 알았다.

씨발.

미이는 주먹을 꽉 움켜쥐며 소리쳤다.

병신 같은 게 진짜 병신 흉내를 내고 있네.

—말조심해. 나 진짜 병신이야.

주우는 눈으로 웃으며 항의하듯 노트를 흔들었다.

꺼져. 넌 장애 등급에도 포함 안 돼, 사기꾼 새끼야. 십 년 만에 나타나서 지금 이게 무슨 짓이야. 협박해?

—십이 년. 오 개월. 이십삼 일.

미이는 흥분한 마음을 가라앉히려 애쓰며 아이를 달래듯 부드럽게 말했다.

괜찮아. 괜찮으니까 마스크 좀 벗어봐.

주우는 단호하게 고개를 젓고 미안해, 라고 썼다.

미안? 뭐가? 미이는 노트를 주먹으로 내리쳤다.

그럼 나도 말 안 해. 잘 가라.

미이는 몸을 돌려 주우를 뒤로하고 왔던 길로 걸어갔다. 한 번도 돌아보지 않고 빠른 걸음으로 저 먼 곳으로 달려가듯 날아가듯 가버렸다.

다음날 주우는 천막을 찾았다. 미이는 없었다. 또 다음날 주우는 천막에 갔다. 미이는 있었지만 주우를 외면했다. 그러나 주우는 계속 찾아갔다. 미이는 모르는 척했고, 보이지 않는 척했으며, 아예 없는 사람 취급했다.

가.

미이의 눈은 차가웠다. 어디에서도 따뜻한 기운을 찾을 수 없었다. 날카로웠다. 계속 마주보고 있으면 눈동자가 상할 정도로 뾰족한 눈빛이었다. 주우는 시선을 피해 미이의 어깨쯤을 봤다. 옆에서 이 모습을 지켜보던 간사가 참다못해 주우의 팔을 끌고 나갔다.

그날은 예고 없이 비가 왔다. 굵은 빗방울에 천막의 천장이 툭툭 소리를 내며 휘청거렸다. 미이는 깃발을 둥글게 말아 끈으로 묶고 서류들과 홍보 자료들을 빠르게 정리했다. 시위용 패널과 조끼는 상자에 담았다. 상자를 옮기다 무심코 바깥을 봤다. 큰 비였다. 양동이로 퍼붓듯 쏟아지는 빗소리가 너무 커 바로 옆에 있는 사람과의 대화도 들리지 않을 정도였다. 차도와 인도의 경계가 불어난 물에 순식간에 지워졌다. 흙탕물 위로 푸른 은행잎과 부러진 나뭇가지가 떠다녔다. 미이는 거리 곳곳에 만들어지는 물웅덩이를 놀란 눈으로 지켜보며 주우가 천막을 떠난 지 얼마나 됐을지 시간을 헤아려봤다. 우산을 쓰고 주변을 살펴보던 미이는 희뿌연 풍경 저 너머에 누군가가 서 있는 것을 발견했다. 주우였다. 흠뻑 젖은 모습으로 일식집 처마 아래 서 있었다. 미이는 처마밑으로 들어가 주우 곁에 섰다. 둘은 거대한 물 벽에 갇혀 잠시 그렇게 있었다.

마스크를 벗으면 죽는 병이라도 걸린 거야?

주우는 난감한 얼굴로 우동 그릇을 가만히 내려다보기만 했다. 미이는 먹을 수 없는 사람을 놀리려고 작정한 못된 심보로 일부러 후루룩 소리를 내며 면발을 빨아올렸다.

그래서, 왜 자꾸 찾아오는 건데?

주우는 노트를 꺼냈지만 완전히 젖어 펼칠 수조차 없었다. 미이는 티슈에 글자를 쓰려는 주우의 손등을 때렸다. 찰싹, 소리가 너무 커 카운터에 있던 주인이 놀란 눈으로 쳐다봤다. 미이는 신경질적으로 말했다.

쓰지 마. 글씨 읽기 싫으니까.

미이는 웃음기 없는 얼굴로 길게 한숨을 쉬며 국물을 마셨다. 주우는 미이를 찬찬히 들여다보며 생각했다. 세상에. 그동안 하나도 자라지 않은 것 같네. 아니, 아니, 어딘지 모르게 여기저기 조금씩 줄어든 것 같아. 키도 작아지고 살도 빠진 것 같고. 하얗던 얼굴은 하얗다못해 창백하다. 그동안 어떻게 살아왔던 걸까. 갑자기 미이가 주우의 미간을 검지로 눌렀다.

이거 아직 있네.

그리고 한번 더 꾹. 이번엔 손가락을 떼지 않았다. 주우는 자신도 모르게 스르르 눈을 감았다. 희미한 핸드크림 냄새와 함께 작은 손가락과 그 손가락이 누르는 부드러운 힘이 눈썹 사이에 느껴졌다. 그 힘은 물위에 넓게 퍼져 먼 곳으로 옮겨가는 파문처럼 온몸에 전해졌다. 주우는 계속 눈을 감고 있었다. 할 수 있다면 오랫동안 이 상태로 가만히 있고 싶었다. 미이는 잠자코 있는 옛친구의 얼굴에서 옛날의 표정과 느낌을 찾아보려 했다. 달라졌다. 옛날과 너무도 많이 달라졌다. 미이는 그것이 모두 자신의 책임인 것 같은 기분이 들어 마음이 상했고 동시에 짜증이 났다. 미이는 더는 주우에게 화내고 싶지 않아 마음을 가다듬었다.

신기하네. 그때랑 똑같다.

야, 이거 꼭 버튼 같다.

주우는 불쾌한 얼굴로 미이의 손을 탁 때렸다. 미이는 주우의 손을 치우고 다시 흉터를 눌렀다. 이번엔 주우도 가만히 있었다.

진짜야. 누르면 뭔가 달라질 것 같아.

무슨 소리야.

버튼을 누르면 뭔가 켜지잖아. 꺼지기도 하고.

뭐가 켜지는데?

그건 나도 모르지. 네가 정해야지. 기분이 좋아진다고 생각하고 누르면 좋은 기분이 켜지고, 똑똑해진다고 생각하면 아이큐가 높아지고, 반대로 나쁜 감정이 사라지길 원하면…… 흐음, 그건 또 꺼지겠지? 모르잖아. 개! 똥 같은 것들이 쑥 내려갈지도.

장난칠 기분 아니야.

미이는 바닥에 쓰러진 주우를 일으켜세운 뒤 얼굴과 어깨에 묻은 흙을 손으로 툭툭 털어냈다.

장난 아니니까 마음에 새겨. 이거 버튼이야. 알았어? 그런 생각이 안 들어도 그렇게 생각하고 오늘 같은 일 당하면 눌러.

두렵거나 떨릴 때, 친구들이 괴롭혀 지치고 힘들 때, 흥분한 치즈가 심하게 떠들어 주변 사람들이 경악했을 때, 나도 모르게 튀어나온 그 험하고 나쁜 말들을 스스로 들었을 때, 한마디로 뭘 어떻게 해야 할지 몰라 궁지에 몰리는 끔찍한 기분이 들 때, 주우는 벽에 이마를 찧었다. 찢어지고 아물고 다시 찢어지길 반복해 만들어진 부드럽고 두툼한 분홍빛 살덩어리. 번개 모양의 흉터. 이젠 더이상 분홍빛이 돌지도 부드럽지도 않다. 그저 피부 밖으로 튀어

나온 뼛조각처럼 단단해졌다. 고장나 더이상 작동하지 않는 버튼처럼. 미이는 그 변화를 눈으로 확인하면서도 예전과 비슷한 느낌을 받았다. 누르면 뭔가 새로운 일이 일어날 것만 같은 기이한 느낌. 이걸 누르면 뭔가 말하겠지. 미이는 한번 더 버튼을 누르려 했다. 주우는 고개를 돌리고 미이의 손은 잡아 탁자에 내려놓았다. 그리고 티슈에 뭔가를 적어 미이에게 보여줬다.

—그때 왜 갑자기 사라졌어?

미이는 티슈를 곱게 두 번 접어 바지 주머니에 넣었다. 젓가락으로 락교를 집어 입에 넣고 우물거렸다.

몰라. 근데 너 이렇게 사는 꼴 보니 그러지 말걸 그랬다.

3

친구들은 주우를 '이코이코'라 불렀다. 주우가 걸어갈 때 등뒤에서 수군거렸고 어쩌다 무슨 말이라도 하면 "오, 이코이코"라고 야유했다. 어떤 친구는 병신이라 했고 또 어떤 친구는 변태 새끼라고 했다. 어떤 날 주우는 사이코였고 악마였다. 처음 주우를 봤을 땐 누구도 감히 주우를 놀리지 못했다. 느닷없이 괴성을 지르고 욕설을 내뱉는, 성난 얼굴과 날카로운 눈빛으로 주위를 노려보는, 예측 불가한 소년은 친구들의 눈엔 아무렇지도 않게 사람을 죽일 수 있는 잔인한 살인마처럼 보였기 때문이다. 그들은 존재감 없이 고요하게 지내는 내성적인 주우가 갑자기 돌변해 낯선 표정과 목소리로 거친 말을 내뱉을 때 형용할 수 없는 공포를 느꼈다. 하지만 시간이 갈수록 그들은 그것에 익숙해져갔다. 일정한 패턴이 있다는 것을 알게 됐고 주우 스스로도 그런 모습을 두려워한다는 것을 알게 됐다. 주우가 주는 공포는 철창에 갇혀 다른 이를 해할 수 없는 종류의 것이었다. 동물원의 맹수가 그러하듯, 분장한 귀신이 그러하듯, 주우는 친구들에게 놀라움을 선사하는 자극 이상도 이하도 아니었다. 어느 날부터 주우가 욕을 하면 누군가는 더 심한 욕을 했다. 주우가 소리를 지르면 친구들이 몰려와 주우를 에워싸고 우. 우. 우. 우 소리를 지르며 놀려댔다. 주우는 두려웠다. 자기가 한 말을 친구들이 따라 하는 말을 들을 때마다 무서웠고 그 무서운 말을 자기가 했다는 사실이 더 무서웠다. 메아리처럼 돌아오는 말은 하나같이 나쁘고 더러운 말들뿐이었다.

모두가 이코이코라고 놀려대도 미이는 한 번도 주우를 이코이코라고 부르지 않았다. 주우가 이상한 행동을 하고 그것을 누군가가 흉내내거나 놀리면 모두가 웃고 즐거워했다. 하지만 미이는 단 한 번도 웃지 않았다. 낄낄거리며 웃는 친구들에게 미이는 말했다.

그건 병이야. 투렛이라는 병이라고. 발목이 꺾이면 다리를 절고 위장이 꼬이면 배가 아프잖아. 주우가 아픈 것도 그런 거야. 그런데 어디가 아픈지 알 수가 없어서 고치질 못해. 워낙 머리 깊숙한 곳이 아파서 주우도 어떻게 할 수가 없는 거야. 그러니까 주우가 그렇게 말할 땐 주우가 하는 말이 아니야.

네가 이코이코 엄마냐? 뭐? 뚜 뭐라고? 좆같네. 이코이코가 한 말이면 이코이코의 말이지. 무슨 헛소리야.

그들 중 하나가 하는 말에 친구들은 손뼉을 쳐대며 낄낄거렸다. 그들은 주우에게 불쑥 찾아드는 침입자를 주우와 다른 존재로 생각할 줄 몰랐다. 속으로 늘 그런 생각을 하고 있으니까 자연스럽게 그런 말이 튀어나오겠지. 마음속에 독한 마음을 품고 있어 독설을 내뱉는 것이겠지. 주우가 하는 말은 속마음이고 진심이며 앞으로 하게 될 온갖 나쁜 행동들의 예고 같은 것이라고 생각했다.

어떤 날은 주우가 이코이코로 변하지 않는 날도 있었다. 친구들은 지루했다. 애써 동물원에 왔는데 하루종일 누워만 있는 사자를 볼 때의 기분 같은 실망스러움이었다. 친구들 중 하나가 말했다.

숨어 있는 것 같은데 우리가 찾아낼까?

또다른 하나가 말했다.

열받게 만들자. 그러면 변하겠지.

그들은 주우를 괴롭히기 시작했다. 책상에 엎드려 있으면 소리를 질렀다. 반응을 보이지 않으면 등이나 뒤통수에 책을 집어던지거나 의자를 빼내 바닥에 넘어뜨렸다. 입을 다물고 있으면 옆구리와 겨드랑이를 볼펜으로 찔러대며 입을 열게 했고 무표정한 얼굴에 침이 섞인 바람을 푸푸 불어대며 자극했다. 주우가 참지 못하고 화를 내거나 인상을 쓰면 오오오, 소리를 내며 뒷걸음질쳤다. 복도를 걸을 땐 다리를 걸어 넘어뜨렸고 소변기 앞에 서 있을 땐 엉덩이를 무릎으로 찍었다. 집단적인 괴롭힘은 거의 사냥에 가까웠다. 덩치가 작은 하이에나들이 커다란 초식동물에 달라붙어 한 입씩 깨물어대는 것처럼 그들은 주우가 지칠 때까지 따라다녔다. 주우는 괴로웠다. 제멋대로 이상한 말이 튀어나오는 것도 괴롭고, 반대로 그들이 원할 때 아무 말도 안 나오는 것도 괴로웠다. 어느 날 주우는 친구들에게 둘러싸여 이러지도 저러지도 못할 때 무심결에 벽에 이마를 박았다. 이마가 찢어지고 피가 인중과 콧등을 타고 입술까지 뚝뚝 떨어졌다. 그들의 야유가 뚝, 그쳤다. 피투성이가 된 주우의 얼굴을 보고 당황한 것이다. 개미떼처럼 모였던 무리가 순식간에 흩어졌다. 주변이 고요해지자 주우는 평화를 느꼈다. 피부가 찢어진 것. 이마의 통증. 흐르는 피. 그런 것들은 아무것도 아니었다. 그날 이후 주우는 친구들이 괴롭히면 벽에 이마를 박았다. 그들 중 하나가 용기를 내 말했다.

이 새끼 또 쇼한다.

그러나 그 목소리는 떨고 있었다. 쿵. 쿵. 쿵. 쿵. 하얀 페인트가 칠해진 콘크리트 벽에 주우가 망치처럼 이마를 부딪쳤다. 마침내 피가 터지면 그들은 더이상 놀려댈 수 없었다. 그런 날들이 계속

이어지던 어느 날 그 모습을 지켜보다못한 한 여학생이 다가와 콘크리트 벽과 주우의 이마 사이에 손을 집어넣으며 말했다.

그만해.

언젠가 주우가 미이에게 물었다.

왜 잘해줘?

내가 언제.

나랑 놀면 너도 괴롭힘을 당해.

당해? 누가? 내가?

미이는 불쾌하단 얼굴로 목소리에 힘을 주어 말했다.

뭘 당해? 야, 웃기지 마. 나는 아무에게도 아무것도 안 당해. 학교에 있는 놈들은 애들이나 선생이나 하나같이 멍청이들이야. 말이 통하는 사람이 한 명도 없어. 그러니까 말 통하는 우리끼리 잘 지내보자.

미이는 달랐다. 주우가 이상한 소리를 낼 때 두려워하거나 신기해하지 않았다. 때로는 주우가 미이에게 욕을 했다. 때로는 주우가 미이를 희롱하고 때로는 죽이겠다고 협박했다. 미이는 눈썹하나 움직이지 않았다. 마치 창문을 통해 먼 곳을 바라보듯 이코이코로 변한 주우에게 무심하게 반응했다. 그러다 그것을 견디지 못하고 주우가 벽에 이마를 박으려고 하면 단호한 표정으로 주우의 이마를 소리 나게 찰싹 때렸다. 그러면 주우는 더이상 이상한 말을 하지 않았다. 그게 다였다. 미이는 주우를 항상 지켜보고 있었다. 스위치가 돌아가듯 갑자기 표정이 바뀌고 음성이 바뀌고 말투가 바뀌는 순간을. 다시 제자리에 돌아왔을 때 혐오와 증오 속으로 파고들며 움츠러드는 모습을. 사람이 없는 곳을 찾고 그늘과 어둠을 찾아 숨고 느닷없이 터지는 거친 말을 막으려 손으로 입을 가리고 화장실로 달려가는 뒷모습을. 미이는 학교가 끝나고 집으로 돌아가는 주우를 따라갔다. 주우는 집으로 향하지 않고 방향도 목적도 없이 여기저기 떠돌았다. 비닐봉투가 바람에 날려 무작위로 허공을 떠돌듯 주우의 발걸음에도 아무 의지가 없었다. 밀면 밀리고 불면 날아가고 뒤에서 크게 소리치면 깜짝 놀라 어디론가 산산이 흩어질 것만 같았다. 다른 것도 보였다. 수업 시간에 빈 종이에 끄적거리는 예쁜 글씨의 낙서들과 고양이와 토끼 같은 작은 동물들의 특징을 살려 그린 캐리커처. 특히 주우는 회전하는 물체에 매력을 느꼈다. 습관적으로 여백에 소라 모양 그림을 그렸다. 선풍기 날개나 헬리콥터의 프로펠러가 돌아가는 모습과 시계 초침이 규칙적으로 움직이는 걸 좋아했다. 아무도 없는 고요한 과학실에서 미이는 주우에게 팽이를 선물했다. 무릎을 꿇고 앉아 회전하는 팽이를 지켜보는 주우의 눈은 매혹적인 장난감에 마음을 뺏긴 아이처럼 반짝반짝 빛났다. 선물이야, 하고 미이가 팽이를 내밀었을 때 주우는 그것이 마치 다치기 쉬운 작은 새라도 되는 것처럼 떨리는 두 손으로 조심스럽게 감싸안았다. 주우는 팽이를 좋아했고 미이는 팽이를 좋아하는 주우의 웃는 모습이 좋았다.

천막 한쪽 구석에서 팽이를 만지작거리는 주우를 보는 미이의 마음이 복잡했다. 하도 만져 이제는 까만 보석처럼 변한 한 토막의 나무를 주우는 부적이라 했고 친구라고 했으며 충격을 막아주는 쿠션 같은 것이었다고 했다. 왜 너는 부적이 필요했을까. 왜 쿠션 같은 것이 있어야만 했을까. 나 외에는 친구가 아무도 없었던 걸까. 주우는 매일 천막을 찾아왔다. 온다고 하지 않고, 와도 좋다는 허락을 받지도 않았지만 주우는 매일 왔다. 아무리 가라고 말해도 들리지 않는 척을 하고 밀어내고 밀어내도 어느새 천막 한쪽 귀퉁이에 앉아 있는 주우에게 그러면 네 마음대로 해라, 라고 했더니 정말 자기 마음대로 하고 있다. 오전엔 열심히 지하철을 돌며 일을 했고 오후에는 델리만쥬나 갈릭파이를 사서 미이에게 건넸다. 미이가 귀찮아하면 간사들에게 줬다. 처음엔 추레한 행색의 주우를 모두들 경계했다. 미이가 괜찮다고 친구라고 말했지만 검은 마스크를 쓰고 조용히 눈동자를 굴리며 천막의 여기저기를 살펴보는 남자는 불편하고 두려운 존재였다. 그런데 주우가 일손을 거들면서부터 사람들의 태도가 달라졌다. 주우의 손은 너무도 꼼꼼하고 야무졌다. 부드러운 선과 깔끔한 각이 살도록 오려낸 색지를 보고 놀라워했다. 오랫동안 노트에 글씨를 썼던 탓인지 주우는 글씨도 잘 썼다. 매직을 잡으면 망설임 없이 쓱쓱 써내는 글씨는 예쁘고 단정하고 힘이 있었다. 간사들은 오오, 하며 좋아했고 어떤 이는 박수를 치기도 했다. 어느 날엔 그라인더와 원두를 가져왔다. 계량용 스푼에 적정량의 원두를 담아 그라인더에 넣고 갈았다. 곱게 분쇄된 가루를 필터에 넣고 능숙하고 자연스러운 솜씨로 리드미컬하게 뜨거운 물을 부어 커피를 만들어냈다. 천막에 가득 찬 커피향은 누추한 분위기를 단숨에 사라지게 할 만큼 강력한 힘이 있었고 지친 사람들은 주우가 만든 커피 한 모금에 기분이 바뀌는 기이한 경험을 했다. 커피 좀 안다는 한 간사가 이렇게 맛있는 커피는 살다 살다 처음 마셔본다면서 호들갑을 떨며 주우의 사기를 높여주기도 했다. 환대를 받은 주우는 더 당당하게 천막을 찾았고 자신감 있는 눈으로 미이를 바라봤다. 미이는 질렸다는 얼굴로 고개를 저었지만 입가엔 희미한 미소를 머금었다.

주우는 행인들에게 대화를 시도하는 미이를 바라봤다. 사람들은 대부분 눈길 한번 주지 않고 지나쳐 갔고 더러는 사나운 눈으로 노려봤다. 설명을 듣는다 해도 삐딱하게 서서 고개만 끄덕이다 어색하게 웃으며 갈 길을 갔다. 미이는 그런 거절에 익숙한 듯 어깨를 으쓱 올렸다 내리고 손뼉을 탁탁 쳤다. 미이는 자신을 보고 있는 주우와 눈이 마주쳤다.

왜……? 뭐……? 이 정도면 괜찮은 거야. 물 뿌리고 머리채 붙잡는 사람도 있었어.

주우는 별다른 반응을 보이지 않고 길 한가운데 서서 전단지를 나눠줬다. 사람들은 주우가 건네는 걸 받기도 하고 안 받기도 했지만 받는 사람들은 대부분 읽지 않고 접거나 구겼다. 도와달라는 말, 관심을 가져달라는 말, 이런 현실을 알아달라는 말은 입속에 담겨 밖으로 나오지 않는 속엣말처럼 아무도 모르게 사라지고 말았다. 팔과 다리에 검고 붉게 물든 피멍과 찢기고 파이기를 반복하다 단단하게 굳은 상처와 흉터, 얼굴 절반을 뒤덮는 보라색 흔적들과 퉁퉁 부어 감긴 눈. 누군지 알아볼 수 없게 눈을 가리고 모자이크했지만 주우는 그 몸이 누구의 것인지 알 것 같았다. 말은 안 했지만 입속에서 온갖 말이 거품처럼 버글거리는 게 느껴졌다. 그것들은 잔뜩 화가 나 어쩔 줄을 몰라 하는 동물처럼 뜨겁고 위험하게 꿈틀거렸다. 이전과는 달랐다. 참고 있는 말은 치즈의 것이 아니었는데 치즈가 화가 났을 때와 같은 말이 나오려 했다. 주우는 몇 번이고 숨을 참고 침을 삼키며 감정을 드러내지 않으려고 애썼다. 미이는 의자에 앉아 팔을 쭉 펴고 스트레칭을 하며 말했다.

마스크 좀 벗지? 아, 됐다, 됐어. 지친다, 지쳐.

그러곤 눈을 감으며 들릴락 말락 한 소리로 중얼거렸다.

도대체 왜 저러는 거야.

주우는 미이의 눈감은 옆모습을 그것이 마치 근사한 그림이라도 되는 것처럼 물끄러미 봤다. 매일처럼 반복되는 미이의 질문. 하지만 주우는 대답도 하지 않고 노트에 써서 설명해주지도 않았다. 답하기 싫어서가 아니었다. 어디서부터 어디까지 말해야 할지 몰랐고 혹 말한다 해도 미이의 복잡한 표정을 볼 자신이 없었다. 화를 낼 거고 슬퍼할 거고 답답해할 거고 그러다 마스크 벗으라고 소리를 지를 거고 나중엔 울지도 모른다. 그런 게 싫었다.

4

맞아. 난 다큐멘터리에 출연했어. 그땐 꽤 유명했지. 사람들이 알아보고 사진도 찍고 내가 사인도 해줬으니까. 그땐 마스크를 벗고 당당하게 사람들 속에서 살았어. 노트에 글자를 쓰지 않았고 치즈가 나쁜 말을 할 땐 사람들에게 왼쪽 가슴에 달고 있는 명찰을 보여줬어.

투렛 증후군입니다. 갑자기 나쁜 말을 하더라도 이해해주세요.

사람들은 놀라긴 했지만 명찰에 적힌 걸 읽고 고개를 끄덕이며 내 모든 말을 이해해줬어. 그런데 난 착각했던 거야. 좀 나아진 걸 괜찮아진 걸로. 바보처럼 나는 사람들의 변화를 그냥 믿어버렸어. 세상 사람들이 모두 내 상황을 알고 있고 진짜로 이해해준다고 말이야. 그 환대. 그 눈물. 그 악수. 그 포옹. 그것이 곧 나에 대한 세상의 제스처라고 믿었던 거지. 하지만 아니었어. 사람들은 잊었어. 다큐멘터리에는 나 외에도 슬픈 사연을 가진 사람들이 매주 방영됐지. 눈에 보이지 않는 장애는 그 누구의 동정과 이해도 받을 수 없어. 나는 어디가 마비되지도 않았고 다리를 절지도 않았으니까. 사람들은 날 거짓말쟁이나 나쁜 사람으로 취급했어. 밖으로 드러나지 않는 감각에 문제가 있는 사람들은 다 같은 취급을 받을 거야. 난 그걸 알았지만 잊어버렸고 그 대가는 컸어. 나는 금방 잊혔어. 나를 아는 사람들, 내 증상을 이해해주는 사람들이 순식간에 사라졌는데 순진하게도 나만 있는 모습 그대로 말했어. 보호막이 사라졌다는 걸 깨달았을 땐 온몸이 잠길 만큼 깊은 물속에 빠져 있었지. 질식할 뻔했어. 죽고 싶었던 적은 없지만 죽을 줄 알았어. 사람들은 내가 아닌 내가 갖고 있는 증상을 알고 있던 거였고 그 증상을 통해 충격이든 감동이든 감상이든 그런 걸 받고 싶었던 것뿐이었어. 나는 내가 불쌍하지 않아. 남들은 그렇게 생각해도 난 진짜 괜찮아. 그랬는데 그들의 환대에 열렸던 마음의 문이 다시 닫혔을 땐 내가 나를 불쌍히 여기고 있다는 걸 깨달았어. 기어이 난 불쌍해진 거야. 그래서 마스크를 쓰기로 결심했어. 괜찮았어. 정말이야. 거추장스러운 것들 다 버리고 나니 고요하고 좋아. 세상일을 어떻게 다 따지고 들겠어? 그런데 미이야, 너에겐 미안하다. 너에게 이런 모습 보이기 싫었어. 하지만 미이야, 날 이해해줘. 적어도 너만은 그런 식으로 잃고 싶지 않아서 그래.

뭘 그렇게 봐?

미이가 실눈을 뜨고 주우를 봤다. 많은 감정이 담긴 복잡한 눈동자 두 개가 그렁그렁했다. 미이는 다시 눈을 감고 소리쳤다.

가. 제발 좀 가라고.

과학실에서 주우가 물었다.

왜 나를 도와주는 거야?

도와줄 수 있는데……

미이는 바리캉을 들고 한참을 가만히 있다 말을 이었다.

안 도와줄 이유가 없잖아.

주우는 아무 말도 안 했다. 그저 바닥에 가득 쌓인 자신의 머리카락만 말없이 내려다볼 뿐이었다. 한 친구가 학교에 바리캉을 들고 왔다. 그는 화가 나 있었다. 공들여 기른 머리를 아버지가 바리캉으로 밀어버렸다 했다. 그는 대칭이 어긋난 희한한 머리를 거울에 비춰보며 십 초에 한 번씩 욕을 했다. 수치심을 이길 길 없는 열일곱의 소년은 화풀이할 대상이 필요했다. 그때 책상에 엎드려 있는 주우가 눈에 띄었다. 주우는 평소에도 항상 머리가 지저분했다. 머리카락이 늘 귀를 덮고 뒷머리는 목덜미까지 내려올 정도로 길게 자라 있었다. 그는 주우의 머리를 깔끔하게 다듬어주기로 마음먹었다. 이건 괴롭히는 것이 아니라 친구의 외모를 보기 좋게 만들어주는 거야. 그 생각은 썩 합리적으로 느껴졌고 심지어 앞으로 자신이 할 일은 옳은 행동이라는 생각에까지 이르고 말았다. 그는 바리캉과 가위를 들고 주우의 뒤로 몰래 접근한 뒤 뒷머리를 한 움큼 움켜쥐고 순식간에 싹뚝, 잘라버렸다. 놀란 주우는 자리에서 벌떡 일어났고 그는 키득거리며 뒷문으로 도망치려 했다. 하지만 문 앞에 서 있던 미이는 몸을 비켜주지 않았다. 그는 눈을 크게 뜨고 미이의 멱살을 잡아 흔들며 위협했다. 미이는 아무 말도 하지 않고 차분하게 그를 바라보다가 쥐고 있던 연필로 그의 손등을 찔렀다. 소년은 바리캉을 집어던지고 손을 감싸며 주저앉았다. 손등에서 붉은 피가 뚝뚝 떨어지는 모습을 보고 소년은 비명을 질렀다. 미이는 금방이라도 덤벼들 것처럼 화가 난 소년의 눈을 똑바로 쳐다보며 연필로 자신의 손등도 찔렀다. 그리고 말했다.

됐지?

미이는 바닥에서 바리캉을 집어들었다. 그리고 멍하니 서서 이 모든 광경을 우두커니 보고 있던 주우의 손을 잡고 교실을 빠져나갔다.

둘은 나무의자에 앉아 주변을 둘러봤다. 한낮의 과학실은 창마다 드리워진 두꺼운 암막 커튼 탓에 비 오는 밤처럼 느껴졌다. 커튼 틈으로 들어온 몇 줄기의 광선이 아니었다면 서로의 얼굴도 잘 보이지 않았을 것이다. 미이는 과학실 특유의 축축한 곰팡이 냄새를 그것이 빵 굽는 냄새라도 되는 듯 눈을 지그시 감고 음미하는 표정으로 코를 큼큼거렸다. 유리문이 달린 커다란 선반에 비커와 이름을 알 수 없는 각종 유리관들이 가지런히 놓여 있었고 해부된

소형 동물과 곤충들이 포르말린에 담겨 둥둥 떠 있었다. 미이는 배가 갈려 사지를 벌리고 있는 개구리를 보며 인상을 찌푸렸다.

나중에 의사가 되면 말이야. 개구리 배를 다시 꿰매줄 거야. 저게 뭐야. 죽어서도 부끄럽게.

주우는 그건 의사가 아닌 수의사의 일이라고 말하려다가 정말 수의사의 일인가 싶어 관뒀다. 처음에 미이는 주우 머리의 균형을 맞춰보려 했다. 그러나 생각처럼 쉽지 않았다. 왼쪽을 맞추면 오른쪽이 틀어지고 오른쪽을 맞추면 다시 왼쪽이 틀어졌다. 미이는 난감한 표정으로 어떻게 해야 할지 몰라 바리캉만 손에 들고 있었는데 주우가 말했다.

그냥 밀어줘.

다?

다.

삼 분도 걸리지 않았다. 주우의 머리는 벌초를 끝낸 무덤처럼 보였다. 주우는 거울을 통해 고개를 오른쪽으로 한 번 왼쪽으로 한 번 돌려 번갈아 보더니 만족스러운 미소를 지어 보였다. 미이는 그 미소를 보는 순간 하마터면 울 뻔했지만 애써 웃었다.

오오, 어울리는데? 두상이 동글동글하니.

뒤통수를 탁, 때렸다.

예뻐.

미이는 바짝 깎여 거의 하얗게 보이는 주우의 머리를 천천히 쓰다듬었다.

사실은 나도…… 고양이가 있어.

주우가 고개를 돌렸다.

고양이 키워?

아니. 네가 키우는 치즈…… 내게도 그런 게 있어.

네가 키운다는 치즈. 그게 뭘까? 그 고양이도 이름이 있었을까? 미이야, 나는 그런 것도 하나 모른 채 널 잃어버렸어. 나중에 이야기해준다고 했잖아. 그런데 넌 말도 없이 그냥 사라져버렸지. 나는 네 고양이가 뭔지 지금도 모르겠어. 다만 알겠는 건 내게 치즈가 그러했듯 네 고양이도 널 힘들게 할 거란 거야. 난 평생 치즈를 입속에 머금고 다니면서 함께 살았지. 힘들었어. 일일이 다 말할 수 없을 만큼. 그런데 단 한 번도 죽고 싶다거나 죽어야겠다는 생각을 한 적은 없었어. 이유가 둘 있었는데 하나는 네가 잘 키우라고 이름 붙여준 치즈와 헤어지고 싶지 않아서야. 그리고 의문을 해결하고 싶었어. 너는 왜 떠났을까? 네가 키운다던 고양이는 뭘까? 난 내 입에 재갈을 채웠어. 앞으로 절대로 말을 하지 않기로 결심했지. 그리고 다짐했어. 미이 너를 꼭 만나겠다고. 그래서 알아낼 거라고. 널 찾아다녔어. 어디를 찾아야 할지 몰라 사람이 많은 곳에 갔어. 낯선 장소에 서 있었고 가보지 않은 길을 걸었어. 너는 어디에도 없었지. 그러나 난 알았어. 네가 어딘가에 분명히 있다는 것을. 그런데 이렇게 너를 만난 거야. 그제도 어제도 그리고 오늘, 또 내일도 만날 수 있는데 왜 다 꿈만 같을까. 나는 아침에 눈을 뜨면 가장 먼저 두려움을 느껴. 이게 만약 꿈이라면 모든 게 없던 일이 될까봐. 너의 얼굴. 너의 목소리. 네가 있는 이 천막도 모두 신기루처럼 사라질 것 같아서.

5

이제, 여름 끝났나…… 찬바람 부네.

미이는 초승달이 뜬 깨끗한 밤하늘을 보며 담배를 피웠다. 주우는 미이 옆에 나란히 서서 하늘을 봤다. 담배 연기가 네 쪽으로 간다고 저쪽으로 가라고 해도 주우는 묵묵히 곁에 있었다. 미이가 오른쪽으로 두 발 움직이면 주우도 두 발 움직였고 왼쪽으로 다섯 발 움직이면 다섯 발 따라왔다. 미이는 짜증을 내며 주우에게서 등을 돌렸다.

둘은 걸었다. 지하철역으로 들어가지도 않고 버스 정류장에 멈추지도 않았다. 근린공원을 돌고 팔 차선 도로를 가로지르는 횡단보도를 건넜다. 인적이 드문 골목길을 지나 불 꺼진 초등학교 운동장을 두 바퀴 걷고 파란 육교를 건넜다. 그동안 둘은 한마디도 하지 않았다. 기이했다. 둘 중 누구도 그것을 불편하게 여기지 않았다. 초조하지도 답답하지도 않은 침묵. 편하게 주고받는 대화를 능가하는 자연스러움이 녹아 있었다. 미이는 길 한가운데서 걸음을 멈췄다. 주우도 멈췄다. 가로등 불빛이 둘을 비췄고 그림자 두 개가 바닥에 길게 서 있었다. 미이가 말했다.

넌 날 좋아하면 안 돼.

주우가 왜?라고 묻는 눈으로 미이를 바라봤다.

난 널 좋아하지 않을 거거든.

—상관없어.

미이는 주우가 쓴 글씨를 보고 고개를 저었다.

아냐. 서로 안 좋아하면 반드시 한쪽은 슬퍼져.

주우는 볼펜을 들고 한참 뜸을 들이다 뭔가를 썼다. 그리고 노트를 찢어 미이의 손에 쥐여주고 앞서 걸었다.

—안 좋아하는 것은 더 슬퍼.

미이는 주우의 뒷모습을 보며 주우를 따라 걸었다. 하나로 묶은 머리가 진자운동을 하는 추처럼 좌우로 움직였다. 미이는 오래전 주우의 모습을 떠올렸다. 빡빡머리로 학교에 나타났을 때 사람들은 주우가 대단한 결심을 했다고 생각했다. 어딘지 모르게 불량하고 반항적으로 보이는 주우는 무엇이든 더이상 참을 생각이 없는

질 나쁜 소년처럼 보였다. 정말 사이코처럼 보였다. 무엇이든 손에 잡히면 던지고 마음만 먹으면 칼로 사람을 찌를 수도 있을 것 같았다. 평소 주우를 괴롭히던 친구들이 더는 주우 근처에 오지 않았다. 그때 참 보기 좋았지. 두상이 예뻐 짧게 자른 머리가 무척 어울렸던 게 생각나. 미이는 주우의 머리카락을 잡아 확 당겼다. 놀란 주우는 휘청거렸고 넘어질 뻔했다. 미이가 말했다.

머리 자를래?

주우는 당황한 표정으로 눈을 동그랗게 떴다.

미이는 가방에서 노란색 문구용 가위를 꺼냈다.

이걸로. 너도 거울 볼 때마다 솔직히 재수 없지?

주우는 마스크에 손을 대고 웃었다. 미이는 주우의 손목을 잡아끌었다. 잠자코 걷던 주우는 모텔 현관을 보고 당황하며 손목을 비틀어 손을 빼내 도망가려 했다. 미이는 재빨리 주우의 머리카락을 움켜쥐었다.

방에 들어가자마자 미이는 침대에 누웠다. 주우는 하얀 순면이 깔린 침대에 엉덩이 끝만 살짝 걸쳐 앉았다. 미이는 이불을 돌돌 말아 온몸에 둘렀다.

몰랐는데 나 피곤했나봐. 많이 걸었나?

미이는 눈을 비비며 말했다. 주우는 어쩐지 어색하여 고개를 젖혀 천장을 보고 흰 벽지도 보고 손바닥 크기의 해바라기 그림도 보고 유리로 조잡하게 만들어진 전등갓도 봤다. 까만 시트지가 붙은 창문은 굳게 닫혀 있었고 아무리 찾아봐도 시계는 없었다. 시공간이 느껴지지 않는 방이었다. 엘리베이터를 타고 오층까지 올라왔는데 느낌상으론 깊은 동굴로 내려온 것 같았다. 고요했고 깊숙했다. 주우는 처음엔 그것이 어색했지만 이내 좋아졌다.

자를까?

둥근 이불 굴을 파고 그 안에 들어가 애벌레처럼 누워 있던 미이가 말했다. 주우는 고개를 끄덕였다.

미이는 등받이가 없는 둥근 의자를 욕실에 놓고 주우를 앉혔다. 샤워 가운을 입히고 커다란 목욕용 타월을 망토처럼 걸쳤다. 주우는 마네킹처럼 순순히 앉아 눈동자만 굴리며 커다란 전신 거울을 통해 분주하게 움직이는 미이를 바라봤다. 신나 보였다. 냉장고에서 옥수수수염차를 꺼내 캔 뚜껑을 따고 유리컵에 따랐다. 모든 것이 준비된 듯 미이는 오른손에 가위를 쥐고 웃으며 거울을 봤다. 미이는 거울 속 주우를 보고 말했다.

손님, 마스크 벗으셔야 해요.

주우는 잠시 생각에 잠겼다. 지금 치즈는 잠든 것 같다. 이번만큼은 미이를 실망시키고 싶지 않았다. 주우는 선선히 고개를 끄덕였다. 주우가 마스크를 벗는 동안 미이는 한 번도 숨을 쉬지 않았다. 아니, 쉴 수 없었다. 삼십 초도 안 되는 그 장면이 미이에게 정지 화면처럼 느껴졌다. 주우는 마스크를 벗고 입술 위의 까만색 전기 테이프를 뜯고 그 밑에 있던 두꺼운 장판 테이프를 뜯어냈다. 그리고 뭔가를 뱉어냈다. 골프공 크기의 까만 플라스틱 공이었다. 주우는 입을 크게 벌려 뻐근한 턱을 움직였다. 미이는 건네받은 재갈을 손에 들고 눈살을 찌푸렸다.

이거 뭐야?

공 재갈이라고 하는 거야.

뭐야. 말 잘하잖아.

내가 언제 말 못한다고 했어?

그런데 왜?

다른 말도 잘하니까 그렇지.

지금은?

주우는 눈을 꾹 감고 십 초쯤 뭔가에 집중했다. 이내 눈을 뜨고 어깨를 살짝 들었다 내렸다.

괜찮을 것 같아. 자고 있는 것 같아.

자? 누가?

치즈.

아…… 치즈.

미이는 고개를 돌려 거울이 아닌 주우의 입술을 바라보며 물었다.

잘 지내?

거울 속 주우가 말했다.

글쎄. 나도 걔를 잘 몰라.

뒷머리를 싹둑 잘라낸 첫 가위질 이후 머리카락은 느리게 잘렸다. 저울에 미량의 가루를 올리는 화학자처럼 미이의 가위는 주우의 머리카락을 아주 조금씩만 잘라냈다. 가위를 한 번 움직일 때마다 미이는 거울을 확인했다. 느리고, 느리고, 느린 시간이 사각, 사각, 사각, 잘려나가는 머리카락과 함께 더디고, 더디고, 더디게, 지나갔다. 지나가다 어느 순간 깊숙하게 고이는 시간. 주우는 잠들어버렸다. 잠들기 직전 주우는 미이의 말을 생각했다. 너는 나를 좋아하면 안 돼. 주우는 툴툴거리며 생각했다. 옛날에도 그렇게 말하더니 똑같은 말을 다시 하는구나. 그때는 미이가 그렇게 말했을 때 아무 말도 못했었지. 상관없다. 괜찮다. 이렇게 말하지 못하고 그냥 고개만 숙인 채 슬퍼하기만 했지. 그리고 뭐라고 물었는데 뭐였더라. 좋아해주면 안 돼?였던가. 너는 누굴 좋아해?였던가. 그때 미이는 대답을 안 했지. 그건 분명해. 그날 이후 미이를 만나지 못했으니까. 들리는 소문들은 다 못된 이야기뿐이었지. 귀를 막아도 들리고 눈을 감아도 다 보였지. 배가 불러 학교를 자퇴했단 말. 어느 날 하혈하고 쓰러졌단 말. 나쁜 사람을 좋아했다는 말도 있고 누구에게 심하게 맞았다는 말도 있었다. 소문 중에 이런 말도 있었다.

이코이코의 아이래.

그렇게 편들고 감싸더니 둘이 처잔 거야? 씨발.

주우는 웃었다. 그리고 안심이 되었다. 그렇다면 다른 말들도 다 거짓이겠지. 하지만 시간이 갈수록 주우는 그 모든 말들 속에 홀로 서 있었을 미이를 그리고 주우가 모르는 곳으로 혼자 걸어가 버린 미이를 생각했다. 그리운 것인지, 서운한 것인지, 화가 난 것인지 알지 못한 채. 여러 날을 보냈다. 하지만 주우는 이제 알았다. 보고 싶었던 거였어. 단순한 이유였지. 막상 보니까 그렇게 묻고 싶었던 것도 아무 의미가 없게 느껴진다.

갑자기 주우의 몸이 크게 들썩였다. 귀 모양에 맞게 왼쪽 머리를 자르던 미이는 놀라 한 발 물러섰다. 주우의 입에서 기이한 신음 소리가 새어나왔고 강한 파열음이 터져나오려 했다. 그 순간 주우는 재빨리 손바닥으로 입을 가렸다. 그리고 손가락 세 개로 입을 꽉 틀어막았다. 미이는 주우의 얼굴을 봤다. 붉게 변해 있었고 금방이라도 울 듯 겁에 질려 있었다. 입술을 봤다. 잘린 머리카락이 입 주위에 가득 붙어 있었다. 주우는 모래를 한 움큼 집어먹은 아이 같았다. 미이는 무릎을 꿇고 앉아 가위를 바닥에 내려놓고 왼손으로 주우의 어깨를 부드럽게 붙잡았다. 그리고 오른손으로 주우의 손목을 잡아 서서히 손을 빼냈다. 미이는 주우의 손을 수건으로 닦아냈다. 그리고 흐르는 물에 자신의 손을 깨끗이 씻고 주우의 입을 벌려 손가락으로 머리카락을 빼내기 시작했다. 주우의 몸은 처음엔 돌덩이처럼 딱딱하게 굳었지만 미이의 눈에서 느껴지는 거역할 수 없는 어떤 힘에 의해 점차 부드러워졌다. 미이는 천천히 손가락을 움직여 주우의 입안에 묻은 머리카락을 모두 빼내었다. 그리고 옥수수수수염차가 든 컵을 주우의 입가에 대고 말했다.

헹궈.

미이는 다시 가위를 들었다.

치즈가 말하고 싶어하면 그냥 말하게 해. 네가 무슨 상관이야? 네가 하는 말도 아닌데. 민망해서 그래? 나도 이상한 말 해줄게. 그러니까 다시는 방금처럼 입 막지 마. 알았어?

주우는 가만히 있었다. 미이가 언성을 높여 다시 물었다.

알았어?

싫어.

괜찮아.

넌 괜찮아도 내가 괜찮지 않아.

미이는 주우의 뒤통수를 때렸다. 그리고 정수리를 두 번 눌러 강제로 끄덕이게 만들었다.

시끄러워. 말 좀 들어. 지루할 테니까 이야기 하나 해줄게. 기억나? 나도 고양이가 있다고 했잖아.

거울 속 주우가 끄덕였다.

치즈 같은 멋진 이름은 없어. 나는 그것에게 이름을 붙여줄 수 없었거든. 개를 내 마음대로 해본 적도 없어. 사실 고양이같이 귀여운 애는 절대로 아니야. 난 개가 싫어. 내가 키우는 거라고도 할 수 없어. 그런데 개는 항상 내 곁을 맴돌아. 밥도 주지 않고 물도 주지 않고 만져주지도 않는데 항상 내 옆에 있어. 무슨 마음인지도 모르겠어. 날 좋아하는 것 같지도 않고 싫어하는 것 같지도 않아. 그냥 날 계속 지켜만 봐. 어둠을 먹고 바람을 먹고 점점 몸을 불리지. 언젠가 내 곁에서 잠든 모습을 용기내서 본 적이 있는데 너무 컸어. 그러다 눈을 떠서 나를 보는데…… 두려웠어. 커다란 오렌지만한 눈동자로 나를 무섭게 노려봤어.

미이는 가위를 물에 씻어냈다. 그리고 허공에 흔들어 물기를 털어내고 다시 움켜쥐었다.

그동안 약하고 불쌍한 것들에 끌려왔어. 연민이랄까. 그 끔찍하고 무력한 성정이 내 안에 있는 게 싫어. 지긋지긋해, 정말. 어느 순간부터 나는 그걸 개라고 불렀어. 사랑할 수 없는 것을 사랑하고, 사랑해서는 안 되는 것도 사랑하게 만들지. 나는 원치 않았는데도 개는 나를 그렇게 만들어. 난 결국 개가 이끄는 대로 따라가고 말았지. 힘드니까. 비참하니까. 그것을 사랑이라 그냥 믿어버리는 거야. 사랑하기 때문이라는 이유는 엄청 편하단다. 모든 지저분한 것들을 그림자 밑으로 쑤셔박을 수 있거든. 주우야, 난 그렇게 살아왔어. 한번은 말이야.

미이는 입을 다물고 한동안 거울 속의 주우를 바라봤다. 주우가 고개를 끄덕였다.

사람을 죽였어. 애인이었던 사람이었지. 그래서 감옥에도 갔다 왔어. 몰랐지?

미이는 눈을 가늘게 뜨고 가위를 흔들며 주우를 봤다. 주우는 가위를 들지 않은 미이 왼손의 둥근 흉터를 바라봤다.

내가 왜 그 사람을 만났는지 알아? 불쌍해서. 사실 그 사람은 나를 좋아하지도 않았는데.

……

내가 그 사람을 무조건 사랑하니까 그 사람은 나를 때리더라.

……

나중에 그 사람은 나를 증오했어.

……

마침내 내 목에 칼을 겨누었는데도 나는 그 사람을 사랑하기에, 아니 그 감정을 사랑이라고 불렀기 때문에 계속 사랑하기로 했지. 사랑은 원래 이런 거라고, 아프고 슬픈 거라고, 힘들고 어려운 거라고 믿으면서 그래도 널 사랑해, 라고 말했어.

……

그런데 무서웠어. 이번엔 정말 죽을 것 같았거든. 그래서 나도 모르게 내 목을 조르는 그 사람을 높은 곳에서 밀어버렸어.

……

개 같아. 정말로 내 삶은 개 같아. 그 개가 나를 평생 몰고 다니며 나쁜 쪽으로 이끌었어. 그동안 난 평생 끌려다녔고.

……

그런데 더는 그렇게 끌려다니지 않기로 결심했어. 더는 그런 거에 약해지지 않을 거야. 그러니까 주우야.

……

너는 나를 좋아하면 안 돼.

그 순간 치즈가 눈을 떴다.

죽여버릴 거야.

미이가 당황한 눈으로 치즈를 봤다.

개 같은 년아. 뭘 쳐다봐. 칼로 쑤실 거라고.

그리고 미이는 치즈에게 많은 말을 들었다. 치즈는 마음껏 할퀴고 화내고 하악거렸으며 날카롭게 소리를 질러댔다. 날카로운 발톱으로 허공을 가르고 안아주려는 이의 팔에 상처를 냈다. 그동안 미이는 차분하게 그 말을 다 듣고 난 뒤 다정하게 말했다

치즈야, 안녕.

치즈는 더 크게 소리를 질렀다.

씨발년아 뭘 쳐다봐. 죽을래?

미이가 단호한 목소리로 말했다.

죽여. 죽여봐, 개새끼야. 내가 먼저 널 죽일걸?

순간 주우가 놀란 눈으로 미이를 봤다. 미이는 뭐? 하는 눈으로 거울 속의 주우를 보며 웃었다. 그리고 주우의 미간에 붙은 버튼

에 손가락을 올리고 꾹 누르면서 말했다.

괜찮아. 이제 됐어.

미이는 주우의 젖은 머리를 타월로 털어내고 드라이어로 꼼꼼하게 말렸다. 머리는 버섯처럼 둥글었다. 결코, 잘 잘랐다고 할 수 없는 상태였다. 하지만 주우는 그게 참 마음에 들었다. 미이가 주우의 눈치를 살피며 말했다.

어때?

좋은데?

거울 속 주우는 선이 살짝 어긋난 앞머리를 손가락으로 만지며 말했다.

미안해.

뭐가?

그냥.

나도 미안해.

뭐가?

그냥.

모텔을 나와 둘은 거리를 걸었다. 새벽에서 아침으로 바뀌는 푸른 시간에 오가는 사람은 없었다. 주우는 새벽의 일들이 꿈처럼 아득하게만 느껴졌다. 달라진 머리가 아니었다면 기억을 믿을 수 없었을 것이다. 주우는 이상한 느낌으로 온몸이 간지러웠다. 갑자기 사라진 머리카락 탓에 뒷목이 서늘했고 입안은 마취라도 된 것처럼 계속 얼얼했다. 입속을 부드럽게 만지던 미이의 손가락. 혀 안쪽에 아직도 남아 있는 것 같은 작은 머리카락들. 주우는 그 모든 것이 사라질까봐 혀를 둥글게 말아 입안을 가득 채웠다. 비탈진 골목을 내려가던 중 둘은 멈춰 섰다. 쓰레기차와 편의점 배송차가 비상등을 깜박이며 느리게 후진을 하고 있었다. 주우와 미이는 나란히 서서 그것들이 사라질 때까지 지켜봤다. 미이가 말했다.

기억나? 옛날에 모래언덕에 앉아 있었을 때 모래를 퍼가는 포클레인보고 주우 네가 욕했잖아.

그랬지. 그때 포클레인이 우리 쪽으로 다가오며 삽을 움직이는 바람에 놀라서 도망쳤잖아.

그때 포클레인 아저씨는 화가 났을까?

화났겠지. 그렇게 심하게 욕을 하는데 화가 안 나겠어? 그것도 새파랗게 어린 학생이 욕을 하는데.

난 그때 진짜로 죽는 줄 알았어.

그런데 그 이야기는 왜 갑자기 하는 거야?

아니. 그냥 그런 것들이 생각나네. 너랑 했던 일들이 다 생각나. 주우야.

응.

네가 정말로 치즈를 끝내 길들이지 못하면…… 그래서 너무 괴로워지면…… 내가 치즈와 헤어지게 해줄게.

미이는 주머니에서 가위를 꺼내 묘한 미소를 지었다.

무슨 방법을 써서라도 내가 반드시 헤어질 수 있도록 도와줄게. 무슨 걱정이야. 헤어지면 그만인 거야. 그러니까 그런 날 오면 내가 도와줄 테니까…… 앞으로 그냥 마스크 벗고 말하면 안 돼?

주우는 고개를 푹 숙이고 있다가 끄덕였다.

알겠어.

미이는 말했다.

그럼 줘.

주우가 마스크를 미이의 손에 올렸다. 미이는 주우의 주머니를 가리키며 말했다.

그것도.

주우는 주머니에서 공 재갈을 꺼내 미이의 손바닥에 올렸다. 미이는 마스크 끈을 손가락에 걸고 몇 번 돌리더니 공 재갈과 함께 가방에 집어넣었다.

헤어지기 전 주우가 말했다.

계속 만날 수 있어?

미이는 대답 없이 걸었다. 주우는 한 발 앞서 걸었다. 미이가 허공을 보며 말했다.

난 네가 괴로운 걸 원치 않아.

난 괴롭지 않은 것보다 그냥 너를 좋아하고 싶어.

그래라. 네 맘대로 해라.

주우가 걸음을 멈추고 고개를 돌려 미이를 바라봤다. 미이가 웃었다.

한 달에 한 번씩 만나자. 머리 잘라줄게. 그전엔 제발 오지 마.

주우가 흐흐흐 소리를 내며 묘하게 웃었다.

안녕, 이라고 말하고 미이는 주우의 버튼을 손가락으로 꾹 눌렀다. 주우는 눈을 감았다. 다시 눈을 떴을 땐 빠른 걸음으로 사라지는 미이의 뒷모습을 볼 수 있었다.

이제 따라오지 마.

응.

주우는 제자리에 서서 사라지는 미이의 그림자를 향해 손을 흔들었다.

미스터 심플

1

'구매하고 싶습니다.' 문자를 보내고 새벽 한시라는 걸 깨달았다. 곧바로 '늦었네요. 아침에 확인해주세요'라는 말을 덧붙였다. 다룰 줄도 모르는 클래식기타가 왜 탐이 났던 걸까. 좋아 보였다. 상판에서 좋은 나무의 품격이 느껴졌고 금장 줄감개는 견고해 보였다. 답변이 왔다. '구매 가능하십니다. 지금 화이트빨래방 앞에서 거래 가능하신지요.' 뭐라고 답할까, 생각하다가 인상을 찌푸렸다. 왜 산다고 했을까. 두 달 넘게 밖에 나가지 않았다. 나갈 일은 많았지만 나갈 힘이 없었고 나가고 싶지도 않았다. 이렇게 지내서는 안 된다는 마음과 모르겠다는 무기력한 마음 사이에 끼어 침대와 책상만 오갔다. 택배 거래는 안 되느냐고 물어보려다 악기는 접수가 안 된다는 사실이 떠올랐다. 비대면 거래로 가능한지 물어볼까 싶다가 자리에서 일어났다. 나가자. 모르는 사람은 아무도 아니다. 물건 주고 물건 받으면 끝. 괜찮으냐, 묻지 않을 거고 괜찮을 거야, 거지같은 위로도 하지 않겠지. 환기가 필요하다. 빨래도 밀려 있고 일도 밀려 있다. 빨래방. 좋은 핑계다. 좋다는 답변을 보내고 음악을 껐다. 패딩을 걸치고 모자를 쓰고 고요 속에 잠시 앉아 있었다. 기타 판매글의 상태가 '예약중'으로 바뀌었다.

판매자는 오른손엔 기타 케이스를, 왼손엔 쇼핑백을 들고 빨래방 앞에 서 있었다. 무릎까지 내려오는 회색 모직코트에 까만 방한화를 신고 있었다. 작은 키에 통통한 체형이 펭귄을 연상시키는 남자였다. 우리는 눈이 마주치자 동시에 고개를 끄덕였다. 그는 환한 형광빛이 쏟아지는 창문 쪽으로 걸어가더니 바닥에 하드케이스를 놓고 뚜껑을 열었다. 괜찮습니다. 그냥 주셔도 돼요, 라고 했지만 그는 대꾸 없이 기타를 들어 보였다. 사진보다 좋아 보였다. 넥은 휘지 않고 크랙이나 덴트 없는 보디는 깔끔했다. 값을 지불하고 기타를 받았다.

잘 사용하겠습니다.

네.

우리는 인사하고 잠시 서 있었다. 당황했다. 그는 집으로 가지 않았다. 그 역시 내가 가만히 서 있으니 당황한 듯 보였다. 나는 어깨에 멘 백팩과 들고 있던 더플백을 내려놓으며 말했다.

저는 빨래할 게 있어서요.

그는 바닥에 놓은 쇼핑백을 들며 답했다.

아, 저도.

새벽의 빨래방은 아름답다. 기름과 섬유유연제가 섞인 묘한 냄새. 훈기와 습기가 동시에 느껴지는 공기. 시끄러운 세탁기 소리와 그것을 에워싸고 가만히 눌러주는 적막과 고요. 어두운 거리가 보이는 환하고 커다란 창문까지. 나른한 몸과 마음으로 가만히 앉아 밖을 보면 쓸쓸해 죽을 것 같은데, 그것도 좋다. 에드워드 호퍼의 그림 속에 있는 것 같은 감상적인 기분까지 든다. 세탁과 건조에 각각 삼십 분. 짧지만 순도 높은 시간이다. 잘 읽히고 잘 써진다. 활자가 눈을 통해 뇌로 바로 인쇄되는 것 같다. 생각과 이미지는 막힘없이 단어와 문장으로 번역된다. 하지만 이상하지. 여기에 오면 좋을 걸 알면서, 이렇게 써지고 읽게 될 것을 알면서, 안 오게 된다. 아니, 그래서 안 오는 것일지도. 좋아지는 것을 원하면서, 좋아지는 나 자신은 원하지 않는 마음. 지친다. 지겹고.

나는 창문이 보이는 의자에 앉았고 판매자는 1번 건조기 옆 의자에 앉았다. 그는 두툼한 벽돌색 커버의 노트를 펼쳐놓고 손가락

사이에 연필을 끼워 빙글빙글 돌리고 있었다. 세탁이 끝났다는 알람이 울렸다. 그는 이십 킬로그램짜리 세탁기에서 세탁물을 꺼내 건조기에 집어넣었다. 동전을 교환하며 슬쩍 그의 세탁물을 봤다. 양이 적었다. 하얀 셔츠들과 검정 바지 몇 벌이 다였다. 속옷부터 얇은 이불까지 삼십 킬로그램 용량도 부족한 내 것과는 달랐다. 세탁물을 건조기에 구겨넣고 자리에 돌아가려는데 그가 자라처럼 머리를 앞으로 쑥 빼고 서서 내 자리를 보고 있는 게 느껴졌다. 그의 시선은 내가 번역중인 원고와 소설책에 고정되어 있었다. 나는 발소리를 내며 그를 스쳐지나갔고 그는 제자리로 돌아가 앉았다.

원고에 몰두했다. 간만에 생긴 집중력이었다. 시끄러울수록 고요해지는 건조기 소리가 톡톡 등을 밀어주는 것 같다. 극심한 기후변화로 인간과 대다수의 육지 동물들이 탈진하거나 얼어죽는 세계. 열대의 곤충들과 극지의 나무들만 살아남은 상황. 달라진 생태를 설명하는 부분을 통과하는 데에 어려움을 겪고 있다. 생태 관련 전문용어가 많아 단어를 계속 검색해야 했다. 무엇보다 지나치게 길고 지루해서 넘어가지지가 않았다. 하지만 오늘 반드시 이 부분을 끝낼 것이다. 이상한 느낌. 무심코 뒤를 돌아봤다가 깜짝 놀랐다. 그가 어깨 너머에서 원고와 책을 보고 있었다. 놀란 나는 몸을 움츠렸고 그는 나보다 더 놀란 얼굴로 재빨리 한 발 물러섰다. 그는 붉게 변한 얼굴로 고개를 숙여 사과했다. 놀랐으나 딱히 그가 위해를 가한 건 아니기에 어색하게 미소를 지었다. 그는 머뭇거리며 계속 서 있다가 말했다.

오래전부터 계획한 자살이지, 충동적으로 저지른 절망적 행위가 아니야.

네?

저 책, 『몰락하는 자』, 저도 읽어봤습니다.

의아한 마음에 찬찬히 그를 살펴봤다. 오십대 중반 정도로 보였다. 곱슬거리는 머리는 귀를 덮을 정도로 길고 옆머리는 하얗게 셌다. 얼굴빛은 어둡고 잔주름이 많은 눈가엔 작은 물사마귀가 있었다. 눈은 약간 충혈됐고 전체적으로 노란기가 돌았지만 안경 뒤에 숨은 눈빛은 반짝반짝했다. 판매자는 최근 문화센터를 다니면서 독서와 글쓰기에 취미를 갖게 되었는데 마침 수업시간에 읽은 책을 발견해 반가운 마음이 들었다고 했다. 토마스 베른하르트가 지하 세계의 몇 명만 아는 마니악한 작가는 아니지만 누군가 빨래방에서 그의 책을 읽고 있다면 나 역시 관심을 가질 것 같았다. 하지만 문장을 외우고 있다니, '조심해야 한다'. 무의식이 경고해주고 있었다.

강좌 제목이 뭐라고 하셨죠?

인생을 담는 글쓰기요.

인생을 담는 글쓰기라. 제목을 그렇게 달콤하게 지어놓고 재능 없는 어중간한 예술가들은 차라리 죽어버리는 게 낫다는 냉소로 가득한 책을 읽히다니, 강사가 어떤 사람일지 짐작이 됐다. 나는 고개를 끄덕이고 잘 알았다는, 이제는 각자 하던 일을 하자는 미소를 지었다. 그는 계속 서 있었다.

혹시 작가세요?

아뇨.

그럼요?

뭐라고 설명해야 할까. 한때 출판사에 있었지만 지금은 외주 받은 원고를 교정 교열하는 프리랜서고 번역도 하고 있다고 말해야 할까. 그러면 그는 또 묻겠지. 무엇을 번역하느냐. 어떤 원고냐.

출판사에서 일합니다.

아.

이해했다는 건지, 모르겠다는 건지, 그는 고개를 끄덕이면서도 계속 원고를 쳐다봤다. 그때 1번 건조기가 끝났다는 신호음이 울렸다. 그는 건조기 문을 열고 옷 속에 손을 집어넣어 눈을 감고 잠시 있다가 뭔가 마음에 들지 않은 듯 오백원을 넣었다. 건조기는 사 분간 더 돌았다. 2번 건조기도 멈췄다. 나는 세탁물을 대충 접어 가방에 집어넣었고 남은 손으로 기타 케이스를 들었다. 이제 돌아갈 시간. 그는 무슨 말을 더 하려다 말고 고개를 푹 숙여 인사했다.

잘 사용하세요.

그는 옷깃을 세워 얼굴의 반을 가리고 쇼핑백을 든 채 팔자걸음으로 걸어갔다. 등뒤에서 가로등 불빛이 비쳤고 그의 앞으로 자신의 키보다 크고 긴 그림자가 놓였다. 그는 그림자 속으로 걸어들어갔다. 어째서인지 나는 뒤뚱뒤뚱한 그 모습을 오래도록 바라보고 있었다.

2

독촉 메일이 왔고 그중 몇몇에게 답을 했다. 미안하다, 못하겠다, 는 문장에서 못하겠다는 부분만 지우고 시간을 더 달라고 했다. 내 상황을 가장 잘 아는 선배도 이제는 약간 짜증이 난 것 같았다. 그는 냉혹할 정도로 옳은 말만 했다.

마음 복잡하고 어려운 것 알아. 그럴수록 일에 전념해야 해. 빨리 털고 일어나자. 계속 그러면 너 진짜 어려워진다.

맞다. 안다. 그런데 내게는 다 털고 다시 시작하는 일보다 질문하지 않는 마음을 갖는 것이 더 어려운 일처럼 느껴진다. H의 죽음은 설명하기 어려웠다. 한동안 사람들이 내게 물었다. 나는 모른다고 했다. 거짓이 아니었다. 나는 몰랐다. 사람들은 더이상 내게 묻지 않지만 이제는 내가 묻는다. 왜 죽었나. 조깅을 나가기 전 귀에 이어폰을 끼며 손을 흔들던 H의 모습이 뇌리에 또렷이 남아 있다. 저녁에 뭐 먹을지 생각해놓으라고 했던 말도 거짓이었

나. 나를 기만한 것이었나. 아니라면, 그게 아니라면 무엇인가. 무엇이어야 하는가. 이 집. H와 내가 함께 살던 우리의 집. H의 물건들은 내 물건과 함께 그대로 남아 있다. 물컵과 옷, 책과 담배, 신발, 우산, 모자까지. H가 소중히 키우던 화초들은 모두 죽고 나무만 남았다. 버릴 수도 버리지 않을 수도 없어 그대로 뒀다. 시든 풀 위에 환하게 햇빛이 들었고 가끔 혹시 하는 마음에 물을 준다.

자기 연민에 빠진 사람은 되고 싶지 않다. 상처받은 이의 얼굴을 하지 않을 것이다. 할일을 할 것이고, 잘 자고, 잘 먹고, 잘 지낼 것이다. 맥주잔에 물을 따라 단숨에 들이켰다. 기타를 껴안고 아무 음이나 눌러봤다. 클래식기타 특유의 온화한 소리가 어쿠스틱기타와 확연히 달랐다. 생각 없이 누른 음은 무심결에 입술에 놓고 흥얼거렸던 멜로디를 동기동기 따라갔다. FGA BABEDB AGEGBC. 순간 손이 멈췄다. 누군가가 갑자기 팔목을 붙잡기라도 한 것처럼. 기타를 케이스에 집어넣고 책장 옆에 세워뒀다. 서둘러 유튜브를 켜고 아무거나 클릭했다. 사람들이 깔깔거렸고 서로에게 장난을 치며 좋아했다. 웃겼다. 화면을 보며 소리내 웃었다. 내 웃음소리가 내 귀에 들렸다.

판매자 미스터 심플. 뭐하는 사람이길래 이런 기타를 헐값에 내놓은 걸까. 그의 정보를 눌러 판매 이력을 살펴봤다. 바이올린. 플

루트. 보면대. 악기 거치대. 가격은 대부분 만원이나 이만원 정도였고 바흐와 쇼팽 같은 클래식 음악이 담긴 CD나 악보는 무료로 나누어줬다. 때문에 그의 '매너온도'는 높았다. 사진을 하나씩 넘겨봤다. 그의 집은 좀 묘했다. 판매하는 물건 뒤로 내부가 조금씩 보였는데 가구나 살림은 보이지 않고 온통 박스뿐이었다. 크기가 같은 갈색 박스가 테트리스 블록처럼 다양한 모양으로 쌓여 있었다. 막 이사를 왔거나 이제 이사를 갈 것처럼 보였다. 새로운 판매 물품이 업데이트됐다. 옷이었다. 하얀 셔츠들과 바지 그리고 슈트. 셔츠는 장당 천원, 바지는 이천원, 슈트는 삼천원이었다. 며칠 전 빨래방에서 세탁한 옷일지도 모른다. 애써 세탁을 하고 천원 이천원에 판매를 하는 마음이란 도대체 무엇일까. 웅크린 채 노트에 뭔가를 열심히 쓰고 있던 빨래방에서의 그의 모습이 떠오른다. 기우뚱 흔들리며 사라지던 작고 둥근 뒷모습도. 보낼 생각이 없던 구매 만족 스티커를 보내고 후기도 남겼다. '기타 좋네요. 감사히 잘 쓰겠습니다.' 그 순간 진동이 울렸다. 판매 물품으로 올린 파란색 블루투스스피커에 관심을 갖는 구매자가 나타났다.

물건을 정리해야 했다. H의 물건은 H의 방에 집어넣었다. 문제는 내 물건. 정확히 말하면 내 것이지만 H의 것이기도 했던 물건. 없애고 싶었지만 방법을 알지 못했다. 버리는 건 싫었다. 쓰레기처럼, 그럴 순 없었다. 망가뜨리는 것도 생각해봤지만 그건 너무

지나친 액션이라 도중에 자괴감이 들 게 뻔했다. 팔기로 했다. 나와는 함께 있을 수 없지만 다른 이에게는 의미 있게 사용될 거고 혹시 사랑받을지도 모른다. 하지만 막상 구매자와 대화를 나누면 마음이 달라졌다. 판매되었다, 거짓말을 하거나 판매하지 않겠다, 변덕을 부렸다.

H의 방문을 열었다. 그대로 다 있다. 어수선한 채로. 뒤엉킨 채로. H의 움직임을 모양 그대로 간직한 흔적들. 어질러진 책상. 노트와 메모들. 초콜릿 껍질과 호두 두 알. 구겨진 청바지와 돌돌 말려 바닥을 뒹구는 회색 러닝셔츠. 동그란 얼룩이 남아 있는 베개. 하지만 이상하지. 어디에서도 H의 냄새가 나지 않는다. 침대에 앉아 이불을 들어 코를 대고 맡아봤다. H는 없다. 죄송합니다. 판매되었습니다, 라고 말할 것이다. 구매자를 확인했다.

어? 미스터 심플.

3

빨래방 앞에서 다시 만났다. 그는 저번과 같은 옷을 입고 에코백을 들고 있었다. 예고에 없던 눈이 내리기 시작했다. 쌓이기 좋은 크고 축축한 눈송이였다. 우리는 고개를 끄덕여 인사를 나눴다. 가방을 열어 스피커를 꺼내 그에게 내밀었다. 그는 스피커를 받아들었고 손바닥에 올린 뒤 한참 바라보았다.

어떻게 사용하는지 알려주실 수 있나요?

블루투스로 연결해서 사용하면 된다고 말했지만 그는 이해를 못했다. 머리와 어깨에 눈이 쌓이기 시작했다. 눈송이는 더 커졌고 눈발도 거세졌다. 일단 빨래방에 들어갔다. 3번 세탁기가 돌아가고 있었지만 빨래방 안엔 아무도 없었다. 탁자에 스피커를 놓고 전원 버튼을 누른 뒤 휴대폰 블루투스를 켜서 페어링하는 과정을 보여줬다. 그는 눈을 껌벅이며 보고 있었지만 표정에는 아무 변화도 없었다. 잘 이해했는지 확인차 눈을 마주치면 아, 하면서 형식적으로 고개를 끄덕일 뿐이었다. 그는 스피커를 천천히 에코백에 집어넣었다.

기타는 괜찮던가요?

아, 네. 좋습니다. 마음에 들어요.

다행입니다.

그는 문 앞에 서 있었다. 문을 열고 밖으로 나가야 하는데, 그래야 내가 뒤따라 나갈 수 있을 텐데, 그냥 서 있기만 했다. 그의 눈동자가 초조하게 흔들렸고 뭘 머금고 있는 것처럼 입술이 움찔거렸다. 실례가 안 된다면, 그는 작은 소리로 말했다.

부탁을 하나…… 드려도 될까요?

경계하는 마음으로 대답 없이 다음 말을 기다렸다.

출판사에 계신다니까. 제가 글을 써봤는데…… 혹시 좀 봐주실 수 있는지.

당황스러웠으나 차분하게 미소를 지었다.

저는 교정 교열만 봅니다.

그래도 저보다는 많이 아실 것 같아서요.

그는 노트를 꺼내 탁자 위에 펼쳤다. 노트에 적힌 글자와 그의 얼굴을 번갈아 쳐다봤다. 놀라울 정도로 아름다운 필체였다. 두 손을 앞으로 공손히 모으고 절실한 눈으로 나를 보는 나이든 펭귄 한 마리. 세탁기는 멈추지 않고 계속 돌았다. 부담스럽게 형성되는 묘한 침묵에 자꾸 기침이 나오려 했다. 의자에 앉았고 노트를 집어들었다.

한 남자의 인생 이야기가 여섯 장에 담겨 있었다. 키워드는 실패, 어리석음, 그리고 후회. 고등학교 때 선생님의 권유로 관악 밴드에 들어가 여러 금관악기를 다루게 되었고 결국 음악의 길로 들어서 시립교향악단 단원의 삶을 살았다. 선을 보고 여자를 만나 두 달 만에 결혼했고 반년 뒤 아들이 생겼다. 스스로를 무뚝뚝한 남편이자 엄한 아버지였다고 묘사하고 있었다. 아내와 아들은 삼 년을 계획하고 캐나다로 유학을 떠났고 일 년, 이 년, 연장되었다가 나중에는 한국으로 돌아올 수 없다는 통보를 해왔다. 그때의 감정은 단순하게 '슬펐다'라고만 기술되어 있다. 이십 년 가까이 묵묵히 자리를 지켰던 시향에서 지휘자와 작은 갈등이 있었고 이듬해 부당 해고를 당했다. 그후 지인의 권유로 음대 입시학원을 열었다가 사기를 당해 두 달 만에 문을 닫았다. 가진 것을 모두 잃었고 남은 것은 쓸모없는 악기들뿐이었다. 억울한 마음도 없고 화도 나지 않는 날들이 계속되고 있지만 더 살아야 할 이유를 찾지 못하고 있다는 게 결론이었다. 연필로 힘주어 꾹꾹 눌러쓴 작은 글씨들이 지우개로 지운 흔적 위로 희미하게 떠 있었다. 오래된 과거부터 현재에 이르기까지 시간 순서대로 한 줄씩 혹은 한 문장씩 적힌 사건과 진술들. 이랬다, 저랬다, 후회된다, 슬펐다 정도의 짧은 문장 속에서는 디테일을 발견할 수 없었고 감정이나 내면, 개성 같은 것도 찾을 수 없었다. 그나마 마음을 엿볼 수 있는 부분은 '슬프기도 하고 슬프지 않기도 하다' '애를 썼는데…… 나쁜 마음은 없었는데…… 결국 다 실패했고 다 나빠졌다' 정도였다. 자신에게조차 진짜 마음을 내보이는 것을 두려워하며 부정적인 표현을 극도로 꺼리는, 그마저도 숱한 말줄임표 속으로 집어넣는 글쓰기 교실의 전형적인 인생 수기였다.

적당한 칭찬과 약간의 솔직함으로 짧게 의견을 전했다. 인생은 멀리서 보면 희극이지만 가까이서 보면 비극이라는 말이 있다는 말을 시작으로 평범하고 뻔한 인물의 삶이라 할지라도 가까이서 조명하면 사정을 알게 되고 이면과 내면을 발견할 수 있게 된다고 했다.

이 글에도 그런 부분이 엿보이네요. 인생의 무상함과 그것을 깨닫는 소소한 성찰이 좋아 보입니다.

그의 얼굴이 붉게 물들었고 눈이 반짝거렸다.

다만 아쉬운 점은 단순 진술로만 적혀 있어서 디테일을 발견하기가 어렵다는 겁니다. 결혼. 연주. 슬펐다. 답답했다. 이런 단어들에서는 인물의 마음과 감정을 찾기가 어려워요. 그리고 문장에 비문이 많고 맞춤법도 틀린 부분이 있네요. 사전을 참고하시거나 맞춤법 검사기 같은 것으로 검사를 해보면서 글을 쓰는 습관을 들이면 좋을 것 같습니다.

그는 비문이라는 개념을 빨리 이해하지 못했다. 몇 부분을 손가락으로 짚었다. 그가 연필을 내밀었다. 잠시 망설였지만 그가 쓴 문장 위에 교정한 문장을 적었다. 무의미하게 반복되는 단어들에는 동그라미 표시를 했다.

감정과 마음을 표현할 때 슬펐다, 힘들었다, 이런 단어들만 사용하지 말고 슬플 때 무엇을 했는지, 힘든 마음이란 어떤 모양과 느낌인지 그림을 그리듯 써보세요.

그는 내내 고개를 끄덕였고 불편함을 느낄 정도로 가까이 다가와 귀를 기울였다.

그래도 잘 쓰셨어요. 뭔가, 뭐랄까, 울림이 느껴졌습니다.

울림이요?

그는 의자에 앉았다. 그리고 잠시 말없이 창밖을 바라봤다. 어두운 얼굴 위로 복잡한 심정이 흐르고 있었다.

다 잃고 원룸으로 이사왔습니다. 뭘 해야 할지 몰라 하루가 막막했어요. 답답했고요. 무슨 말이든 하고 싶었는데 가족도 없고 직장도 사라지니 말할 사람이 없더군요. 밤이고 낮이고 낯선 동네를 돌아다녔습니다. 그러다 문화센터에 붙은 글쓰기 강의 포스터를 발견한 겁니다. 팔 주 수업이 끝나면 인생을 담은 자서전을 만들 수 있다는 문구가 눈에 들어오더군요.

세탁기가 멈췄다. 고요해졌고 대화도 자연스럽게 멈췄다. 그는 더 말하고 싶어했다. 나는 그의 말을 더 듣고 싶은 생각은 없었지만 괜히 마음이 무거웠다. 눈을 돌려 노트를 봤다. 처음에는 허투루 읽었던 마지막 부분이 눈에 들어왔다.

'누군가 내게 당신은 누구입니까? 라고 묻는다면 나는 이렇게 답할 것입니다. 내 이름은 슬픔입니다. 나는 아내와 아들을 잃은 남자입니다. 한때 오케스트라에서 연주를 하는 음악가였지만 지금은 아무것도 아닙니다.'

마지막 문장을 검지로 짚었다.

여기. 좋네요.

네? 다시 한번 이야기해주세요.

그는 손바닥을 왼쪽 귀 뒤에 대고 작은 반사판을 만든 뒤 코앞으로 다가왔다. 지나치게 가까워진 거리가 부담스러웠지만 천천히 다시 말했다.

이 문장. 좋다고요.

아, 그는 자기가 쓴 글을 남의 글을 읽듯 한참 들여다본 후 부끄러운 듯 작은 목소리로 말했다.

저도 거기가 마음에 듭니다. 그래서 제 아이디가 미스터 슬픔이에요.

심플이신데요?

아, 몇 주 전에 바꿨어요. 키보드를 구매했는데 쿨거래를 했더니 판매하신 분이 저보고 매너가 좋고 쿨하다면서 슬픔이 아니라 심플이세요, 이렇게 말하는 겁니다. 심플. 심플. 뭔가 마음에 들어서 그때부터 슬픔을 심플로 바꿨어요.

훨씬 낫네요.

세탁물이 가득 담긴 커다란 보자기를 등에 진 두 명의 청년이 빨래방에 들어왔다. 그들은 목소리가 컸고 휴대폰을 통해 들리는 음악소리는 요란했다. 그와 나는 빨래방을 나올 수밖에 없었다.

잠깐 사이 눈이 쌓였다. 도로와 길이 하얗게 변했고 눈앞은 함박눈으로 어지러웠다. 감사합니다. 조심히 가세요. 이렇게 인사하고 헤어질 타이밍인데, 인사할 틈이 없었다. 그는 계속 질문을 했다. 진술은 어떻게 하나요. 묘사는요. 내게서 무엇인가를 빨아들이듯 묻고 또 물었다. 대답을 하면서도 이제는 그만 가보겠다는 신호로 조금씩 발걸음을 옮겼다. 잠깐 겪었지만 그는 뻔뻔한 사람은 아니다. 남의 기분을 파악 못할 정도로 둔하지도 않다. 도리어 남에게 피해 주는 것을 싫어하고 부담 주는 걸 두려워하는 쪽에 가깝다. 그의 물건을 살 때도 내 물건을 팔 때도 그는 말 그대로 심플했다. 그런데 그의 이런 태도를 어떻게 이해해야 할까. 어째서인지 그는 절실해 보였다. 쩔쩔매느라 몸이 경직되어 있었고 얼굴은 민망함과 부끄러움이 뒤섞여 붉게 물들어 있었다. 말하고 숨쉴 때마다 그의 입에서는 주먹만한 입김이 만들어졌다. 무리에서 떨어져 이상한 곳까지 걸어와버린 어리둥절한 펭귄처럼 그는 내 뒤를 졸졸 따라오고 있다. 나는 이 대화를 계속 이어나가고 싶었다.

식사하셨습니까?

4

호른입니다.

그는 비빔국수를 비비며 말했다. 나는 멸치국수의 국물을 떠먹다 말고 고개를 들었다. 그는 이런 반응이 익숙하다는 듯 악기의 기본 정보와 오케스트라에서의 역할을 대충 설명해줬다. 호른이 어떻게 생긴 악기인지도 모르고, 호르니스트를 만난 것도 처음이라 호기심이 생겼다. 뜨거운 면발을 후후 불며 검색창에 호른을 입력했다. 악기라기보다 크고 웅장한 기계처럼 보였다. 기네스북에 세상에서 가장 연주하기 어려운 악기로 등재되어 있다는 정보도 나왔다.

어…… 대단하십니다. 굉장히 어려운 악기라고 나오는데.

그렇지도 않아요.

그는 뿌옇게 김이 서린 안경을 벗어 탁자에 올렸다. 시큰둥한 표정을 지은 채 젓가락으로 계란을 둘로 쪼갰다. 노른자를 한쪽으로 두고 흰자만 입에 넣었다. 안경받침에 눌려 콧대에 두 개의 붉은 점이 찍혔다. 눈 밑이 검고 작은 반점이 눈 주위에 퍼져 있었다. 안경을 벗은 모습은 나이들고 초라해 보였다.

다 옛날이야기죠. 지나간 일이고.

오케스트라는 왜 그만두셨는지 여쭤봐도 되나요?

그는 젓가락으로 국수를 돌돌 말아 입에 넣었다. 그리고 오랫동안 우물거리며 창밖을 바라봤다. 바람 없는 깜깜한 밤. 조용히 눈이 내렸고, 그보다 더 조용히 쌓이고 있었다.

시향에서는 이 년마다 재계약을 합니다. 실력이 녹슬지 않았는지 평가하는 정기 평정이라는 것이 있어요. 육십 점을 넘어야 다시 계약할 수 있죠. 형식적인 절차예요. 그걸로 해고된 사례는 없었거든요. 그런데 자격 미달이라는 통보를 받았습니다. 저만 그런

건 아니었고 다섯 명이 동시에 자격 미달이란 겁니다. 거기엔 비올라 연주자도 있었는데 국내에서 가장 뛰어난 비올리스트 중 하나였을 겁니다. 지휘자와의 갈등이 있었어요. 우린 본보기였죠. 나름 사건이었어요. 기사도 났거든요.

'시향 부당 해고'를 검색창에 입력해 기사를 봤다. 시청 앞에 마스크를 쓴 세 명이 피켓을 들고 서 있었다. 그중 가장 키가 작은 남자. 딱 봐도 미스터 심플이었다.

뭐, 나중에 부당하다는 판결이 나서 복직할 수 있었지만 돌아가지 않았습니다. 돌아가지 못한 것도 있고.

그는 계란 반쪽을 입에 넣었다. 그리고 한동안 아무 말도 하지 않았다. 나도 묵묵히 국수를 먹었다. 맞은편 테이블엔 여자 둘이 나란히 앉아 휴대폰을 보면서 접시에 담긴 고기만두를 나눠먹었고 일을 하는 아주머니가 눈 내리는 창밖을 보며 몇 번이고 휴대폰으로 사진을 찍었다. 만두를 찌던 아저씨는 입을 반쯤 벌리고 서서 뉴스를 보고 있었다. 미스터 심플은 의자를 앞으로 바짝 당겨 앉았다.

하시는 일은 재미가 있으십니까?

헛웃음이 났다. 좋으냐는 질문은 받아봤지만 재미가 있느냐는 질문은 처음이었다.

재미라니요. 그럴 리가요.

글쓰는 거 왜 이리 어렵습니까? 처음에 글에 인생을 담아야 한다길래 그걸 어떻게 노트에 다 담나 싶어 고민이었죠. 기록할 게 너무 많을 것 같았거든요. 가장 두꺼운 노트를 샀습니다. 쏟아낼 게 많으니 받아낼 것도 커야 했어요. 그런데 보세요.

그는 노트를 꺼내 식탁 위에 올렸다.

여섯 장 썼어요. 이것도 겨우겨우 쓴 겁니다. 글쓰는 건 좋은데 어떻게 써야 할지 모르겠어요.

말씀하신 것처럼 쓰면 될 것 같은데요. 누구나 자신의 인생을 돌이켜보면 삶에서 배웠거나 알게 된 것들이 있습니다. 자신만의 철학이랄까, 통찰이랄까. 아무튼 그런 것들을 솔직하게 표현하며 문장으로 하나씩 옮기면 됩니다.

아닙니다. 아니에요. 그는 작은 목소리로 혼잣말을 하듯 중얼거렸다. 그의 얼굴이 점차 굳어갔다.

이혼하고 상실을 겪고 슬픔을 느꼈다고 대단한 성찰을 한 건 아닙니다. 나이들면 뭔가 현명해지고 아는 것이 많아질 거라고 생각하죠. 하지만 그건 착각이에요. 모르는 것만 많아지고 그만큼 의문만 깊어집니다.

그는 담배를 피우듯 후우, 소리를 내며 숨을 내쉬었다.

여름에 결혼했습니다. 결혼식 당일 폭우가 쏟아졌어요. 배수로가 다 막혀 도로가 물바다였어요. 주차하기도 힘들어서 식이 난리도 아니었습니다. 멀리서 온 하객들은 제시간에 도착하지도 못했죠. 그때 다들 그러더군요. 결혼식 날 비가 많이 오면 잘산다는데 얼마나 잘살려고 이렇게 복이 쏟아지는 거냐고요. 하지만 보세요. 다 헛소리예요. 고통은 더 큰 고통으로, 실수는 돌이킬 수 없는 결과로 이어지더군요. 그런데 제가 뭘 쓸 수 있겠어요.

나는 내 삶에서 뭘 배웠나. 무엇을 알고 있나. 그래서 얼마나, 얼마큼, 표현할 수 있나. 솔직하게? 순간 마음을 뚫고 무엇인가가 지나갔다. 국수를 먹으려다 젓가락을 움켜쥐었다. 얼마나 힘을 줬는지 관절 마디가 하얘졌다. 그 순간 내 표정에서 무엇이 보였던 걸까. 그가 내 눈치를 살피는 것이 느껴졌다.

저는 그저…… 선생님께서 출판사에 계신다니까 무슨 말이든 하고 싶었습니다. 아무 말이나 듣고 싶었던 것 같기도 하고.

아닙니다. 저도 선생님과 이야기 나누니까 좋네요. 제가 언제 호른 연주자와 이렇게 국수를 먹어보겠습니까.

그런가요?

그의 얼굴에서 부끄러운 웃음이 스쳐지나갔다.

호른이라는 악기는 음색이 좀 애매합니다. 금관이면서 목관처럼 낮고 부드러운 소리가 나죠. 그 소리가 오케스트라의 빈 부분을 채워주고 여러 악기가 뒤섞이며 발생하는 거친 소리를 감싸줍니다. 그러면서도 힘을 최대한 줄 때는 공연장 전체를 압도할 정도로 큰 소리를 낼 수도 있어요. 말려 있는 긴 관을 통해 소리가 나기 때문에 다른 악기보다 느리고 소리내는 것도 힘들어요.

거친 소리를 감싸는 소리라. 음, 궁금하네요.

혹시.

그는 남은 말을 잇지 않고 사진처럼 멈춰 있다가 고개를 저으며 중얼거렸다.

아닙니다.

네? 무슨.

선생님 귀찮으실 것 같아서.

귀찮을 것 같다는 말에 약간 두려웠지만 무슨 말을 하려고 저렇게 뜸을 들이나 싶었다. 그는 하려던 말을 끝까지 하지 않을 작정인지 탁자에 묻은 물기를 냅킨으로 닦고 또 닦았다. 궁금해서 살짝 짜증이 났다.

하시려던 말씀이 무엇인지…… 궁금해서요.

그는 한참 뜸을 들이다가 말했다.

소리 듣고 싶으시면 들을 수 있어요. 지금.

5

예고 없는 폭설에 세상이 하얗게 변했다. 차도와 인도가 구분되지 않고 자동차는 사람보다 느리게 다녔다. 새들이 돌덩이처럼 나뭇가지에 웅크리고 앉아 그대로 눈을 맞고 있고 주인 없는 까만 개 두 마리가 뭐가 그리 즐거운지 차도를 달리고 있었다. 미스터 심플은 구부정하게 몸을 웅크린 채 걸어갔고 나는 그 뒤를 따라갔다. 그는 종종 걸음을 멈춰 내가 잘 따라오는지 확인했다. 됐다고, 그냥 집에 가겠다고 말하고 싶은 걸 열 번도 넘게 참았다. 저멀리 버스 정류장이 보이자 발이 멈췄다. 얼어붙은 사람처럼 그냥 우뚝 멈춰 서 있을 수밖에 없었다. 여기까지다. 나는 저길 지나갈 수 없다. 오늘은 날이 좋지 않아 그만 돌아가야겠다는 말을 하려는데 그의 발이 멈췄다. 그리고 손을 흔들며 사층짜리 빌라를 가리켰다.

다 왔습니다.

그의 집은 사층이었고 엘리베이터가 없었다. 계단은 좁고 가팔랐다. 삼층부터 그는 헉헉 숨을 몰아쉬었다. 번호키를 누르기 전 상체를 쭉 펴며 호흡을 골랐다. 현관은 다 열리지 않았다. 그는 어색하게 웃으며 비좁은 틈으로 간신히 들어갔다. 신발이 놓인 곳부터 실내의 모든 곳에 상자가 쌓여 있었다. 집 전체가 다 상자였다. 좁게 난 길을 제외하고 발 디딜 틈도 없어 상자로 벽을 만든 미로처럼 보였다. 집이라거나 방이라기보다 창고라고 해야 어울릴 공간. 마음이 아픈 사람인가? 정신이 온전치 않은 걸까? 무의식적으로 물건을 쌓아두는 저장 강박이 있는 사람일지도 모른다. 그런데 잘 보니까 그런 것과는 조금 달랐다. 상자들은 모두 가지런히 정리되어 있었다. 가득차 있었지만 선과 열이 정확한 질서 속에 놓여 있었다. 박스 두 개를 이용한 의자도 있었고 책상처럼 이용한 박스들도 있었다. 그 위에 노트북과 키보드가 있었고 단정하게 쌓아올린 책탑도 있었다. 내 마음을 읽었는지 그가 머리에서 눈을 털어내며 말했다.

집이 엉망이라 민망하네요. 이상한 사람이라고 생각하시면 안 됩니다. 급하게 이사를 왔는데 짐 정리를 못 했어요. 대부분 아내와 아들 짐이라서. 이걸 다 어떻게 해야 할지 모르겠어요. 아내에게 짐을 어떻게 하면 좋겠느냐고 물었더니 알아서 하라고 하더군요. 알아서 하라니, 뭘 어쩌라는 건지.

그는 찬장에서 물기가 없는 깨끗한 컵을 꺼내 토마토주스가 든 유리병과 함께 건넸다. 나는 고맙다고 인사를 했다. 그는 분주하게 움직였지만 딱히 뭘 하는 것은 아니었다. 그냥 이 상황이 어색한 것 같았다. 창문을 가리는 나무블라인드로 실내는 어둑했고 공기는 차가웠다. 나쁜 냄새는 전혀 나지 않았다.

가족과는 연락하시나요?

그는 고개를 끄덕이지도 눈을 깜박이지도 않고 그저 허허 웃기만 했다. 한다고도, 하지 않는다고도 말하지 않았지만 그냥 알 것 같았다. 그는 상자 몇 개를 힘겹게 움직여 안쪽 깊숙한 곳에서 까만 케이스를 꺼내왔다.

호른은 사진보다 훨씬 크고 복잡하게 생긴 악기였다. 금빛과 녹빛이 섞인 긴 관이 뜨겁고 부드러운 유리를 구부린 것처럼 돌돌 말려 있었다. 낡은 느낌과 오래된 느낌이 너무 강해 그것에서 소리가 날 수 있다는 것이 믿기지 않았다. 그는 악기를 들어 잿빛의 커다란 융으로 구석구석 닦아냈다. 작은 상자를 하나 끌고 와 의자로 삼았다. 이게 익숙해지면 괜찮은데, 라고 말하며 허벅지 위에 호른을 올렸다.

처음엔 소리내기가 쉽지 않습니다. 숨을 빠르게 내쉬면 고음이 나오고 느리면 낮은 배음이 걸리죠. 입술 근육을 어떻게 움직이는지에 따라 소리가 다 달라집니다.

나는 뭘 모르면서도 고개를 끄덕였다. 그는 설명을 더 하려다 말고 내 눈을 보고 헛기침을 했다.

들어보시겠습니까?

고개를 끄덕였다. 미스터 심플의 표정이 달라졌다. 딱, 소리를 내며 올라가는 스위치처럼 단단한 긴장이 표정에 실리는 것이 느껴졌다. 그는 오른손을 나팔꽃 같은 벨 속에 집어넣고 마우스피스를 입에 문 뒤 잠시 눈을 감았다. 그리고 숨을 불어넣었다. 일정하게 뻗어나가는 낮은 음이 바닥에 깔리면서 길고 넓게 나아갔다. 따뜻하고 부드럽지만 강하고 묵직한 소리였다. 바닥에 닿은 발바닥에 미세한 진동이 느껴질 정도였다. 그는 마우스피스에서 입을 뗐다. 나는 뭔가에 홀렸다가 갑자기 풀려나듯 허탈함을 느끼며 그를 바라봤다.

밤도 늦었고…… 오랜만에 만져보는 거라 연주하기는 어렵겠네요.

처음엔 그가 장난하는 줄 알았지만 표정에서 느껴지는 단호함에서 진심이라는 것을 알았다.

호른은 오케스트라에는 반드시 필요한 악기이면서도 거의 보이지 않습니다. 불평을 하는 건 아닙니다. 저는 호른의 그런 스타일이 좋았어요. 성향에도 맞았고. 『몰락하는 자』에서 글렌이 그런 말을 하죠. 피아니스트는 훌륭한 피아니스트를 꿈꾸는 것이 아니라 피아노가 되길 꿈꿔야 한다고요. 오케스트라의 수많은 악기 속에서 하나의 부품처럼 긴 세월을 보내고 보니 틀린 말도 아닌 것 같아요. 악기 연주자는 악기가 되어야 합니다. 저 역시 그랬던 것 같아요. 같은 곡을 수십 번씩 연습하고 지휘자의 지시에 따라 필요한 파트에서만 소리를 내며 변함없는 호른으로 살아왔죠.

그는 오른손으로 왼 손등을 만지작거렸다.

그런데 아니었어요. 신선놀음에 도낏자루 썩는 줄 모른다는 말 있죠. 그동안 많은 것이 변하고 있었습니다. 아내와 아들은 여러 곳을 옮겨다니며 다른 언어를 배웠고 다른 삶을 살기 시작했어요. 저 역시 달라졌어요. 그런데 어리석게 그런 줄도 몰랐습니다.

그의 말투가 바뀌었다. 반짝이던 눈빛이 꺼지고 냉소와 자조의 그늘이 드리웠다.

제가 쓴 글은 사실 거짓입니다. 어쩌면 해고는 정당했는지도, 난 정말 자격 미달인지도 모릅니다.

그는 과장되게 웃었다. 자신을 못난이로 만드는 콩트를 하면서도 관객을 웃기지 못하는 개그맨처럼 그는 괴상한 표정을 지었다.

악기는 정해진 위치가 있습니다. 법칙으로 정해진 건 아니지만 대부분 따르는 규칙이 있지요. 바이올린이나 첼로 같은 현악기는 앞줄에 있고 타악기들은 맨 뒷줄에 있어요. 호른이나 튜바는 타악기 바로 앞줄에 있고요. 그런데 어느 순간부터 심벌즈 소리가 크게 느껴지더군요. 처음에는 연주자의 볼륨이 큰 거라고만 생각했어요. 그런데 소리가 점점 크고 날카로워졌어요. 어느 순간부터는 그게 통증으로 느껴지더군요. 난감한 상황이었죠. 위치를 바꿀 수도 없고 심벌즈를 작게 쳐달라고 요구할 수도 없으니까요. 그 소리는 점점 나를 위협했고 나중엔 심벌즈가 울리기 직전에 움츠러들더군요. 긴장한 탓인지 호흡에 문제가 생기고 입술이 말라 크고 작은 실수도 하기 시작했습니다. 지휘자가 중간에 연주를 끊고 나를 쳐다본 적도 있어요.

그는 죽어가는 동물을 보듯 호른을 물끄러미 바라보더니 케이스에 집어넣었다.

시간은 잔인합니다. 다 망가뜨려요. 망가지지 않더라도 알아볼 수 없게 변화시키죠. 나는 그걸 누구에게도 말하지 않았습니다. 해고될 때도, 복직을 거부할 때도, 억울하다고만 했죠. 그건 그럴 수 있어요. 민망하고 부끄러웠으니까요. 그런데 이상하죠. 글에도 쓰지 않았습니다. 아니, 쓰지 못했어요. 내가 쓰고 내가 보는 건데도 솔직하게 쓸 수 없다는 걸 어떻게 받아들여야 할까요.

글쓰는 사람들도 그렇게 하지 못해요.

네?

그는 왼쪽 귀를 내 쪽으로 돌리고 되물었다. 나는 유심히 그의 귀를 살폈다. 작은 귓구멍에 까만 어둠이 고여 있었다. 나는 방금 한 말을 반복했고 계속 말을 이었다.

그동안 많은 책을 만들었어요. 많은 원고를 봤고요. 번역 작업까지 합하면 더 많죠. 그러니까 저는 다양한 작가들의 글을 누구보다 많이 깊게 읽은 셈입니다. 그런데 아, 이 작가 진심으로 썼구나, 솔직하게 썼구나, 이런 생각 드는 글은 많지 않았어요. 저도 가끔 이런저런 글을 써야 할 때가 있어요. 책에 대한 소개글이 대부분이지만 가끔은 내 생각을 표현하는 산문을 쓸 때도 있죠. 그런데 속에 있는 말을 그대로 써본 적은 거의 없었던 것 같아요. 별로인 걸 좋다 했고 거지같은 것도 의미 있다고 썼습니다.

그렇군요. 쉽지가 않은 거군요. 그는 느리게 고개를 끄덕였고 내 쪽을 향해 몸을 기울인 모습 그대로 한참 동안 가만히 있었다. 그리고 느린 어조로 말했다.

요즘엔 짐을 정리해보려고 상자를 하나씩 열어봅니다. 내 집에 있었던 물건들인데 처음 보는 것이 많았어요. 그것들이 낯설어 골똘히 보곤 합니다. 특히 책이 많았어요. 몰랐습니다. 아내가 책을 많이 읽는 사람이었는지. 음악사에 관심이 있었는지도요. 아내는 책 귀퉁이를 접더군요. 왜 접었는지는 모릅니다. 무엇이 인상적이었는지 알 수 없어요. 그런데 접힌 부분을 만나면 책 귀퉁이를 펴고 읽어봅니다. 암호를 해독하는 것 같았어요. 그러다 타이핑을 해봤는데요. 재미가 있더군요. 글쓰기 선생님이 필사하면 글이 좋아진다고 했거든요.

글쓰기 선생님이라고 말할 때 그가 착하고 순진한 늙은 학생처럼 보여 웃음이 났다.

그래서 악기를 버리고 작가가 되기로 결심하셨나요?

아니요, 무슨.

그는 손사래 쳤다.

열 장도 못 쓰는데 무슨 작가를 합니까. 쓰고는 싶은데 실력이 안 되니까 남의 책이라도 베껴보는 겁니다. 그런데요.

미스터 심플은 안경을 벗고 마른세수를 한 뒤 안경을 다시 썼다. 눈이 충혈됐고 몹시 피곤해 보였다.

키보드를 누르는데 문득 아내가 했던 말이 떠오르더군요. "당신 말은 맞지만, 때로는 옳지만, 너무 차가워. 가족끼리는 심판이 필요한 게 아니라 온기가 필요해." 왜 그 말을 했는지는 기억이 안 납니다. 아들 교육 문제로 다툴 때였으니까 내가 또 무리한 소리를 했겠지요. 그때는 그 말이 무슨 말인지 몰랐어요. 그저 짜증나고 화만 났습니다. 그런데 알 것 같아요. 왜인지는 모르겠는데 이제 다 알 것 같아요.

그는 고개를 돌려 싱크대 쪽을 바라봤다. 상자 윗부분에 축구공이 있었고 그 옆에 소년의 것으로 보이는 운동복이 단정하게 개켜 있었다. 그는 그걸 물끄러미 바라보았다. 미스터 심플은 자신의 집에 자신의 물건들과 함께 있다. 그런데 이 집은 그의 집이 아니고 물건들도 그의 것이 아니다. 사람들이 떠난 곳. 남의 물건만 가득한 곳. 그런 곳을 집이라 할 수 있을까. 그는 그가 노트에 썼듯이 아무것도 아닌 존재처럼 보였다. 낯선 도시를 헤매는 외국인이 넓은 광장의 벤치에 앉아 두려움을 감춘 채 웃고 있는 것처럼 그는 자기의 집에 그렇게 앉아 있었다. 그는 축구공에서 시선을 떼지 않고 말했다.

그러고 싶지 않은데…… 그런 마음을 갖지 않으려고 했는데…… 아내와 아들이 보고 싶습니다. 왜 이렇게 됐는지 모르겠어요. 차라리 없다면, 죽어 없는 거라면 이런 기분이 들지도 않을 거예요. 있는데 없는 것처럼 지내야 하는 게 어렵습니다.

차라리 죽었다면, 이라는 그의 말이 송곳처럼 뚫고 들어왔다. 그는 모르는가. 죽어서 영원한 비밀로 남은 사람과 함께 지내야 하는 것이 무엇인지. 해결할 수 없어 덮어두는 마음의 끝이 매 순간 의문형으로 올라가는 기분이 삶을 얼마나 마비시키는지도. 뱀의 머리처럼 꼿꼿이 서서 나를 보고 있는 질문과 의문. 그것에 연연하는 것도, 연연하지 않는 것도, 모두 죄처럼 느껴지는 걸 그는 모르는가. 나는 길게 숨을 내쉬었다. 마음속을 할퀴고 지나가는 뜨겁고도 차가운 불물이 사라지길 기다렸다.

있는데 없는 것처럼 지내야 한다고 하셨죠. 없는데 있는 것처럼 지내는 것도 쉽지 않습니다.

그는 무슨 말을 하는지 모르겠다는 표정으로 내 말에 귀를 기울였다. 나는 멜로디를 흥얼거리기 시작했다. 느닷없이 떠올라 계속 입술에 맴돌던, 죽기 전 H가 듣고 또 들어 나중엔 내 기억과 입술에 옮겨붙은, 제목을 모르는 멜로디.

방금 제가 흥얼거린 멜로디, 혹시 무슨 곡인지 아시겠습니까? 대충이라도 계이름을 써드릴까요?

그는 내가 부른 멜로디를 정확하게 따라 했다.

맞아요, 바로 그겁니다. 아시겠습니까?

나는 손뼉을 쳤고 그는 어깨를 으쓱였다.

〈대니 보이〉.

연주해주실 수 있나요?

그는 침울하게 고개를 저었다.

어렵겠습니다. 아까도 말씀드렸지만.

그래도 부탁드립니다.

미스터 심플은 노트의 커버를 손가락으로 만지작거릴 뿐 아무 말도 하지 않았다. 그 시간은 십 초 정도였는데 내게는 너무 길고 무겁게 흘러갔다. 그는 케이스를 열고 호른을 꺼냈다. 각 기관을 융으로 닦고 마지막으로 벨까지 닦아낸 뒤 마우스피스에 입술을 댔다.

연주가 시작됐다. 낮고 무겁지만 환하고 맑은 소리였다. 하늘로 퍼지거나 공기 중으로 뻗어나가는 소리가 아니라 부드럽게 바닥에 퍼져 피부에 흡수되는 소리였다. 양볼에 가득 숨을 모아 금관으로 불어넣는 미스터 심플의 모습은 근사해 보였다. 쓸쓸해 보였고 슬퍼 보였다. 그걸 아름답다고 말해도 될까. 나는 슬프고 우울한 것에 의미를 부여하는 일에 진력이 났다. 그것이 지겹고 다 거짓말인 것 같다. 그런데 눈 내리는 깊은 밤. 창고처럼 좁은 낯선 방에서 H가 좋아했던 음악을 호른으로 듣는 이 순간이 좋았다. 슬퍼서 눈물이 쏟아지려고 했다. 호른에 손을 댔다. 차가운 관 속에 작은 핏줄이 있듯 그가 숨을 불어넣을 때마다 미약한 온기가 느껴졌다. 연주가 끝나고 나는 잠시 희미하게 사라지는 음이 머릿속에 스며들기를 기다렸다. 그리고 오래오래 박수를 쳤다. 그는 부끄러움 없는 얼굴로 미소를 지으며 고개를 숙였다.

〈대니 보이〉는 전쟁에 나서는 아들을 위한 아버지의 노래입니다. 어떤 이는 사랑 노래로 들을 거고 어떤 이에겐 레퀴엠으로 들릴 겁니다.

그렇군요. 좋았어요. 정말 좋았어요.

다행입니다. 오랜만에 불어봐서 떨리더군요. 소리도 잘 나지 않았어요.

그는 호른을 케이스에 집어넣었다.

물건을 하나씩 하나씩 없애고 나면 나중엔 이 친구와 이별할 날도 오겠죠.

그걸 파시게요?

글쎄요.

그는 케이스를 원래 자리에 놓고 천천히 몸을 돌려 상자들을 둘러봤다.

사시게요? 키워드 걸어놓으세요. 이거 살 사람 그렇게 많지 않을 겁니다.

그가 웃었고 나도 웃었다.

호른. 오케스트라. 시향. 어쩌면 내가 누군지를 설명하는 마지막 단어들인데 이제는 불편해졌어요. 그것들이 나를 밀어내는 것도 같고.

그 말을 하고 그는 힘없이 웃었다. 순한 웃음과 부드럽게 접히는 눈을 보니 순간 어떤 장면이 오버랩됐다. 이제 일어나야 하는 걸 안다. 인사하고 이 집을 나서야 한다는 걸 안다. 하지만 나는 초조해졌고 두려웠다.

선생님.

그는 대답 없이 눈을 크게 뜨고 나를 봤다.

……아닙니다.

무슨 말을 해야 할지 몰랐던 나는 노트를 들고 펼쳐서 그가 쓴 글을 다시 읽었다.

출판사에 있는 입장에서 조언 하나 해드리고 싶네요. 마지막 단어를 쓰면 글은 끝이 납니다. 그런데 엄밀한 의미로는 끝난 게 아니에요. 다시 읽어보면 고칠 곳이 많고 문제점이 보이거든요. 그래서 작가들은 다시 쓰거나 고쳐쓰는 작업을 합니다. 그걸 퇴고라고 하는데요. 선생님, 글을 잘 쓰고 싶으시면 다시 써보세요.

그는 긴장한 얼굴로 자세를 고쳐 앉았다.

퇴고의 방법을 알려드리겠습니다. 첫째는 완성한 이 글이 엉망이라는 것을 인정하는 겁니다. 둘째는 이걸 다시 쓰면 나아질 수 있다는 것을 믿는 겁니다. 그리고 마지막, 실제로 다시 쓰는 겁니다. 그 과정에서 조금씩 고치고 다른 단어로 바꾸는 것이죠.

미스터 심플은 집중하고 있었지만 이해를 한 것 같진 않았다.

정말입니다. 이게 다예요. 다시 써보세요. 완성하면 제가 교정교열을 봐드리겠습니다. 연주를 잘 들어서 뭐라도 해드리고 싶은 마음이 드네요.

그는 복잡한 표정으로 무슨 말을 해야 할지 우물쭈물거리다가 고맙습니다, 라고 작은 소리로 말했다. 그리고 그 말을 계속 반복했다. 고맙습니다. 고맙습니다.

헤어지기 전 우리는 문 앞에 서서 악수를 했다. 그는 조심히 가라고 했고 나는 또 만나자고 했다.

눈은 그쳤다. 사람도 자동차도 더는 움직이지 않는 깊은 밤의 세계는 노란 가로등 불빛에 물들어 예쁘고 아름답게 일렁거렸다. 질서가 깃든 고요한 겨울 묘지처럼 보이는 풍경. 나는 아무도 걷지 않은 눈을 뽀득뽀득 밟아 버스 정류장까지 걸어갔다. 여기에서서 버스를 기다릴 때 모르는 번호로 걸려온 전화를 받았던 일이 기억난다. 그는 경찰이라고 했고 H를 아느냐 물었다. 부고를 알리는 전화기를 손에 쥔 채 눈을 들어 하늘을 보며 상상했다. 강이 보이는 큰 다리 위를 달리고 있었을 것이다. 알 수 없는 이유로 멈췄을 거고, 다리 밑을 보고 물결을 보고 수면에 비친 불빛들을 보고 생각에 잠겼다가 물속으로 들어갔을 것이다. 경찰이 정중한 어조로 상황을 전했을 때 순간적으로 체념에서 오는 평온함을 느꼈다. 그리고 잠시 뒤 속에서 뭔가가 끊어지는 듯한 통증을 느껴 그대로 자리에 주저앉고 말았다. 가까이 있어도, 한집에서 함께 생활했어도, H의 마음을 잘 알지 못했다. 그게 불만이었고 때로는 화도 났는데 이제는 영원히 알아낼 수 없는 비밀이 되었다. 조각을 잃어버린 퍼즐이 되었다. H는 왜 〈대니 보이〉를 그렇게 많이 들었던 걸까. "나이든 남자들이나 좋아할 것 같은 올드한 음악을 왜 그렇게 자주 듣는 거야?" 더는 듣기가 싫어 짜증을 내도 "왜? 좋은데" H는 웃기만 했다. 정류장에 서서 담담하게 그날을 생각했다. 피하지 않고 처음부터 끝까지 다 생각했다.

왔던 길을 걸어 집으로 돌아왔다. 두 사람의 것으로 보이는 발자국이 찍혀 있었고 작은 발자국에 발을 맞춰 걸었다. 내 보폭과 발자국의 보폭이 맞지 않아 몇 번이나 균형을 잃고 기우뚱 흔들려야 했다. 걷는 동안 미스터 심플의 호른 연주를 떠올렸고 멜로디 그대로 허밍을 했다. 하얀 입김으로 나타났다가 이내 사라지는 〈대니 보이〉. 그 순간 거래 후기를 알리는 알림이 떴다. 미스터 심플이었다. 내 아이디에 스티커를 붙여줬다. 좋은 물건을 싸게 팔고 약속도 잘 지키는 좋은 사람이라 했다. 나도 바로 화답했다. 그에게 어울리는 심플한 스티커를 찾고 또 찾았다.

'친절하고 매너가 좋아요.'

스노우

1

눈발이 날리는 이월의 어느 오후. 종묘 해설사 이도는 옷깃을 올려 귀를 가리고 정전正殿을 바라봤다. 보이는 것은 공허와 허공. 정전은 없다. 검게 탄 긴 잿더미 위에 하얗게 잔설이 덮여 있을 뿐이다. 서울 한복판 울창한 숲에 안겨 있던 고요한 세계. 그 신성하고 경건했던 왕들의 안식처는 흔들렸다. 무너졌다. 불타고 말았다. 나무토막, 기둥 하나 남기지 않고 재가 된 정전은 교도소 담장 같은 바리케이드에 에워싸여 무덤처럼 방치되고 있다. 문화재청은 관광객들을 위해 정전의 터를 볼 수 있는 작은 창문을 달아 더는 이곳에 없는 종묘를 전시했다. 사람들은 동물원 동물 구경하

듯 창문 너머로 불탄 정전을 봤다. 우울증에 빠져 모로 누워 잠만 자는 늙은 맹수의 등처럼 그곳엔 아무 기운이 없다. 야성도, 영성도, 그 어떤 에너지도 없는 흙무더기일 뿐이다. 파란 모자를 뒤로 돌려 쓴 소년이 사탕을 빨며 불타기 전 정전의 사진과 창문 너머 보이는 지금의 정전을 번갈아 본다. 두 이미지 사이에는 겨우 일 년의 시차가 있을 뿐이나 소년은 둘 사이에서 어떤 공통점도 찾을 수 없다. 이제는 익숙해질 때도 됐는데 새삼스럽게 이도는 화가 나고 또다시 마음이 상했다. 울분이 쌓여 속이 울렁거릴 정도다. 복원할 수 있을까? 이도는 고개를 저었다. 아니, 그럴 수 없을 것이다. 복원할 게 없다. 사라졌잖아. 다 사라지고 말았어. 이도는 머릿속이 텅 빌 때까지 정전이 있었을 허공을 노려봤다.

'서울에 큰 지진이 날 확률이 높아요?'라는 질문에 여러 사람이 답했다. '일어날 수는 있지만 가능성은 낮죠.' '걱정하지 마세요. 서울의 문제는 지진이 아닙니다.' '한국은 일본처럼 큰 지진이 일어나는 땅이 아닙니다.' 다른 대답도 있었다. '역사적으로 따져보면 종종 일어났어요. 한양에 큰 지진이 있었다는 기록도 있죠.' 그건 맞는 말이다. 『조선왕조실록』과 『승정원일기』에도 지진 기록이 있고 심지어 『삼국사기』에도 언급되어 있다. 물론 큰 지진은 아니었을 것이다. 담장과 성벽이 무너지고 샘물이 넘쳤다는 정도니까. 전문가들도 온갖 통계와 도표를 늘어놓으면서도 결국은 비슷하게 전망했다. '확률은 낮지만 충분히 가능하다.' 그런데 확률이 낮다는 큰 지진이 서울에서 일어나고 말았다.

서울 지진은 1995년에 발생한 고베 지진과 여러모로 닮았다. 진도는 7.2로 같다. 지진 위험 지대인 활성단층 위에 놓여 있지만 사백 년 동안 큰 지진이 없어 위기의식이 없었던 것도 같고, 새벽에 발생해 빠르게 대응하기 어려웠던 점도 같다. 깜깜한 새벽 다섯시 사십육분에 땅이 갈라졌을 때 고베는 잠들어 있었다. 서울 지진도 깊은 새벽 기습적으로 발생했다. 네시 사십이분부터 오십분까지, 십 분도 채 안 되는 짧은 시간 흔들렸을 뿐인데 서울은 쑥대밭이 됐다. 내진 설계가 안 된 건물들이 무너졌고 교량들은 뚝뚝 끊어져 강에 떨어졌다. 특히 한강변의 토지는 액상화로 지반이 더 약해져 있었고 피해는 훨씬 컸다. 낡은 가옥들은 모래로 지은 집처럼 부서졌고 촘촘하게 서 있던 아파트들이 도미노처럼 쓰러졌다. 도로가 끊기고 철도는 휘어졌다. 통신이 마비되고 전기와 가스로 인한 화재가 곳곳에서 발생했다. 공황에 빠진 사람들이 거리와 도로에 쏟아져나와 살려달라 소리치며 공포에 떨었다. 밤에도 빛이 사라지지 않던 아름다운 야경의 도시 서울은 일순간 물에 잠겨 기능을 상실한 수중 사원처럼 암흑에 빠졌다. 소방서와 경찰서 및 재난에 대처하는 거의 모든 기관이 당시엔 아무것도 할 수 없었다. 설령 출동했다 하더라도 뒤엉킨 차량들로 인해 구조대가 어느 곳에도 접근할 수 없었을 것이다. 사상자는 만 명에 이르렀고 피해액은 집계할 수조차 없었다. 고베는 지진 이전의 모습으로 복구되는 데 사 년이 걸렸다. 서울은? 모르겠다. 그후로 봄 여름 가을을 지나 다시 겨울이 되었지만 서울의 상처는 아물지 않았다.

복구는 생존이 달린 문제를 우선순위로 놓고 이루어졌다. 수도, 도로, 통신, 대중교통, 병원, 공공시설 등이 먼저였다. 공공의 영역들이 조금씩 복구되면서 사람들은 각각 자신이 생각하는 중요한 것들을 복구해달라고 목소리를 높이기 시작했다. 광장에서는 연일 각기 다른 계층의 사람들이 각각의 이유로 시위를 벌였다. 손해배상 문제, 사상자들에 대한 관심 및 보상 문제, 빌딩이나 주거 환경 같은 개인 재산에 대한 해결책을 마련해달라는 요구도 있었다. 인터넷망의 정상화와 느려터진 와이파이 속도를 개선해달라는 사람도 있었다. 사람들의 표정은 어둡고 딱딱했다. 모두에게 일어난 비극이었지만 내용과 상실의 감각은 제각각이었다. 모두가 소중하고 중요한 것을 한순간에 잃었다. 이도는 그들의 주장과 울부짖음을 불편한 마음으로 지켜보면서도 여전히 마음 깊숙한 곳에서는 오직 한 가지 사실로만 괴로웠다. 종묘가 불탔다는 것.

알겠다. 가치의 문제는 생존이라는 대의명분 앞에서는 무가치하다. 이도는 새까만 잿더미로 변한 종묘를 참담한 눈으로 바라보며 어금니를 힘주어 다물었다. 시급하게 해결해야 한다. 소리를 높여도 복구대책반 관계자들은 조금만 기다려달라, 는 형식적인 대답만 하고 다른 문제들을 해결하느라 늘 분주했다. 계속 미루고, 미루고, 미루다가, 나중엔 미루겠다는 말조차 하지 않았다. 이도는 틈날 때마다 문화재청을 찾아 관계자들을 만났다. 계속되는 이도의 요구에 차장이 직접 대화에 나서기도 했다. 그는 이도의 말을 듣는 내내 형식적인 슬픔의 빛을 얼굴에 띠고 기계적으로 고개를 끄덕였다.

"압니다. 알아요. 종묘 중요하다는 거 누가 모릅니까."

"안다고만 하지 마시고 빨리 시작해주세요. 구체적이고 현실적인 복구 계획을 마련해달라고요."

"복구하고 싶죠. 하지만 종묘가 단순한 빌딩 같은 게 아니지 않습니까. 철근 박아넣고 시멘트 들이부어 함부로 만들 수는 없잖아요. 나무부터 기와 하나까지 전문가들과 하나하나 따져야 하는데 지금 현실적으로 인력도 여유도 없어요."

"그러니까요. 그래서 빨리 팀을 짜서 시작해야 한다는 거예요. 과정도 많고 따져야 할 것도 많으니까 서둘러야 한다고요. 제가 지진 발생 다음날부터 이러는 게 아니잖아요. 일 년이 지났어요, 일 년. 종묘가 중요하다고 소중하다고 말씀만 하시지 그 어떤 조치도 취하지 않고 있어요. 바리케이드 두르고 천막만 설치했지 실질적으로 아무것도 안 했잖아요."

"이봐요, 지금 문화재청이 복구해야 할 문화재가 몇 개인지 알아요? 하아…… 알겠어요. 알겠으니까, 기다려봐요."

"태조는 왕이 머물 경복궁을 만들기 전 종묘부터 만들었어요. 종묘는 민족의 혼과 역사 그 자체입니다. 왕들의 영혼이 갈 곳이 없어 잿더미 위를 떠돌고 있어요. 다른 어떤 것보다 중요하단 말입니다."

더는 말하고 싶지 않다고 선을 긋는 차장의 꾹 다문 입술을 보고 이도 역시 입을 다물었다. 문화재청에 근무하는 사람들은 문화재를 복원하고 싶어하는 사람인지 문화재를 복원하고 싶어하는 사람을 달래고 싶어하는 사람인지 도대체 알 수 없다. 차장이 입안에 머금은 채 말하지 않은 말이 귓가에 들리는 것 같았다.

살아 있는 사람도 갈 곳이 없어 난리야. 골치 아프니까 그만해. 애처럼 징징거리지 좀 말고.

'가치?' 가치 없는 단어다. '문화유산을 계승해야 합니다.' 의미 없는 말이고. 영원하다고? 전통이라고? 혼? 민족의 얼? 웃기는 소리. 차라리 그런 입에 발린 말이라도 안 했으면. 가식적인 슬픔과 껍데기 같은 말들이 가증스럽다. 이도는 속으로 생각했다. 거짓말이다. 사람들은 그것을 소중하게 여기지 않았고 이제 소중한 척하지도 않는다. 그들이 원하는 건 단지 전통을 지키기 위해 노력하는 모습을 보여주는 것일 뿐 그 안에 전통은 없다. 바리케이드 앞에서 무릎을 꿇고 오열하는 노인이 있다. 모래색 바지는 종아리까지 젖어 감색이 되어 있고 낡은 구두엔 진흙이 잔뜩 묻었다. 처음엔 빨리 재건하라고 피켓을 들고 소리치며 시위하는 정도였지만 지금은 체념 속에 그저 주저앉아 있다. 그는 사람들 앞에서 소리 내어 운다. 문화재청 사람들과 관광객들은 그를 안쓰럽게 바라본다. 안타까운 표정으로 우는 소리를 듣는다. 그러나 그뿐. 눈물은 없다.

이도는 저만치 떨어져서 창 앞에 모여 사진을 찍는 관광객들을 보며 길게 한숨을 내쉬었다. 이도는 안다. 사람들의 무관심은 실로 잔인하지만 그들을 탓할 수 없다는 것을. 캐나다 관광객 중 하나가 오 마이 갓!을 내뱉었다. 그는 선글라스를 벗고 삼 년 전에 왔을 때는 저런 모습이 아니었다고, 너무 슬프다고 했다. 이도는 해설사로서 사람들에게 종묘를 알리고 설명해줘야 하는 의무가 있지만 의도적으로 피하고 있었다. 종묘가 사라졌는데, 불에 타서 연기가 되었는데 무슨 수로 설명하나. 유실된 유산에 대해 뭐라고 말해야 한단 말인가. 지금 이 순간에도 종묘의 역사를 눈감고도 줄줄 외울 수 있지만 그런 기계적인 말조차 하고 싶지 않았다. 외면하고 돌아서려는 이도의 눈에 햇빛을 등진 키 작은 남자의 실루엣이 보였다. 야간 경비원 서유성이었다. 그는 관광객들에게 친절한 표정으로 말을 걸며 종묘에 대해 이야기하기 시작했다. 원래는 이도가 했어야 할 해설뿐만 아니라 서유성 자신의 개인적 감정과 감상까지 곁들였다. 풍부한 제스처와 약간의 연기까지 보여주는 서유성은 마치 일인극을 하는 배우 같았다.

"종묘는 왕과 왕비의 신주를 모신 사당입니다. 세계문화유산으로도 지정되어 있을 정도로 중요하고 아름다운 곳이죠. 신위가 늘어날 때마다 신실을 증축하여 단일 건물로는 세계에서 가장 긴 건물 중 하나입니다. 정전 앞에 서면 지붕 길이만 백 미터인 압도적인 모습에 숨이 막히는 경험을 할 수 있답니다. 자, 모두 상상해보세요. 도심 한복판, 시간을 초월한 이질적인 세상을요. 정전에는 총 신실 열아홉 칸에 사십육 위의 신주가 있습니다. 왕과 왕비는 신실 하나를 쓰는데요. 쉽게 말하면 열아홉 개의 방에 왕과 왕비가 함께 머물며 쉬고 있는 겁니다. 음, 로맨틱하지 않습니까?"

서유성은 잠시 말을 멈춘 뒤 묘한 미소를 지으며 정전의 터를 바라봤다.

"정전은 신성합니다. 묵묵하고 단정하죠. 단청 하나 달지 않은 고상한 외양을 갖고 있답니다. 지붕 아래 공간을 월낭이라고 하는데요. 깊은 그늘이 드리워져 왕과 왕후들은 고요하게 휴식을 취하게 됩니다. 여러분, 혼은 정말 있습니다. 편안히 쉴 뿐만 아니라 움직이기도 하는데요. 그래서 문을 살짝 열어둬요. 자유롭게 드나들 수 있도록 말이죠. 어쩌면 지금 우리 곁에 그들의 혼이 함께 있는지도 모르죠. 자, 느껴지시나요?"

서유성은 관광객들의 어깨 너머를 의미심장한 눈으로 바라봤다.

사람들은 흥미로운 얼굴로 뒤를 돌아보고 주위를 두리번거렸다.

"신실의 문이 열리는 것은 일 년에 한 번, 제향 의식이 있을 때입니다. 이걸 종묘제례라고 하는데 제사를 드리고 제례악을 연주하죠. 매년 오월 첫째 일요일에 봉행돼요. 아! 퀴즈 하나 내겠습니다. 종묘제례악은 누가 작곡했을까요?"

외국인들은 멍하게 웃고만 있고 학생들은 그걸 내가 어떻게 알겠느냐는 얼굴로 서로의 어깨를 떠밀었다. 손을 번쩍 들고 안익태,라고 외친 청년도 있었다. 서유성은 팔을 앞으로 쭉 펴고 손가락 하나를 들어 어딘가를 가리켰다. 자연스럽게 사람들은 고개를 돌렸다. 그곳엔 이도가 서 있었다. 그는 당황한 표정으로 어색하게 웃으며 손을 들어 흔들었다. 서유성이 말했다.

"세종대왕이십니다. 여러분 혹시 세종의 이름을 아십니까?"

안익태라고 소리쳤던 청년은 다시 손을 들고 당당하게 세종!이라고 외쳤다. 서유성은 냉정하게 고개를 저었다.

"세종이 아닙니다. 이름은 따로 있어요. 바로 저기 서 계시는 종묘 해설사님과 같아요. 이李 자, 도祹 자. 지금이야 이렇게 아무렇지도 않게 부르지만 옛날엔 왕의 이름을 부르면 큰일났습니다. 거룩하고 존엄하기에 함부로 부를 수 없었어요. 그래서 거명하기 어렵도록 잘 쓰지 않는 이름으로 외자로 지었어요. 참고로 연산군은 이융. 영조는 이금이었어요. 정조는 이산이죠. 왕의 이름을 실수로 발음했다고 귀양을 간 신하도 있었다고 하니 여러분은 실수로라도 해설사님의 이름을 부르지 마세요."

사람들이 웃었다. 이도는 억지웃음을 지으며 보란듯 왼쪽 가슴을 내밀어 명찰을 보인 뒤 그들을 향해 가볍게 고개를 숙였다.

2

이도와 서유성은 종로의 한 음식점에 들어갔다. 포장마차처럼 천막을 치고 임시로 영업하는 가게는 지진 이전에는 오랫동안 맛집으로 유명한 곳이었다. 건물이 무너지고 장사를 못하다가 플라스틱 테이블과 간이의자를 놓고 영업을 재개한 것이다. 둘은 동태찌개와 부추전을 놓고 소주를 마셨다. 이도는 서유성을 봤다. 그는 반찬으로 나온 삶은 고구마의 껍질을 깐 뒤 일부를 잘라 입에 넣었다. 오물오물 씹으며 맛있다고 웅얼거리곤 웃었다. 앞니 사이가 살짝 벌어져 있어 웃을 때 얼핏 둔해 보이는 사람. 하지만 생각에 잠길 때면 혀끝으로 그 틈을 조심스럽게 매만지는 게 무척 신중해 보인다. 상대방의 마음을 부드럽게 만드는 독특한 표정은 아마 그로 인해 만들어졌을 것이다. 이도가 말했다.

"유성씨, 어떻게 그런 식으로 말할 수 있어요? 그렇게 말하는 거 좀 그렇지 않나?"

"무슨 말씀이신지…… 아, 불쾌하셨어요? 이름으로 아이스 브레이킹하는 건 선배 오프닝 단골 멘트잖아요."

그게 아니라, 이도는 인상을 찌푸리며 말했다.

"뭘 그렇게까지 애쓰느냐는 말이야. 상황이 그렇잖아요. 불에 탔는데 마치 아무 일도 없었던 것처럼 웃으면서 그렇게까지 설명하는 게…… 유성씨, 그럴 필요 없어요. 불타고 일 년이 지났는데도 복구는커녕 관심도 없잖아."

"관심이 왜 없어요? 외국인들도 서울 다시 찾기 시작했고 종묘 관람객도 조금씩 늘고 있어요."

이도는 한심하다는 듯 과장되게 웃었다.

"난 유성씨 매사에 적극적이고 긍정적인 거 좋아요. 좋아, 좋은데, 이건 아닌 것 같아. 이제 인정해야지. 받아들여야 한다고. 없는 것을 있는 것처럼 말해선 곤란하다는 말이에요. 그건 너무 감상적이고 지나친 정신 승리 아닌가?"

이도는 말끝을 흐리며 중얼거렸다. 순진한 건지, 천진한 건지. 서유성은 희미하게 웃으며 잔을 들어 이도의 잔에 부딪쳤다. 짠, 하는 소리가 유독 영롱하게 울려퍼졌다.

"종묘가 이런 일 겪는 게 처음은 아니잖아요. 불에 타기도 했고 뺏기기도 했고 그 과정중에 신주가 땅에 묻히기까지 했지만 어쨌든 여기까지 왔어요. 기억하는 이들이 있고 중요하게 여기는 이들이 있는 한 어쨌든 복구될 거고 다음 세대로 전승되겠죠. 선배, 전 복잡하게 생각 안 해요. 그때까지 우린 우리 일 하면 돼요. 난 지키고 선배는 알리고."

"그런 뻔한 말 하자는 게 아니잖아요. 알릴 게 없는데 뭘 알려. 나도 해설하고 싶어. 하지만 봐. 다 사라졌잖아요. 나만 그래요? 서무도 사직단도 외국어 해설사들까지 모두 사무실에 틀어박혀 서류 작업만 하고 있잖아. 우리끼리 말이지만 그거 아무 의미 없는 거 알잖아. 그냥 행정을 위한 행정일 뿐이야. 이게 현실이라고. 유성씨가 백날 사람들 앞에서 영혼이니 역사니 떠들어도, 없다고. 없어. 알겠어요?"

둘은 한동안 아무 말도 하지 않았다. 각자의 잔에 술을 따라 조용히 마실 뿐이었다. 침묵 속에 서울의 소음이 파고들었다. 일 년 내내 서울은 공사중이다. 어디를 가도 굴삭기가 땅을 파는 소리가 들린다. 이도는 이 소리가 신경을 마비시키는 마취제처럼 느껴졌다. 이 소리를 듣고 마비될 존재가 자신뿐만은 아닐 것이라는 상상은 이도를 괴롭게 했다.

"지겨워. 저 땅 파는 소리. 신들에게는 쉴 곳이 있어야 해. 어둠과 고요가 필요하다고. 저런 바리케이드 같은 게 아니라."

"선배 재미있네요. 언제는 빨리 복구해달라고 하더니…… 뭐, 종묘 복구할 땐 소리가 안 나나요?"

할말이 없어진 이도는 고개를 숙이고 말없이 숟가락으로 국물을 떠먹었다. 서유성은 뜨거운 국을 후후 불다가 안경알에 하얗게 김이 서리자 티슈를 뽑아 조심스럽게 안경알을 닦아냈다. 미세하게 뒤틀린 안경의 한쪽 다리를 이리저리 힘을 주며 교정했다. 그러나 아무리 만져도, 아무리 애를 써도 균형이 정확하게 맞질 않았다. 흠, 서유성은 시큰둥한 표정으로 안경을 바라보다가 뭐 어쩔 수 없다는 듯 다시 썼다. 삐딱하게 어긋난 안경을 쓴 서유성은 속 좋은 멍청이 같았다. 이도는 서유성의 안경 다리가 왜 휘어졌는지 알았다.

흔들리던 땅이 멈추고 잠깐의 끔찍한 침묵이 흘렀다. 이윽고 사이렌소리와 사람들의 비명이 들리기 시작했고 세상은 암흑 속에 떨어졌다. 그 새벽, 책상 밑에 숨어 웅크리고 벌벌 떨던 이도는 정신을 차리자마자 비상 랜턴을 손에 쥐고 이화동 집에서부터 종묘까지 무작정 뛰기 시작했다. 영하 십오 도에 이르는 차가운 날씨에 머리가 날릴 정도로 바람이 강했다. 건물이 무너졌고 벽과 길이 갈라졌다. 곳곳에서 전기와 가스로 인한 불이 났다. 차들이 장난감처럼 뒤엉켜 있었고 어디에서 울리는지 끊임없이 경적이 울렸다. 공황에 빠진 사람들이 거리에 몰려나왔고 돌무더기 속에선 우는 소리와 살려달라는 비명이 울렸다. 곳곳에서 불길이 피어올랐고 폭죽이 터지듯 사방에서 폭발음이 들렸다. 이도는 두려웠다. 그러나 종묘에 대한 걱정이 두려움마저 짓눌렀다. 물론 종묘는 문제가 없을 것이다. 화재를 비롯한 방재, 방범에 대비한 완벽한 프로세스가 있다. 해마다 모의 훈련을 하고 있고 대비도 철저하다.

종묘의 건물들은 화재에 강한 소방 목재로 지어져 있고 불꽃 감지기가 작은 불에도 신속하게 반응한다. 초동 진화를 위해 접근성이 좋은 이동 살수차와 십 미터 이상의 강력한 물줄기를 뿜어대는 소화전도 열두 곳에 배치되어 있다. 숭례문을 잿더미로 만든 노인도 원래 종묘에 불을 지르려다 보안이 너무 철저해서 포기했다고 할 정도로 종묘는 다른 문화재에 비해 안전하다. 괜찮아. 괜찮아. 주문처럼 그 말을 입에 달며 뛰고 또 뛰어 겨우 입구에 도착했을 때 밝아진 하늘을 보고 이도는 착각했다. 벌써 아침이? 그 순간 차가운 바람에 실린 화기가 얼굴에 뜨겁게 느껴졌고 이도는 제자리에 우뚝 멈춰 서고 말았다. 어쩌면 이도는 죽는 그 순간까지 그때의 충격과 떨림을 잊을 수 없을 것이다. 나무가 타는 냄새. 불길한 그림자처럼 하늘을 뒤덮던 연기. 불타고 부서지는 소리. 여진과 함께 땅속 깊은 곳에서 느껴지던 소름 끼치는 진동. 관리소에 도착했을 땐 숲과 건물들이 거대한 불길에 휘감겨 있었다. 물기 하나 없이 바짝 말라붙은 겨울나무들은 불을 이겨낼 힘이 전혀 없었다. 하늘을 향해 사납게 춤추는 불꽃이 어떤 가능성도 남겨두지 않겠다는 듯 광포하게 일렁거렸다. 그때 향대청 앞에 쓰러져 울고 있는 작은 그림자를 발견했다. 서유성이었다. 신주가 담긴 커다란 자루를 껴안고 얼굴은 재와 땀으로 얼룩진 채 한쪽 다리가 휘어진 안경을 비스듬히 코에 걸고 있었다.

"유성씨, 안경 좀 새로 해요."

"사주시고 그런 말 하세요."

"사줄게."

서유성은 동태살을 입에 넣다 말고 이도를 쳐다봤다. 힘들고 지친 눈으로 자신을 빤히 보고 있는 얼굴은 마치 눈 코 입이 어긋난 채 녹아가는 눈사람 같았다. 서유성은 입꼬리를 당겨 억지로 웃어 보였다.

"선배, 화나요?"

이도는 대답 없이 당근을 베어 물었다. 서유성은 이도의 잔에 소주를 따르며 말을 이었다.

"그리스로 답사를 간 적이 있었어요. 세계문화유산 관련해 글로벌 교류니 뭐니 잠깐 사학과에 정부의 지원이 있었을 때였죠. 별건 없었어요. 보름쯤 머무는 동안 아테네대학 건축공학과와 세미나 몇 번 하고 산학협력이라는 명분하에 정체불명의 설명회 비슷한 것도 했죠. 하지만 대부분은 유적지를 탐방했어요. 그때 그리스 학생과 교수의 싸움이 기억나네요. 학생 이름은 아도니스였고 교수는 치프라스였나, 치라프스였나. 헷갈리네요. 암튼 교수가 얼굴 절반을 덮은 흰 수염을 쓰다듬으며 델피 유적 앞에 서서 한국 학생들에게 설명을 했어요. 선배, 델피 가봤어요?"

이도는 고개를 저으며 어깨를 살짝 으쓱했다.

"암튼, 거기 진짜 골때려요. 아폴론의 신전이 있다는 곳이에요. 신전으로 들어가는 입구에는 수없이 많은 보물 창고가 있었고 그 안에는 금은보화가 넘쳐났었다는데 지금은 아무것도 없어요. 말 그대로 그냥 폐허. 원형은 찾을 수도 없고 신전 기둥으로 보이는 바위 몇 개가 바닥에 뒹굴고 있는 게 끝이거든요. 그런데도 교수는 자랑스러운 얼굴로 한 시간 넘게 설명하더군요. 기둥 하나를 묘사하면서 혼자 상상의 나래를 펼치는 거예요. 보이지도 않는데 마치 보이는 것처럼 하나씩 하나씩 이야기하는데 처음에는 보고 있기가 좀 민망했지만 계속 그리스의 영광과 위대함을 강조하는 그 확신에 찬 표정, 그리고 연극적인 제스처 때문인지 빠져들게 되더라고요."

서유성은 물을 한 잔 마시고 의자를 당겨 자세를 고쳤다.

"그런데 그때 아도니스라는 학생이 손을 번쩍 들더니 외치는 겁니다. 헛소리! 그리스의 영광? 그런데 지금은 왜 이렇게 됐을까? 제가 그리스어를 몰라서 통역을 통해 들은 말을 대충 요약하면 이래요. 그리스는 위대하지 않다는 겁니다. 이젠 신화보다는 경제 파탄국 이미지가 더 큰데 언제까지 무덤과 시체만 팔며 살아야 하냐며 화를 내더라고요. 위대하다고? 그리스는 유럽에서 배척하고 어디를 가도 홀대를 받는 비참한 나라다. 돈이 없어 국유지의 삼 분의 일가량이 매물로 나와 있고 임금이 체불된 버스 운전사들이 파업하고 대중교통이 마비됐다. 경찰이나 의사에게도 봉급을 줄 수 없어 범죄와 말라리아가 증가하고 있고 현물이나 금전을 대가로 성행위가 이뤄지며 자연스럽게 생계형 매춘도 늘고 있는 비참한 실정이다. 배낭여행 하는 학생들은 절대로 자신이 그리스인이라고 밝히지 않는다. 왜냐고? 부끄러우니까. 이렇게 막 따지면서 화를 내더군요. 선배가 만약 교수라면 뭐라고 대답했을 것 같아요?"

이도는 소주를 입에 머금고 인상을 찌푸린 채 한참 생각했다. 일단 무덤과 시체를 팔아 산다는 표현이 몹시 거슬렸다. 하지만 틀린 말이 아니기에 뭐라고 반박할 말은 떠오르지 않았다. 서유성은 남은 고구마를 티슈에 말아 주머니에 넣으며 말했다.

"그 사건은 답사 내내 저를 고민에 빠트렸어요. 특히 지금처럼 역사학에 대한 관심과 가치가 떨어진 시대에 이걸 공부하겠다는 의미와 마음에 대해 생각했죠. 아니, 생각하지 않을 수가 없었어요. 사학과 학생들은 다 느낄 걸요? 역사학과 다닙니다, 하면 사람들 반응이 거의 비슷해요. 아…… 하고 어색하게 웃은 다음에 아무 말도 안 해요. 그런데요, 선배. 그때나 지금이나 전 그런 말 신경 안 써요. 누가 뭐래도 난 좋았거든요. 옛날이야기 듣는 것도, 남들이 잘 모르는 왕들의 이야기와 온갖 사건과 사고들을 알게 되는 것도 좋았어요. 제겐 오래전에 일어났던 일이 지금의 현실보다 훨씬 재미있고 중요해요. 역사학과 가는 게 꿈이었고 이렇게 종묘를 지키는 이 일도 좋아요. 전 이 삶이 정말로 만족스러워요."

서유성의 얼굴 위에 내내 번져 있던 멍한 웃음이 서서히 사라져갔다. 눈동자에 서려 있던 빛이 꺼져가는 것도 보였다. 이도는 '정말로 만족스럽다'라는 서유성의 말에서 체념과 슬픔을 읽어냈다. 무엇보다 슬픈 건 그의 말이 자기합리화나 정신 승리 하려고 한 말이 아니라 진심이라는 점이었다. 그게 느껴졌다. 그게 너무도 슬프게 느껴졌다.

"그래서 하고 싶은 말이 뭔가요?"

"아니요. 하고 싶은 말이 있는 것은 아닙니다. 그냥 선배 마음 알겠다고요. 제 마음도 크게 다르지 않고요. 아도니스 말이 맞는지 치프라스 말이 맞는지 따져보겠다는 것도 아니고. 아니, 따질 수 없다는 말을 하고 싶었어요. 다 각자 생각하는 거니까. 그러니까 사람들이 그렇게 생각하는 거, 우리만큼 관심 갖지 않는 거, 너무 신경쓰지 마세요. 전 믿으려고요. 모두 슬퍼하고 있다고. 애쓰고 있다고. 이렇게 믿으려고요. 우리만 신경쓰는 것 같고, 어느 정도는 그 말이 맞지만 그래도 그냥 그렇게 믿기로 했어요. 그러니 마음이 편해졌어요. 선배도 그만 화내세요. 선배가 멋지게 해설하던 때가 그리워요."

둘은 종로의 밤거리를 걸었다. 바람 한 점 불지 않는 겨울밤은 봄밤이라 느껴질 정도로 포근했다. 길가에 포클레인과 굴삭기가 엔진이 꺼진 채 주차되어 있었다. 평소 같았으면 불을 밝히고 새벽까지 복구 작업으로 시끄러웠을 텐데 오늘은 마치 다들 집에 일찍 들어가야 하는 중요한 일이라도 있는 것처럼 조용했다. 서유성이 말했다.

“고요한 밤이네요. 얼마 만인지 모르겠어요.”

“그러네요. 종묘 근처는 해만 지면 너무 조용해서 쓸쓸할 정도였는데. 적적한 그 느낌이 이렇게 그리울 줄이야.”

창덕궁 삼거리 앞에서 이도는 걸음을 멈추고 머리를 북쪽으로 향해 한참 서 있다가 말했다.

“그날 바람이 남동풍이 아니라 북서풍이었으면 종묘가 아니라 창덕궁이 사라졌겠죠?”

“그랬겠죠. 불행이라고 해야 할까요, 다행이라고 해야 할까요.”

이도는 그날을 떠올렸다. 그 차가운 바람이 실어날랐을 엄청난 불과 연기. 불은 정전을 기준으로 열한시 방향인 영녕전 오른쪽에 있는 화장실에서 시작됐다. 작은 불이었을 것이다. 불꽃 감지기는 작동했을 것이고 평소 같았으면 매뉴얼대로 바로잡을 수 있었겠지만 그날은 그럴 수 없었다. 불이 났다고 사방에서 경고음이 울리고 또 울렸지만 아무도 누구도 그곳으로 달려올 수 없었던 그 순간을 생각하면 마음이 찢어질 듯 아프다. 불은 거센 남동풍을 업고 커지고 커져 종묘 전체로 번져나갔다. 정전을 태우고 공신당과 재궁과 향대청까지 태운 뒤 관리소 앞에서 멈췄다. 굳이 다행스러운 점을 찾자면 악공청과 전사청이 타지 않았다는 것 정도. 창덕궁이 무사한 게 다행이라고? 종묘를 잃은 상황에 다행스러운 일이라니 그런 건 없다. 이도는 길게 숨을 내쉬었다. 하얀 입김이 나타났다가 이내 사라졌다. 서유성은 이도의 어깨를 툭 두드리고 오른쪽으로 방향을 틀었다.

"조심히 들어가세요. 전 일하러 갑니다."

이도는 집 쪽으로 가지 않고 서유성을 따라 걸음을 옮겼다.

"같이 걸읍시다. 술 깰 겸. 집에 가도 딱히 할 것도 없고."

3

서유성은 관리실에 들어가 옷을 갈아입고 야간 순찰을 시작했다. 왼손엔 순찰일지를, 오른손엔 랜턴을 들고 정문에서 출발해 망묘루, 향대청, 악공청, 정전을 지나 영녕전, 제정까지 크게 한 바퀴 도는 것이다. 이도는 서유성에게서 몇 걸음 뒤처져 뒷짐을 지고 느리게 걸으며 어둠에 잠긴 종묘를 둘러봤다. 누가 그랬나. 밤은 초라한 것을 가려주는 아름다운 옷이라고. 이렇게 밤의 시간에 잠긴 종묘는 고요하고 아늑했다. 숲속에서 짐승의 소리가 들리고 짙푸른 밤하늘을 가로질러 새가 날았다. 마치 아무 일도 일어나지 않은 것처럼. 오늘이 아닌 어제처럼, 현재가 아닌 옛날처럼, 아니 어쩌면 시간을 초월한 영원처럼 종묘는 여전히 기묘한 기운을 품고 있었다. 이도는 마음 깊숙한 곳이 뻐근해지는 것을 느끼고 헛기침을 했다. 서유성은 쭈그리고 앉아 어긋난 신로의 길을 바로잡았다. 신들이 밟는 길. 왕조차 발을 디딜 수 없는 신성한 돌길이 지진으로 어지럽게 뒤틀렸다. 서유성은 순찰을 돌 때마다 헐거워진 돌을 땅에 단단하게 박아 넣었다. 이도가 말했다.

"유성씨야말로 할일이 없어진 거 아니야? 경비를 서야 하는데 지킬 종묘가 사라졌잖아."

"그런가요?"

서유성은 끙, 소리를 내며 허리를 펴고 스트레칭을 했다. 그리고 한참 신로를 바라봤다.

"음, 지킬 것은 없지만 돌볼 것은 있잖아요. 전 밤마다 돌아다니면서 계속 그들에게 말을 걸어요. 여기 있다는 것을 안다고. 기다려달라고. 그렇게 말해요. 어딘가를 맴돌고 있다는 것을 알아요…… 영혼들이."

서유성은 잠시 말을 멈췄다가 평소보다 더 또박또박한 발음으로 '영혼'이라고 말했다. 이도는 그 말이 간지러워 농담으로 희석시키고 싶었지만 서유성의 음성에 실린 감정이 너무 진지해 아무 말도 하지 않았다.

둘은 정전 앞에 섰다. 쓸쓸하게 번졌던 파문 같은 웃음이 찰나에 사라지고 두 남자 사이에 무거운 침묵이 흘렀다. 무덤처럼 고요하고, 무덤처럼 무섭고, 무덤처럼 덧없는 고요가 허공을 휘돌고 있었고 불타고 남은 까만 그림자가 어둠보다 더 어둡게 누워 있었다. 이도는 그을린 나무 냄새가 발바닥을 타고 올라오는 것 같은 기분에 발가락에 힘을 줬다. 시간이 흘러도, 계절이 바뀌어도, 삶의 감각이 좋은 쪽으로 옮겨져도, 불탄 정전과 흐트러져 엉망이 된 신로는 좌뇌와 우뇌를 가르는 투박한 길이 되어 이도의 머릿속에 아프게 박혀 있었다. 사실 서울 지진 이전에 이도는 매너리즘과 허무에 시달리고 있었다. 매일 반복되는 일상과 셀 수 없이 되풀이하는 해설과 설명에 지쳤고 무례하고 지겨운 사람들에 신물이 났다. 말이 통하지 않고 고집만 센 노인들을 상대하고 담배 피우는 사람들과 싸우고 신로를 밟는 무뢰한들에게 왜 신로를 밟으면 안 되는지 설명하는 일. 노숙자들을 정문 밖으로 내보내고 이유는 모르겠지만 몹시 화가 난 자들의 하소연을 들어주는 일. 해설을 들어주지 않는 청년들과 정전 앞에서 소리를 지르며 잡기 놀이를 하는 아이들을 멍하게 바라봐야 할 땐 이 일에 대한 자부심이 회의감으로 바뀌었다. 이도는 일을 시작한 첫해 눈 내린 정전 앞에 섰던 날을 기억했다. 하얗게 변한 정전의 모습은 그 자체로 예술이었다. 완벽했고 완전했고 무결했다. 이도는 멍하게 입을 벌리고 서서 압도적인 풍경 앞에서 까닭 모를 눈물을 흘렸다. 벅차고 벅차 어찌할 수 없는 감정 속에 휘말리던 기이한 기분. 그 느낌은 마치 밤하늘의 별을 보고 처음으로 우주와 광대함을 감각한 어린아이의 탄성과 슬픔 같은 것이었다. 그때 이도는 영원과 가치,

숭고함에 대해 생각했고 내가 맡은 이 일이 얼마나 중요한 사명인지 마음에 새기고 또 새겼다. 그러나 세월이 흐르는 동안 그 감정과 감각은 둔해졌고 정전의 감동과 가치 같은 것들이 다 덧없게만 느껴졌다. 그러나 막상 종묘를 잃고 보니 이도는 자신의 일부가, 아니, 세상의 한쪽이 완전히 뜯겨나간 것 같은 끔찍한 기분을 느꼈다. 텅 빈 마음에 후회와 죄책감이 메아리처럼 텅텅 울려댔다. 이도는 생각했다. 외국인들이 온갖 언어로 종묘 앞에서 감탄하는 말을 듣는 것이 좋았구나. 사진을 찍고 허공을 만지고 입을 벌리고 눈을 감고 그 앞에서 뭔가를 느껴보려 애쓰는 사람들을 지켜보는 것이 좋았구나. 손을 잡고 느리게 걷는 연인들, 지팡이를 짚고 말없이 한 발 한 발 걸어 정전 앞에 서는 노인의 뒷모습이 아름다웠구나. 그들의 반짝이는 눈동자, 그때 부는 바람과 그때 내리는 비와 눈이 정말로 근사한 것이었구나. 그러나 사라졌다. 종묘는 무너졌고 정전은 불타 재만 남아 이제는 흙과 눈이 덮였다.

"유성씨, 나는…… 그냥 미안해. 그래서 화가 나. 미안해서. 차라리 누가 불을 질렀다면 이렇게 괴롭진 않을 것 같아. 아니, 내 실수로 뭔가 망가졌다면 그게 더 나을 것 같아. 탓할 게 없다는 것, 책임질 이가 없다는 것이 너무 괴로워. 그저 운명이니 자연의 섭리니 이렇게 모호하게 받아들여야 하는 게 화가 나. 답답하고. 유성씨…… 진짜 복구되겠지?"

서유성은 랜턴을 끄고 쭈그리고 앉아 질문과 상관없는 대답을 했다.

"난 종묘라고 말하는 게 좋아요. '종'이라고 말할 때 피리처럼 오므리는 입술과 '묘'라고 하면서 끝나는 여운도 좋아요. 고양이 발걸음처럼 소리도 흔적도 없는 소리 같거든요. 전 나보다, 지금 살아 있는 것보다, 오래전에 존재했던 그리고 지금도 존재하는 것들이 좋아요. 멋있어요. 근사하고."

어? 그 순간 이도는 뭔가를 발견하고 뒷걸음쳤다. 정전의 어둠 한가운데 희미한 흰빛이 보였다. 입김처럼 보이기도 하고 하얀 유령처럼 보이기도 하는 그것은 그림자 속에서 누워 있다가 일어났다. 이도는 그것을 손가락으로 가리키며 더듬더듬 말했다.

"보, 보여?"

이도는 고개를 돌려 서유성을 바라봤다. 서유성은 이도가 가리키는 곳을 똑바로 바라보며 고개를 끄덕였다.

"정말 저게 보여?"

"네."

이도는 작게 속삭였다.

"뭐지? ……유령인가?"

서유성은 입술에 손가락을 대고 이도에게 조용히 하라는 신호를 보냈다. 이도는 입술을 꾹 다물었다. 심장이 빠르게 뛰었고 뒷목의 솜털이 일어설 정도로 무서웠다. 서유성은 조심스럽게 주머니에서 뭔가를 꺼냈다. 그것은 식당에서 따로 챙겨뒀던 고구마였다.

"고양이예요."

"뭐?"

"고양이요. 놀라지 말고 잘 봐요."

정말이었다. 온몸의 털이 하얀 고양이 한 마리가 꼼짝도 하지 않고 정전 한가운데 앉아 있었다.

"스노우. 쟤 이름이에요. 눈덩이처럼 하얘서 내가 지어줬어요. 예쁘죠?"

이도는 그게 무슨 말이냐고 묻는 듯한 눈으로 서유성을 봤다.

"처음 스노우를 발견했을 때 얼마나 놀랐는지 몰라요. 선배는 그래도 지금 저와 함께 있잖아요. 혼자 있을 때 저걸 봤는데 정말 혼령이나 귀신 같은 것인가 싶어서 다리가 덜덜 떨리더군요. 도망가야 하나? 아니면 절이라도 해야 하나? 이러지도 저러지도 못한 채 랜턴을 비춰봤는데 불빛에 반사되는 눈동자 두 개가 보이더라고요. 벌써 석 달쯤 됐네요. 아마 근처를 돌아다니는 길냥이 같은데 어떻게 종묘까지 들어왔는지…… 더 이상한 건 밤만 되면 정전에 저렇게 앉아 있다는 거예요."

"그런데 유성씨, 정전에 고양이가 앉아 있어도 돼?"

"그러니까요…… 안 될까요?"

"안 되는 건 아니지만…… 왕이 쉬는 곳에 고양이가 저렇게 있으면."

이도는 명확한 이유를 대지 못해 머뭇거렸다.

"처음엔 저도 엄청 고민되더라고요. 뭔가 불경해 보이고 그대로 두면 안 될 것 같고. 그런데 모르겠어요. 계속 밤에 만나니까 뭐랄까…… 스노우의 마음을 생각해봤어요."

서유성은 잠시 말을 멈추고 물끄러미 스노우를 바라봤다. 서유성의 입가에 부드럽게 미소가 걸렸다.

"도대체 왜 오는 걸까? 선배도 생각해보세요. 도무지 마땅한 이유가 없어요. 숨을 곳도 없고 먹이도 없고, 같이 노는 친구들도 없고. 계속 생각하다보니 이런 생각이 들더군요. 어쩌면 나랑 비슷한 마음 아닐까? 신들을 돌보고 지켜주고 싶은, 아니면 신들이 스노우를 돌봐주고 있을 수도 있고. 어쩌면 양쪽 모두 서로를 돌보고 지켜주고 있는지도 모르고."

돌봐주고 있다고? 서로가? 이도는 서유성의 말이 어이가 없었지만 그렇게 말하는 서유성의 진지한 말투가 어쩐지 재미있어서 자꾸 웃음이 났다.

"그런 생각들로 혼란스러웠는데 자꾸 보니 정이 들어 밥까지 챙겨주게 됐어요. 잘 먹더라고요. 그래서 계속 주다보니까 부를 이름도 필요해서 스노우라고 이름까지 지어주고 뭐, 그렇게 됐어요. 그런데 절대 가까이 다가오지는 않아요. 뭔가 격조가 있는 고양이랄까요. 경계하지도 않고, 놀라지도 않고, 그렇다고 위협하지도 않으면서 그냥 무심히 나를 보고 있어요."

서유성은 고구마와 사료를 꺼내 정전 앞 은은한 빛이 도는 하얀 그릇에 담은 뒤 조심조심 뒷걸음해서 제자리로 돌아왔다.

"뭐야? 밥그릇이 백자야?"

서유성은 고개를 끄덕였다.

"고양이한테 백자를? 심한데?"

"플라스틱 그릇이나 놋그릇을 정전에 놓을 수는 없어서요."

이도는 그 말이 또 그럴듯해서 고개를 끄덕였다. 둘은 함께 쭈그리고 앉아 스노우를 지켜봤다. 스노우는 그릇을 한참 바라만 보더니 느릿느릿 걸어와 먹기 시작했다. 이도는 흥분된 목소리로 소곤거렸다.

"오, 먹는다. 먹어."

스노우는 그릇에 담긴 음식을 모두 먹고 다시 정전으로 돌아갔다. 마치 둥지의 새가 알을 품듯 꼿꼿하고 안정적인 포즈로 앉아 무심히 고개를 들어 서울의 하늘을 바라봤다.

이도가 말했다.

"그런데 고양이가 고구마도 먹어요?"

"고구마 좋아해요."

"그래요? 의외네."

이도는 놀랍다는 듯 고개를 갸웃거리다가 말을 이었다.

"그래도 정전에 고양이가 앉아 있으니까 뭐랄까…… 든든하네. 안심도 되고."

"그렇죠? 저도 같은 생각이에요. 스노우가 있어서 다행이라고. 어쩐지 고맙기도 하고. 아! 꼭 금손이 같지 않아요?"

"금손이? 아…… 그, 뭐지. 숙종이 키웠다던 고양이 말인가?"

"맞아요. 그 이야기 너무 귀엽지 않아요?"

"나 그 이야기 제대로 몰라요."

"선배는 해설사면서 그런 것도 몰라요?"

"내가 종묘 해설사지 고양이 해설사는 아니잖아."

이도는 발끈해서 언성을 높였고 서유성은 이도의 팔을 잡았다.

"농담입니다, 농담. 숙종이 아버지 현종의 묘를 찾았다가 노란 털의 고양이를 발견했대요. 그런데 고양이 분위기가 너무 묘해서 아버지의 넋이 고양이에게 깃들었다고 믿게 된 거죠. 그래서 숙종은 고양이에게 금손이라는 부티나는 이름을 지어주고 궁에 데리고 들어와요. 그냥 키운 게 아니라 같이 놀고 겸상까지 하면서 애지중지 키웠는데 후궁들이 질투를 할 정도였다고 하더라고요. 이게 설이 많아서 확실하지는 않아요. 묘에서 발견한 고양이가 금손이가 아니라 엄마 금덕이였다는 주장도 있거든요. 금손이든 금덕이든 아무튼 고양이는 대단한 벼슬이었어요. 왕 다음으로 높은 존재였으니까요."

"왕보다 높은 거 아닐까? 고양이 키우면 다 집사잖아."

이도는 말을 내뱉는 순간 말실수를 한 것 같은 기분에 입을 가리며 주위를 두리번거렸다.

"아무튼 그 고양이, 명릉에 같이 묻혔잖아."

"맞아요. 숙종이 죽고 그 고양이도 식음을 전폐했어요. 그렇게 보름쯤 뒤에 죽었고. 그래서 숙종의 무덤에 같이 묻었대요. 고귀한 왕의 고양이답게 비단에 싸여서 말이죠."

이도는 그럴 줄 알았다는 듯 고개를 끄덕였다.

"그러니까 유성씨는 저 고양이가 그런 존재 같다, 이 말이야?"

"저 고양이가 아니라 스노우."

둘은 한참 수다를 떨며 종묘를 거의 한 바퀴 돌아 마지막 순찰 장소인 제정까지 도착했다.

"그래도 오늘 선배가 같이 걸어줘서 좋았어요. 늘 하는 일이지만 항상 무섭고 때론 슬프기도 하고 그렇거든요."

"나도 좋았어. 재밌었고."

"전요, 요즘에 순찰 끝나면 관리실에서 종묘를 매일매일 글로 남기고 있어요. 당장 복원이 안 되니까 나중을 위해서 글로 복원해야겠다, 생각한 거죠. 처음엔 의미 없는 낙서 같았는데 이게 쌓여가니까 사명감 같은 것이 생기더군요. 모두 잠들고 심지어 종묘의 신들도 잠들어 있는 것 같은 깊고 깊은 새벽에 관리실 책상에 홀로 앉아 있으면 이상한 감정이 들어요. 아…… 그걸 뭐라고 설명해야 할까요. 그런데 말이에요. 그 설명할 수 없는 감정이 꼭 장소인 것 같다니까요. 그 기분과 그 느낌이 종묘라는 생각이 들어요. 갈 수도 있고 머무를 수도 있고 볼 수도 있고 그래서 묘사할 수도 있는 곳."

이도는 별다른 대꾸를 하지 않고 감정이 장소인 것 같다는 서유성의 말을 곱씹었다. 감정이 장소다. 감정이 장소다. 그곳엔 여전히 어둠이 있고 고요가 있고 스노우도 있고 서유성도 있고 미안함도 있고 분노도 있고 그리움도 있다. 하나마나 한 생각이지만 그런 연쇄되는 생각들이 좋았다. 헤어지기 전 서유성이 말했다.

"아, 선배, 오늘은 선배와 종묘를 걸었던 것에 대해서도 써볼 생각인데요. 전부터 궁금한 게 있었는데 아버지가 어떤 분이시길래 선배 이름을 세종의 이름으로 지었어요?"

"어? 아…… 실은 아닌데. 내 이름은 복 도禂가 아니라 길 도道예요."

"네?"

"그러니까 세종의 이름과 내 이름은 아무 관련이 없다는 말입니다. 아버지가 그냥 좋은 길로 다녀라, 이런 뜻으로 지어주신 평범한 이름이에요. 아버지는 세종의 이름이 자기 아들하고 같다는 것도 몰라. 세종하고 세조의 차이가 뭔지도 모를걸요?"

당황한 표정으로 어쩔 줄 몰라 하는 서유성의 어깨를 이도는 가볍게 툭툭 쳤다.

"면접 때 도움이 될까 해서 농담한 건데 면접관들 반응이 너무 좋아서 그냥 계속 속이고 있는, 뭐랄까…… 영업 전략이랄까요? 아무튼 비밀입니다."

이도는 서유성에게 손을 흔들며 입구를 향해 고양이처럼 사뿐사뿐 걸어갔다. 하늘에서 싸라기눈이 내리기 시작했고 종묘는 본격적인 새벽의 시간을 향해 어둡게 물들어갔다.

작가의 말

좋은 말을 하면 좋은 사람이 된다. 좋은 단어를 사용하면 좋은 작가가 된다. 그렇게 생각한 사람은 어느 정도는 좋은 사람이 되었고 좋은 시민으로 살았으며 좋은 작가, 좋은 인물이 되었다. 그가 한 말은 마음이 되고 그가 사용한 단어는 이야기가 되어 한 인물의 삶을 좋게도 만들었다. 비극은 이제 지겨워. 포장지의 붉은 리본처럼 아름답고 단단하게 묶어줄게. 그런데 그의 맘 깊은 곳에 살던 나쁜 마음은 고요히 생각한다. 나는 갈 곳이 없구나. 입으로도 생각으로도 단어로도 나는 아니겠구나. 태어날 수가 없으면 소멸하는 걸까. 얼굴이 없고 입술이 없고 존재부터 부정당하게 되는 걸까. 그러면 뭐, 좋은 거 아닐까. 생각하는 생각을 마음에만 품고 사는 사람은 점점 어둡고 나쁘게 변해갔다. 나쁜 마음이 한 방울의 물처럼 뼈와 살과 손가락과 입술에 고였다가 어딘가로 흡수됐다. 그 사람은 여전히 좋은 말을 하고 좋은 단어를 사용한다. 비극이 갈 곳이 없으면 비극의 무대는 어디에 마련되는 걸까. 자신을 읽고 또 읽어 남루해진 사람아. 결말로 향하는 연기에 지쳐 거울 앞에도 설 수 없는 사람아.

여름이 지나가는 밤. 창문을 열고 찬기가 느껴지는 어두운 밤을 향해 오랫동안 앉아만 있다. 그렇게 있으니 눈이 펄펄 내릴 것 같다. 끝까지 기다리면 마침내 열리는 몇 개의 문처럼 그런 일이 진짜로 일어날 것만 같다. 창문을 닫고 커튼을 내렸다. 믿는 자는 끝까지 기도하지 않음으로 이 믿음을 지키는 법. 단어로 만들어진 눈보라 속에 앉아 있으니 가만히 앉아 있기가 힘들었다. 갑자기 몹시 쓰고 싶고 그 힘으로 살고도 싶어지는 이 마음. 더는 쓰기가 좋다, 라고 하지 않을 거야. 쓰기가 나를 좋아하니까. 'WINTER DREAM'이라는 이름의 차를 마신다. 시끄러운 소리를 내며 포트 속에서 물이 끓고 있는 지금 이 시간. 나는 빈 문서 위에 깨끗하게 지워진 글자들의 잔상을 본다. '윈터 드림'은 '사우스 아프리카'에서 왔다고 적혀 있다. 윈터와 드림과 사우스와 아프리카. 이질적인 네 개의 단어가 뜨거운 물 속에서 하나의 색깔로 섞이는 것을 본다. 문득 이런 생각. '어떤 단어든 그것들이 나를 찾아낼 거야. 나는 어리둥절한 마음으로 그것에 대해 쓰면 되겠고.' 사우스 아프리카에서 날아온 겨울의 꿈처럼 계속 쓸 수 있겠구나. 그게 뭔지 몰라도. 왜인지 몰라도.

여기에 묶인 소설들은 모두 산책을 좋아하고 풀기 어려운 생각에 빠져 있다. 답은 없고 해답은 더 없는 오늘과 내일을 해결도 해소도 못하고 살고 있다. 한때는 그것이 슬픔이라고 생각했었다. 이제 나는 안다. 슬픔. 맞는데, 그 단어를 사용해야 하는 것도 맞는데, 뜻은 아닌 것 같다. 오후의 빛과 바람 속에서 보기 좋게 건조되어가는 물건과 그 물건을 닮은 사람을 많이 생각했던 몇 년. 세상은 엉망이고 진창이며 눈 씻고 찾아봐도 좋은 소식과 전망은 하나도 없지만 내가 소설로 쓰듯 누군가는 읽고 누군가는 일하고 누군가는 청소하고 누군가는 사람을 만나기로 결심한다. 제자리로 되돌아오는 트랙처럼 둥글게 산책하는 날들. 아무 변화도 없지만 그 사이 시간은 흐르고 종종 기분도 마음도 나아지는 밝은 밤들.

첫번째 소설집에서 소설을 칠백 편쯤 썼으면 좋겠다고 했는데 그건 농담이었고 누구나 한 번쯤 지나는 사춘기 같은 것이었다. 그런데 정말 칠십 편쯤은 썼으면 좋겠다. 그때까지는 왜 쓰지, 뭐 쓰지, 어떻게 쓰지, 고민하지 않고 열심히 쓸 생각. '그렇게 생각하면 그런 사람이 되는 거야? 인생은 그런 게 아니야.' 맞다. 안다. 그렇게 말하는 사람 나도 안 믿고 싫어하는데, 나는 내가 그런 소설가가 되었으면 한다.

2021년 10월

정용준

| 수록 작품 발표 지면 |

두부 …… 『문학3』 2020년 1호

사라지는 것들 …… 『문학동네』 2018년 겨울호

선릉 산책 …… 『문학과사회』 2015년 겨울호

두번째 삶 …… 『문장 웹진』 2019년 12월호

이코 …… 『이코』, 미메시스, 2018

미스터 심플 …… 『현대문학』 2021년 1월호

스노우 …… 『시티 픽션』, 한겨레출판, 2020

문학동네 소설집
선릉 산책

1판 1쇄 2021년 10월 20일
1판 5쇄 2024년 5월 23일

지은이 정용준
책임편집 강윤정 | 편집 김필균 김수아 이희연
디자인 김현우 유현아 | 저작권 박지영 형소진 최은진 서연주 오서영
마케팅 정민호 서지화 한민아 이민경 안남영 왕지경 정경주 김수인 김혜원 김하연 김예진
브랜딩 함유지 함근아 고보미 박민재 김희숙 박다솔 조다현 정승민 배진성
제작 강신은 김동욱 이순호 | 제작처 영신사

펴낸곳 (주)문학동네 | 펴낸이 김소영
출판등록 1993년 10월 22일 제2003-000045호
주소 10881 경기도 파주시 회동길 210
전자우편 editor@munhak.com | 대표전화 031) 955-8888 | 팩스 031) 955-8855
문의전화 031) 955-2696(마케팅) 031) 955-2678(편집)
문학동네카페 http://cafe.naver.com/mhdn
인스타그램 @munhakdongne | 트위터 @munhakdongne
북클럽문학동네 http://bookclubmunhak.com

ISBN 978-89-546-8285-5 03810

www.munhak.com